# ICE – NEUE ZÜGE FÜR NEUE STRECKEN

Jürgen Hörstel · Marcus Niedt

Orell Füssli

*Umschlag-Vorderseite:*
Der InterCityExpreß in voller Fahrt auf der Neubaustrecke: dieses Bild wird in den neunziger Jahren zum alltäglichen Geschehen. Am 13. September 1990 wurde jedoch noch geprobt: die beiden Triebköpfe 401 501 und 001 waren damals mit neun Mittelwagen, allerdings noch ohne Speisewagen, als Dsts 80 571 von Fulda nach Würzburg unterwegs.

*Umschlag-Rückseite:*
Fast als Stammstrecke des ICExperimental muß der Neubauabschnitt Würzburg–Fulda bezeichnet werden, der zwischen Burgsinn und Rohrbach bereits seit 1986 für Meßfahrten genutzt wurde. Hier war der ICExperimental häufig unterwegs, und hier stellte er am 1. Mai 1988 mit 406,9 km/h auch einen neuen Weltrekord für Schienenfahrzeuge auf. Am 26. Oktober 1989, einem wunderschönen Herbsttag, entstand diese Aufnahme des eleganten Triebzuges auf der Fahrt nach Würzburg bei Dittenbrunn, nachdem sich der für die Jahreszeit um Jossa typische Nebel gelichtet hatte.

*Die Texte verfaßten:*
Jürgen Hörstel (Die neuen Strecken, InterCityExpreß – Der Serienzug)
Marcus Niedt (InterCityExperimental – Der Versuchszug)

*Die Fotos und Skizzen stammen von:*
Deutsche Bundesbahn, BD Hannover: 14, 15, 37
Deutsche Bundesbahn, BZA Minden: 58, 69, 72
Deutsche Bundesbahn, BZA München: 43–47, 51, 60, 81, 96, 97
Jürgen Hörstel: Titel, 1–7, 9–13, 16–36, 38–41, 48, 57, 61, 62, 70, 73–79, 82–85, 88, 89, 91–95, 98, 104–106, 110, 119–123, 129, 131–134, 138, 141, 142
Dieter Kempf: 56, 59, 86
Krupp Maschinentechnik, Essen: 52–55
Linke-Hofmann-Busch, Salzgitter: 108, 111–118
Marcus Niedt: Rücktitel, 8, 42, 49, 50, 65, 67, 68, 71, 80, 87, 90, 99–103, 107, 109, 124–126, 130, 135–137, 139, 140
Andreas Ritz: 63, 66
Clemens Schüssler: 64
Jürgen Walter: 127, 128


Grafik: Heinz von Arx, Zürich
Satz: Jung Satzcentrum GmbH, Lahnau
Lithos: Horisberger AG, Niederglatt
Druck: Uhl GmbH & Co., Radolfzell
Printed in Germany

ISBN 3 280 01994 X

# Inhalt

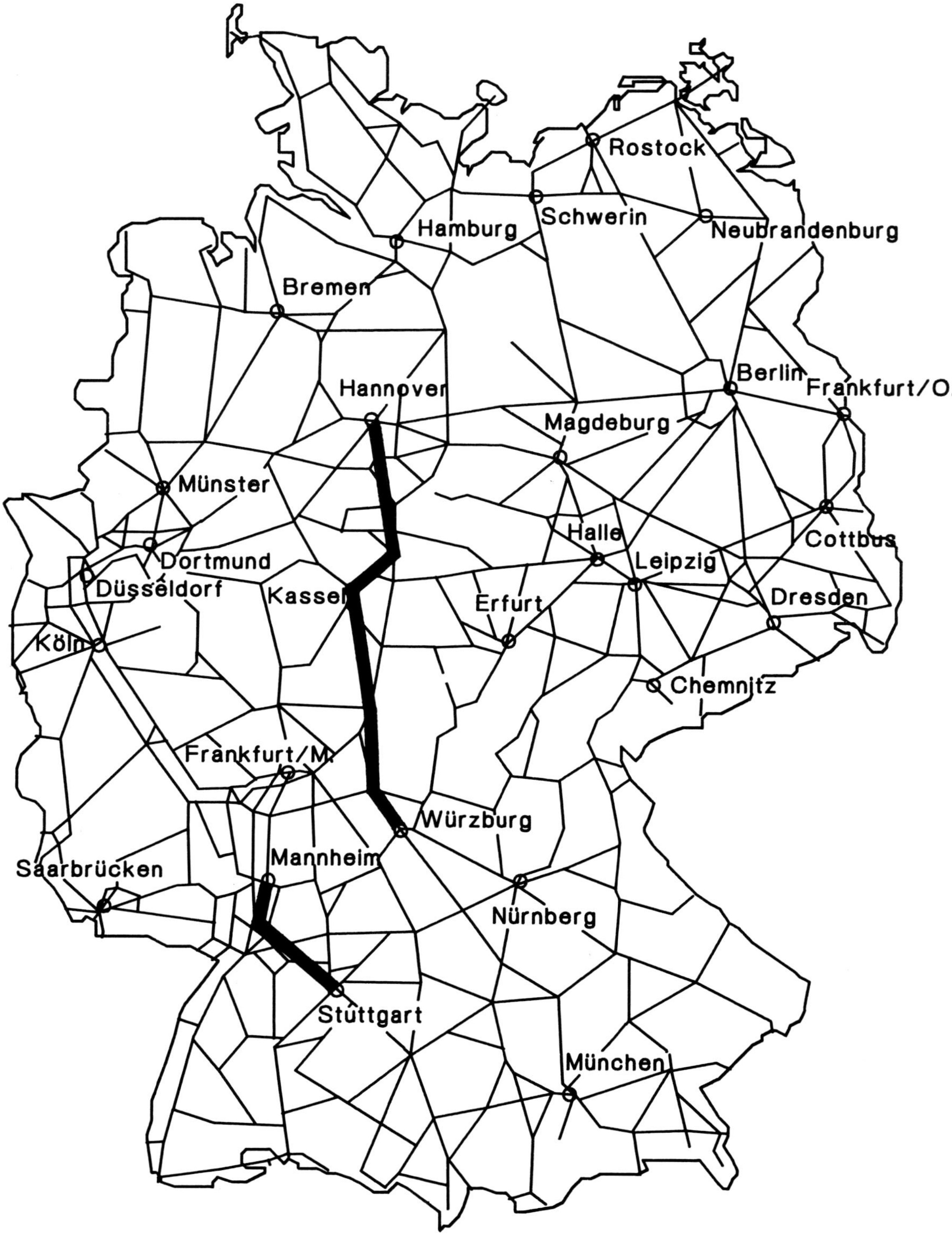


Die Neubaustrecken Hannover – Würzburg und Mannheim – Stuttgart

# Vorwort

In Frankreich fährt schon seit einigen Jahren der «Train à Grande Vitesse» (TGV) erfolgreich über Neubaustrecken in die südlichen und westlichen Landesteile, in Italien wurden mit der «Direttissima» neue Schnellfahrstrecken zwischen Bologna, Florenz und Rom geschaffen, und auch in nahezu allen übrigen europäischen Staaten sind Bestrebungen im Gange, neue Hochgeschwindigkeitsverbindungen auf Bahnrelationen mit starker Nachfrage einzurichten. Ein Kernstück dieses zukünftigen europäischen Hochgeschwindigkeitsnetzes sind die Neu- und Ausbaustrecken der Deutschen Bundesbahn.

Als Meilenstein in der deutschen Eisenbahngeschichte kann die Eröffnung der Neubaustrecken Hannover–Würzburg und Mannheim–Stuttgart im Juni 1991 gesehen werden, mit denen nun auch die DB in den Schnellverkehr mit mehr als 200 km/h Höchstgeschwindigkeit einsteigt. Dabei kommt erstmals eine völlig neue Zuggeneration zum Einsatz, der InterCityExpreß (ICE), der sich sowohl technisch auf höchstem Stand befindet als auch in puncto Komfort und Ausstattung neue Maßstäbe setzt. Durch kürzere Reisezeiten wird der ICE zum neuen Markenzeichen im Schienenpersonenfernverkehr und die Bahn konkurrenzfähiger zu Auto und Flugzeug. Fahrweg und Fahrzeug, die Neubaustrecken und der ICExpreß, bilden zusammen die Grundsäulen des DB-Hochgeschwindigkeitsverkehrs.

Dieses Buch bietet zunächst Gelegenheit für einen Rückblick auf über 20 Jahre Planungs- und Bauarbeiten an den beiden Neubaustrecken Hannover–Würzburg und Mannheim–Stuttgart. Daran schließt sich ein Abschnitt an, der die Entwicklung und die Einsätze des Versuchs- und Demonstrationsfahrzeugs InterCityExperimental seit seiner Inbetriebnahme im Jahre 1985 darstellt. Neben der Erprobung zahlreicher Komponenten des späteren Serienfahrzeugs machte dieser Triebzug auch durch spektakuläre Rekordfahrten auf sich aufmerksam. Der letzte Abschnitt ist dem neuen Hochgeschwindigkeitszug InterCityExpreß gewidmet: Hier werden Entwicklung und Bau der Fahrzeuge sowie die zeitlich gedrängte Erprobungsphase vor Aufnahme des planmäßigen Betriebes im Juni 1991 ausführlich dokumentiert.

An dieser Stelle soll die Gelegenheit genutzt werden, allen zu danken, die mit Informationen oder Bildmaterial zur Entstehung dieses Buches beigetragen haben. Besonderer Dank sei an die Firmen Krauss-Maffei (München), Krupp (Essen) und Linke-Hofmann-Busch (Salzgitter), die Ausbesserungswerke Opladen und Nürnberg sowie an die Zentralämter Minden und München der Deutschen Bundesbahn gerichtet.

*Jürgen Hörstel, Marcus Niedt*

1

***1*** *Modernste Technik auf alten Gleisen: der InterCityExperimental auf der Fahrt von München nach Minden im Leinetal bei Freden.*

# Die neuen Strecken

## 1. Von der Planung zum Bau

2. Juni 1991 – ein besonderer Tag in der deutschen Eisenbahngeschichte. Dieses Datum markiert den Einstieg in den Hochgeschwindigkeitsverkehr mit den neuen ICExpreß-Triebzügen auf den nunmehr vollständig befahrbaren Neubaustrecken Hannover–Würzburg und Mannheim–Stuttgart. Über 20 Jahre wurden für die Verwirklichung der beiden Großprojekte benötigt, allerdings weniger wegen bautechnischer Schwierigkeiten, sondern hauptsächlich aufgrund der teilweise langwierigen Planungs- und Genehmigungsverfahren.

### *Frühe Streckenplanungen*

Bereits im Jahr 1964 entstand eine Studie über die Möglichkeiten von Fahrzeitverkürzungen im Schienennetz der DB, die sowohl eine Modernisierung der Streckenausrüstung als auch den Neubau von rund 500 km Strecken empfahl. Das Ergebnis sollte ein etwa 3200 km langes Schnellfahrnetz entlang der Hauptverkehrsströme sein, befahrbar mit Höchstgeschwindigkeiten bis zu 200 km/h.

Schon damals erkannte man die Entlastungswirkung eines gut ausgebauten Schienennetzes für den bisher bevorzugten und mittlerweile schon stark belastenden Straßenverkehr. Trotzdem ließen sich diese weitreichenden Planungen vor allem wegen der ungeklärten Finanzierungsfrage nicht in kurzer Zeit verwirklichen. 1969 legte die DB ein Leitprogramm für Geschwindigkeitserhöhungen auf ihren Hauptbahnen vor, das mit möglichst geringem Aufwand und ohne größere Investitionen die ersten Schritte in Richtung auf ein Schnellfahrnetz darstellte. Doch auch dieses Programm war nicht ohne staatliche Hilfe zu verwirklichen.

### *Bundesverkehrswegeplanung*

Eine erste koordinierte Verkehrsplanung aller Verkehrsträger einschließlich der Schiene kündigte die Bundesregierung in ihrem «Verkehrspolitischen Programm» für die Jahre 1968 bis 1972 an. Darin sollten die begrenzten Bundesmittel optimal für einen geordneten Ausbau des Straßen-, Schienen-, Wasserstraßen- und Luftverkehrsnetzes eingesetzt werden. Eingeführt wurde ein Bewertungsverfahren in Form einer Kosten-Nutzen-Analyse, das die Kosten einer Maßnahme dem volkswirtschaftlichen Nutzen gegenüberstellte. Dazu gehören z. B. die Vorhaltung einer angemessenen Infrastruktur, die Erhaltung der Mobilität für Bürger und Wirtschaft und die Sicherung der freien Wahl der Verkehrsmittel. Im Laufe der Jahre wurde das Verfahren weiterentwickelt und verfeinert, so daß heute z. B. auch Umwelteffekte in die Bewertung einbezogen werden.

1973 konnte der 1. Bundesverkehrswegeplan (BVWP) dem Deutschen Bundestag vorgelegt werden. Er enthielt wesentliche Teile des 1970 vom Vorstand der DB beschlossenen Ausbauprogramms für das Streckennetz der Deutschen Bundesbahn, das für den Zeitraum bis 1985 Investitionen von über 30 Milliarden DM vorsah. Neben insgesamt neun Ausbaustrecken sollten die Relationen Köln–Rhein/Main, Hannover–Gemünden und Mannheim–Stuttgart vordringlich durch Neubaustrecken ergänzt werden.

Eine Fortschreibung des 1. Bundesverkehrswegeplans erfolgte 1977 durch das «Koordinierte Investitionsprogramm für Bundesverkehrswege» (KIP) für den Zeitraum bis 1985, das für die beiden Neubaustrecken (NBS) Hannover–Würzburg und Mannheim–Stuttgart sowie 6 Ausbaustrecken (ABS) die Bereitstellung von fast 12 Milliarden DM vorsah.

Nach einer weiteren Anpassung des «KIP» im Jahr 1980 verabschiedete das Bundeskabinett fünf Jahre später den Bundesverkehrswegeplan 1985. Hierin sind als neue Vorhaben des «vordringlichen Bedarfs» als Neu- bzw. Ausbaustrekken u. a. die Relationen Dortmund–Kassel, Fulda–Mannheim, Karlsruhe–Basel, Würzburg–Nürnberg–München und Stuttgart–Augsburg enthalten. Während die NBS Hannover–Würzburg und Mannheim–Stuttgart zu diesem Zeitpunkt bereits ihrer Vollendung entgegensahen, war für die ebenfalls im Jahr 1970 vorgeschlagene Verbindung Köln–Rhein/Main die Streckenführung vor allem wegen des Streits um die Anbindung von Bonn und Koblenz immer noch umstritten. Eine Vorentscheidung zugunsten einer rechtsrheinischen Führung durch den Westerwald fiel erst im Herbst 1989.

Wesentlich schneller verwirklicht wurden hingegen die schon 1970 geplanten Ausbaustrecken, d. h. die Streckenabschnitte, auf denen die Höchstgeschwindigkeit auf 200 km/h heraufgesetzt wurde. Schon Anfang der achtziger Jahre wurde somit das IC-System durch kürzere Fahrzeiten attraktiver, z. B. auf den Strecken Hamburg – Dortmund, Hamburg – Hannover und Hannover – Dortmund.

## *Raumordnung und Planfeststellung*

Wie andere Großprojekte können auch neue Eisenbahnstrekken erst nach Durchlaufen eines rechtsstaatlich geordneten Verfahrens realisiert werden, das die vielfältigen öffentlichen und privaten Interessen gegeneinander abwägt und eventuell auftretende Konflikte löst.

Für eine Neubaustrecke ist zunächst das Raumordnungsverfahren durchzuführen. Das Bundesraumordnungsgesetz (ROG) verlangt von einem neuen Verkehrsweg, daß er mit der angestrebten Entwicklung eines Gebietes im Einklang steht. Außerdem sollen die unterschiedlichen Behördenebenen des Bundes, der Länder und der Gemeinden ihre Planungen gegenseitig aufeinander abstimmen. Eine anfangs von der DB aufgestellte Grobplanung für eine neue Strecke wird zuerst der obersten Landesverkehrsbehörde zur Stellungnahme zugeleitet, die die einschlägigen Aspekte der Landes- und Regionalplanung prüft. Meist ergeben sich hieraus Änderungen der grundsätzlichen Trassenführung, wie es z. B. bei dem NBS-Abschnitt Hannover – Kassel der Fall war.

Nach Abschluß des Raumordnungsverfahrens folgt der eigentlich rechtlich bindende Schritt, das Planfeststellungsverfahren, das für die DB nach dem Bundesbahngesetz für neu zu bauende oder zu ändernde Bahnanlagen vorgeschrieben ist. In diesem Verfahren sollen aufgetretene Interessenkonflikte zwischen der vorgenommenen Planung und privaten sowie öffentlichen Belangen möglichst gerecht gelöst werden. Dazu werden nach Auslegung der Planunterlagen förmliche Anhörungen durchgeführt, in denen Betroffene Einwendungen und Vorschläge einbringen können. Danach wird die Stellungnahme der Anhörungsbehörde der Planfeststellungsbehörde, bei der DB den Bundesbahndirektionen, zugestellt. Der folgende Planfeststellungsbeschluß stellt die grundsätzliche Genehmigung für das Bauvorhaben dar. Gegen ihn können jedoch Betroffene innerhalb von vier Wochen Klage vor den Verwaltungsgerichten erheben, wenn sie sich in ihren Rechten verletzt sehen. Die Klage kann dabei mit einer aufschiebenden Wirkung verbunden sein, die einen Baubeginn einstweilen verhindert. Andererseits kann die planfeststellende Behörde bei überwiegendem öffentlichen Interesse die sofortige Vollziehung des Vorhabens anordnen.

Diese Rechte für alle Beteiligten hatten im Fall der DB-Neubaustrecken teilweise lange Gerichtsverfahren mit erheblichen Zeitverzögerungen für den Baubeginn zur Folge. Auch waren in Einzelfällen überzogene Forderungen oder unberechtigte Ausgleichsansprüche zu verzeichnen. Letztendlich kamen jedoch vielfach Lösungen zugunsten der Betroffenen zustande, die im Detail zu Planungsänderungen, wie z. B. zu zusätzlichen Lärmschutzmaßnahmen, führten. Nach Abschluß der Bauarbeiten können die Planer auf insgesamt 173 Planfeststellungsverfahren mit über 10 700 berücksichtigten Einwendungen zurückblicken.

## *Linienführung und Trassierung*

Am Beginn einer Streckenplanung steht die Festlegung der Trassierungsparameter und der Elemente der Linienführung. Um die Neubaustrecken Hannover – Würzburg und Mannheim – Stuttgart wirtschaftlich, d. h. mit möglichst vielen Zugfahrten belegt, betreiben zu können, sollten sie von Personen- und Güterzügen gemeinsam im Mischbetrieb genutzt werden. Hieraus ergaben sich unmittelbar Folgerungen für einzelne Planungskomponenten: zunächst wurde die maximale Längsneigung der Strecken mit Rücksicht auf die Güterzüge auf 12,5 Promille festgelegt. Wegen der unterschiedlichen Höchstgeschwindigkeiten der Reisezüge (bis zu 250 km/h) und Güterzüge (in der Regel 120 km/h) können die Gleisbögen zur Schonung des Oberbaus nur in einem bestimmten Rahmen überhöht werden, was wiederum auf die möglichen Radien Einfluß hat. Als Mindestradius wurden daher 5100 m, als Regelradius 7000 m angesetzt. Weitere Parameter sind z. B. der Gleisabstand mit 4,70 m und die Planumsbreite mit 13,70 m, die auch die Randwege und die Fahrleitungsmasten mit einbezieht.

Für einen reibungslosen Betrieb wurden etwa alle 20 km Überholungsbahnhöfe mit mindestens einem Überholgleis je Richtung und gegebenenfalls Gleisen für Instandhaltungs- und Baufahrzeuge eingerichtet. Die Strecke dazwischen erhielt im Abstand von ca. 7 km Überleitstellen, die das Wechseln auf das andere Gleis mit 130 km/h und das Fahren im Gleiswechselbetrieb (GWB) ermöglichen, z. B. bei Instandhaltungsarbeiten im Nebengleis oder bei «Fliegenden Überholungen». Je nach Lage wurden die Neubaustrecken auch zwischen den Personenbahnhöfen in den Großstädten mit dem bestehenden Netz verknüpft, um den Betriebsablauf möglichst variabel gestalten zu können.

2

3

◁ *2 Einer der wenigen Tunnel auf der «alten» Nord-Süd-Strecke ist der Bebenroth-Tunnel zwischen Göttingen und Eschwege. Nach dessen Durchfahrung werden die Reisenden des IC 681 «Riemenschneider» (Hamburg–München) wieder den herrlichen Blick in das Werratal bei Werleshausen genießen können (11. November 1989).*

◁ *3 Die Ortschaft Klein-Vach auf der anderen Seite der Werra passiert hier gerade der IC 577 «Schauinsland» (Hamburg–Basel).*

*4 Auch die Fahrt im EuroCity 91 «Prinz Eugen» durch die Frühjahrslandschaft zwischen Eschwege und Sontra gehört mit Eröffnung der Neubaustrecke Hannover–Würzburg der Vergangenheit an.*

4

# 2. Neubaustrecke Hannover–Würzburg

Nach der Aufnahme der Ergänzungsstrecke Hannover–Gemünden in das DB-Ausbauprogramm von 1970 begannen im Jahr 1971 die Planungsarbeiten in den Bundesbahndirektionen Hannover, Kassel, Frankfurt und Nürnberg. Schon zwei Jahre später wurde in Laatzen bei Hannover der erste Rammschlag für den Bau des schon genehmigten 11,7 km langen Teilstücks Hannover–Rethen, das parallel zur vorhandenen Nord-Süd-Strecke verläuft, gefeiert. Die Inbetriebnahme dieses Abschnitts erfolgte 1979. Dagegen entwickelten sich bei den übrigen Teilen der inzwischen mit der Ergänzungsstrecke Aschaffenburg–Würzburg zur Neubaustrecke (NBS) Hannover–Würzburg zusammengefaßten Strecke schon während des Raumordnungsverfahrens Diskussionen um den Verlauf der Trasse, so daß sich der Beginn der Bauarbeiten an den übrigen Teilabschnitten bis in die achtziger Jahre verzögerte.

Neben den Festpunkten Hannover und Würzburg sollte auch Kassel wieder einen verbesserten Anschluß an das überregionale Streckennetz erhalten. Die Linienführung zwischen diesen Städten konnte jedoch erst nach zum Teil langen Diskussionen über verschiedene Varianten festgelegt werden. Für die Detailplanung und Baudurchführung richtete die Zentrale der DB im Jahre 1978 die drei Projektgruppen Nord, Mitte und Süd bei den beteiligten Bundesbahndirektionen ein, die die Bereiche zwischen Hannover und Kassel, Kassel und Fulda sowie Fulda und Würzburg zu bearbeiten hatten.

### *Abschnitt Nord: Hannover–Kassel*

Hauptaufgabe des Nordabschnitts der NBS Hannover–Würzburg sollte die Entlastung der vorhandenen dicht befahrenen Nord-Süd-Strecke Hannover–Göttingen sein. Da ein viergleisiger Ausbau der durch das Leinetal führenden Strecke wegen der Nähe zu Ortschaften und einer Beeinträchtigung des Hochwasserabflusses nicht möglich war, wurde zunächst eine erste Trasse (Variante 1) auf kürzestem Wege nach Kassel über den Raum Holzminden/Höxter geplant. Dagegen erhob jedoch das Land Niedersachsen Einspruch, da es für eine Anbindung des Wirtschaftsraums Göttingen plädierte. Berücksichtigt wurde diese Forderung durch die dann entwikkelte Variante 2, die ab Elze westlich des Leinetals nach Göttingen führte. Weitere Überlegungen führten zur Variante 3, die von Rethen aus auf kürzestem Wege nach Göttingen östlich des Leinetals verlief und zusätzlich eine gute Anbindungsmöglichkeit von Hildesheim an die Strecke bot. Nach später durchgeführten geologischen Untersuchungen wurde noch eine Variante 4 entwickelt, die von der Variante 3 im Bereich Sarstedt–Almstedt abwich, um geologisch schwierige Tunnelbauwerke im Hildesheimer Wald zu vermeiden. Erkundungsbohrungen erhärteten die Zweifel der Geologen jedoch nicht.

Schwierig wurde die endgültige Festlegung der Trasse: Die betriebswirtschaftliche Bewertung fiel gegenüber der Variante 3 zugunsten der 20 km kürzeren und weniger Tunnelbauwerke aufweisenden Variante 1 aus. Erst die Rücknahme der zunächst vorgesehenen Ausbaugeschwindigkeit von 300 auf 250 km/h sowie die Reduzierung der Tunnelquerschnitte auf den «Erweiterten Regellichtraum» ließen die Tunnelbaukosten sinken und somit die Variante 3 weniger ungünstig aussehen. Für die Linienführung der Variante 3 sprach schließlich die gewünschte Anbindung von Göttingen und Hildesheim sowie die raumordnerisch unverträgliche Führung der Variante 1 durch die Erholungsgebiete im Wesertal.

Nachdem die Raumordnungsverfahren der einzelnen Abschnitte zwischen 1977 und 1979 abgeschlossen werden konnten und die ersten Planfeststellungsbeschlüsse vorlagen, begannen 1981 die Bauarbeiten auf dem Abschnitt südlich von Rethen bis kurz vor Kassel. Die Neubaustrecke verläßt bei Rethen die Nord-Süd-Strecke in Richtung Südwesten und verläuft wenige Kilometer entfernt parallel zur alten Strecke, um diese bei Barnten zu kreuzen. Kurz vor dem ersten Tunnel, dem 2906 m langen Escherberg-Tunnel im Hildesheimer Wald, befindet sich die eingleisige Abzweigstrecke nach Hildesheim. Weiter ansteigend führt die Strecke durch den Hildesheimer Wald; in der Fortsetzung verläuft die Strecke in einem weiten Tal, das auf ca. 20 km nur einen Tunnel aufweist. Bei Orxhausen wird auf der Gande-Talbrücke die Strecke Kreiensen–Seesen gekreuzt, kurz danach auf der Aue-Talbrücke, der mit 1056 m längsten Brücke des Nordabschnitts, die Nebenbahn von Kreiensen nach Kalefeld. Nach dem knapp 3000 m langen Krieberg-Tunnel gelangt die Trasse wieder in das Leinetal hinab, kreuzt bei Edesheim die Nord-Süd-Strecke und erreicht kurz vor Northeim die Überleitverbindung zwischen beiden Strecken. Im Gegensatz zur Nord-Süd-Strecke umgeht die Neubaustrecke die Stadt Northeim im Westen und trifft erst in Nörten-Hardenberg wieder auf die alte Trasse. Bis Göttingen verlaufen beide Strecken dann weitgehend parallel.

Das Teilstück Göttingen–Kassel gehört zu den topografisch schwierigsten Streckenabschnitten der Neubaustrecke. Südlich des Bahnhofs Göttingen zweigt die Strecke in Richtung Südwesten ab und verläuft einige Zeit auf der ehemaligen Bahntrasse Göttingen–Dransfeld konstant ansteigend aus dem Leinetal heraus auf die Dransfelder Höhe. Der restliche Abschnitt bis Kassel ist reich an Tunnelbauwerken: nach dem Auftauchen aus dem 5210 m langen Rauheberg-Tunnel

5

6

*__5/6__ Auch nach Aufnahme des Planbetriebs fanden im Juni 1988 auf der NBS Fulda–Würzburg noch Begegnungsmeßfahrten statt. Dabei wurden die Auswirkungen von Zugbegegnungen schneller Reise- und Güterzüge in Tunnels untersucht. Die Zuglok des Güterzuges, 120 003, wird gleich in den Einmalberg-Tunnel zwischen Schaippach und Gemünden einfahren, in dem ihr auf dem anderen Gleis der zweite Meßzug mit etwa 280 km/h entgegenkommen wird. Die nächste Aufnahme zeigt diesen nach einer Meßfahrt, als er von den Schnellfahrloks 120 001 und 103 003 zum Ausgangspunkt der nächsten Fahrt, Würzburg, zurückgeschoben wird.*

*__7__ Im Frühjahr 1990 wurde das NBS-Teilstück Fulda–Kirchheim für Testfahrten freigegeben. Dort standen Anfang Mai aerodynamische Untersuchungen auf dem Programm, die Aufschluß über die Druckwirkungen von schnellen Zugfahrten in Tunnels geben sollten. Das Bild zeigt einen der beiden aus neuen Abteilwagen der Bauart Bvmz 185 gebildeten Meßzüge auf der Aula-Talbrücke bei Niederaula. Bei der Rückfahrt nach Fulda schiebt die Schnellfahrlok des BZA Minden, 752 001, den Zug.* ▷

7

kreuzt die NBS unmittelbar neben der Bundesautobahn A 7 die Werra und die DB-Strecke Göttingen–Eichenberg–Kassel, um kurz danach in den 10,5 km langen Mündener Tunnel einzutauchen. Bei Kragenhof überquert die Bahnlinie die Fulda und trifft wieder mit der alten Strecke aus Eichenberg zusammen. Parallel zu den vorhandenen Bahnanlagen geht es dann, teils im Tunnel, teils im Einschnitt, nach Kassel.

### *Abschnitt Mitte: Kassel–Fulda*

Durch das Teilstück Kassel–Fulda wird erstmals eine direkte Bahnverbindung beider Zentren hergestellt. Bei der Streckenplanung gab es jedoch Diskussionen um die Führung sowohl innerhalb der Städte als auch im Mittelgebirgsraum zwischen Kassel und Fulda. Wegen der starken Besiedlung der für die Bahntrasse eigentlich günstigen Talsenken mußte auf siedlungsarme Räume ausgewichen werden, wodurch der Anteil der Kunstbauten anstieg. Die gewählte Trasse verläuft immerhin zu 44 % im Tunnel und zu 10 % über Brücken.

Wegen des für Fernzüge im Kopfbahnhof Kassel notwendigen Fahrtrichtungswechsels und des dadurch entstehenden Zeitverlustes wurde nach einem neuen Haltepunkt in Kassel gesucht. Zur Auswahl standen Kassel-Wilhelmshöhe, Bettenhausen im Osten der Stadt und eine Tieflage unter dem alten Hauptbahnhof. Für letzteres entschied sich die Stadt Kassel, während die DB von Anfang an Kassel-Wilhelmshöhe favorisierte. Nach Gutachten über die Zusammenhänge der Stadtentwicklung und des Bahnhofsstandortes folgten Kostenvergleiche der Varianten, die für die Tunnellösung erhebliche Mehrkosten ergaben. Letztendlich wurde als künftiger Fernbahnhof Kassel-Wilhelmshöhe gewählt, während der alte Hauptbahnhof weiterhin von E- und D-Zügen angefahren werden soll. Zwischen beiden Bahnhöfen werden Pendelverbindungen zusätzlich zur verbesserten innerstädtischen Anbindung des neuen Bahnhofs eingerichtet.

Ähnliche Variantendiskussionen gab es zunächst auch in Fulda, wo erste Planungen eine westliche Umfahrung der Stadt vorsahen. Auf Drängen der Stadt Fulda kam es dann doch zu einer direkten Anbindung des Bahnhofs Fulda, der schon damals Systemhalt im IC-Netz war. Nördlich der Stadt trifft die NBS mit der alten Nord-Süd-Strecke zusammen und läuft dann parallel zu dieser etwa 13 km lang durch das Stadtgebiet, bevor sie bei Bronnzell auf eigener Trasse abzweigt. Zu dieser Gesamtplanung gehörte auch ein grundlegender Umbau des Bahnhofs Fulda mit Anpassung der Gleisanlagen und Neubau der Bahnsteige.

Nach der Stadtdurchfahrt von Kassel mit Verknüpfungspunkten zum alten Streckennetz nördlich und südlich von Kassel-Wilhelmshöhe taucht die Neubaustrecke gleich in den ersten Tunnel ein. Bei Rengershausen kreuzt sie die Strecke Kassel–Gießen–Frankfurt sowie die Fulda, um dann weitgehend im Tunnel östlich des Fuldatals zu verlaufen. Auf der 1450 m langen Fulda-Talbrücke quert die NBS bei Morschen die Bahnlinie Kassel–Bebra und führt in südlicher Richtung weiter. Dabei werden mehrere zum Teil lange Tunnel befahren, wie der Hainrode-Tunnel (5370 m), der Kirchheim-Tunnel (3820 m) oder der Richthof-Tunnel (3510 m). In der Nähe des Überholbahnhofs Kirchheim wird die Bundesautobahn A 7 mehrfach mit Tunneln und Brücken gekreuzt. Auch im weiteren Verlauf wechseln sich Tunnel, Brücken und Einschnitte ab, darunter die mit 100 m höchste Spannbetonbrücke der DB, die Rombach-Talbrücke. Nach dem 7375 m langen Dietershan-Tunnel wird im stetigen Gefälle schließlich der Talkessel um Fulda erreicht.

### *Abschnitt Süd: Fulda–Würzburg*

Auch der vorhandene Streckenabschnitt Fulda–Würzburg der Nord-Süd-Strecke stellte aufgrund der Mittelgebirgstrassierung aus dem 19. Jahrhundert keine besonders schnelle Verbindung im Verlauf der Relation Hamburg–München dar. Die große Schleife bei Elm sowie zahlreiche enge Radien bewirkten vor allem zwischen Fulda und Gemünden eine geringe Höchstgeschwindigkeit.

Erste Vorstellungen gingen von einer Ergänzungsstrecke Fulda–Gemünden aus, da der folgende Abschnitt von Gemünden bis Würzburg entlang des Mains bereits relativ geradlinig trassiert ist und Geschwindigkeiten bis zu 160 km/h zuläßt. Da dieser Abschnitt jedoch auch den Verkehr zwischen Frankfurt, Aschaffenburg und Würzburg aufnimmt, wurden die Planungen der Ergänzungsstrecke auf die Relation Fulda–Würzburg erweitert, nicht zuletzt, um in diesem Bereich Kapazitätsengpässe zu vermeiden. Unmittelbar nach der Beendigung der bis zu sechs Jahre andauernden Raumordnungsverfahren wurde die Planfeststellung eingeleitet. Für den Südabschnitt der NBS Hannover–Würzburg lagen die ersten Planfeststellungsbeschlüsse im bayerischen Sinntal vor, so daß dort nach Erteilung der Baugenehmigung durch den Bundesverkehrsminister die Bauarbeiten mit dem feierlichen Anschlag des Einmalberg-Tunnels bei Gemünden am 22. Mai 1981 beginnen konnten. Die übrigen Streckenabschnitte gingen ebenfalls kurz darauf in Bau.

Trotz des hohen Anteils an Kunstbauten – wegen der Mittelgebirgslage waren 45 Brücken, 20 Tunnel und 35 km Erdbaustrecke zu erstellen – kamen die Bauarbeiten so zügig voran, daß bereits im Sommer 1986 ein kurzes Teilstück südlich von Burgsinn für erste Testfahrten freigegeben werden konnte.

Im März 1990 war Baubeginn der «Nantenbacher Kurve», die eine Verbindung zwischen dem Betriebsbahnhof Rohr-

8

***8*** *Am 26. Oktober 1989 herrschte auf dem Neubaustreckenabschnitt Würzburg–Fulda Hochbetrieb: neben zwei lokbespannten Meßzügen war auch der ICExperimental unterwegs. Mit über 280 km/h fährt er hier über die Bartelsgraben-Talbrücke bei Zellingen.*

bach an der Strecke Würzburg–Fulda und der Hauptstrecke Würzburg–Gemünden–Frankfurt herstellt. Die Strecke führt im Tunnel durch den Mühlberg und erreicht nach Überqueren des Mains bei Nantenbach die Strecke nach Frankfurt. Ab 1995 werden hier alle IC-Züge der Relation Frankfurt–Würzburg verkehren und gegenüber heute etwa 12 min eher in Würzburg sein.

Die NBS verläßt südlich von Fulda die Altstrecke Fulda–Flieden–Würzburg/Frankfurt mit einem großen Ausfädelungsbauwerk in Richtung Südwesten, um sie kurze Zeit später auf den beiden großen Fliedetalbrücken (880 und 628 m) wieder zu kreuzen. Konstant ansteigend führt die Strecke in der Folge durch mehrere Tunnel und Einschnitte. Unmittelbar nach der Kalbach-Talbrücke beginnt der längste Tunnel der DB, der über 10,7 km lange Landrücken-Tunnel, mit dem die gleichnamige Basaltplatte durchquert wird. Während das erste Drittel des Tunnels noch leicht ansteigt, geht es danach im maximalen Gefälle von 12,5 Promille hinab in das Sinntal, wo unterhalb der Burg Mottgers das Tageslicht wieder erreicht wird.

Nach dem Überholbahnhof Mottgers folgen die Sinntal-Talbrücke bei Zeitlofs sowie mehrere Tunnel im Altengronauer und Dittenbrunner Forst. Der folgende Abschnitt liegt im Gefälle, bis die NBS im Sinntal auf die Nord-Süd-Strecke trifft und auf etwa 10 km parallel zu dieser verläuft. Zwischen dem Einmalberg-Tunnel (1140 m) und dem Mühlberg-Tunnel (5528 m) wird das Maintal auf der knapp 800 m langen Main-Talbrücke bei Gemünden überquert. Nach dem Anstieg auf die Hochfläche westlich des Maintals folgt ein etwa 12 km langer tunnelfreier Abschnitt. Nach zwei kurzen Tunnels im Wald bei Zellingen sowie zwei langen Talbrücken bei Leinach fällt die Strecke zum Maintal hin wieder ab. Die letzten Kilometer der Strecke bis Würzburg bestehen aus einer dichten Tunnelfolge sowie einer weiteren Überquerung des Maintals bei Veitshöchheim. Mit einem Überwerfungsbauwerk im Westkopf des Bahnhofs wird die NBS dann in den Würzburger Hauptbahnhof eingefädelt.

# 3. Neubaustrecke Mannheim–Stuttgart

Obwohl die Verbindung Mannheim–Stuttgart wesentlich kürzer als die Strecke Hannover–Würzburg ist, lag auch bei diesem Projekt zwischen dem Beginn der Planungen und der Inbetriebnahme ein Zeitraum von über 20 Jahren. Erstmals wurde im Ausbauprogramm von 1969 vorgeschlagen, die Verkehrsverhältnisse des völlig überlasteten Korridors zwischen dem Rhein-Neckar-Raum und dem Mittleren Neckarraum zu verbessern. Die aus den fünfziger Jahren des vorigen Jahrhunderts stammende Trassierung der Strecke Mannheim–Stuttgart läßt vor allem zwischen Bruchsal und Mühlacker wegen enger Radien häufig nur 70 km/h zu. Ein mehrgleisiger Ausbau der Strecke zur Kapazitätserhöhung kam aus diesem Grunde und wegen der Nähe zu vielen Ortschaften nicht in Frage. So wurde 1970 eine Neubautrasse zwischen Mannheim und Stuttgart vorgeschlagen, die die Reisezeit zwischen beiden Städten halbieren sollte. Diese Vorstellung mündete 1973 in eine rund 100 km lange «Raumordnungstrasse», die im Rheintal weitgehend gebündelt mit vorhandenen Verkehrswegen und ab Wiesental relativ geradlinig in Richtung Stuttgart verlaufen sollte.

### Der lange Weg zum Streckenbau

Nach Erfüllung einiger Forderungen, z. B. Erstellung eines Lärmgutachtens und eines Landschaftsplans, stimmte 1974 auch das Land Baden-Württemberg der Grobtrasse grundsätzlich zu, nachdem die NBS in den Landesentwicklungsplan aufgenommen worden war. Im Dezember 1975 schließlich erteilte der Bundesverkehrsminister die Genehmigung zum Bau.

Beim ersten Rammschlag für die Neubaustrecke Mannheim–Stuttgart am 20. August 1976 ahnte jedoch wohl nie-

*9 Ein typisches Bild für die alte Hauptbahn Mannheim–Stuttgart: mit verminderter Geschwindigkeit legt sich der IC 712 bei Ölbronn in die Kurve. Der Genuß, einen Blick auf blühende Gärten direkt neben der Strecke werfen zu können, wird den künftigen Schnellbahn-Reisenden jedoch verwehrt bleiben.*

*10/11 Südöstlich von Vaihingen überquert die Neubaustrecke Mannheim–Stuttgart mit ihrer längsten Brücke das Enztal. Im Mai 1988 liefen die Bauarbeiten noch auf «vollen Touren».*

9

10

11

mand, daß der ursprünglich für 1984 vorgesehene Fertigstellungstermin aufgrund weiterer Zeitverluste bei der Durchsetzung der Streckenführung später nicht mehr gehalten werden konnte. Die ab 1975 eingeleiteten Planfeststellungsverfahren gerieten in eine Zeit zunehmender Sensibilisierung gegenüber Großprojekten, vor allem bezüglich deren Umweltauswirkungen. Zudem rückte das Land wieder teilweise von seiner 1974 gegebenen Zustimmung ab und stellte einen Forderungskatalog auf, den die Bahn wegen des erheblichen finanziellen Mehraufwands kaum erfüllen konnte. Nach langwierigen Verhandlungen zwischen DB, Bund und Land konnte 1978 ein Kompromiß geschlossen werden, der die zügige Einleitung der noch ausstehenden Planfeststellungsverfahren ermöglichte.

Die nächste Hürde stellten die zahlreichen Einsprüche der von den Planfeststellungsabschnitten betroffenen Gemeinden dar, deren Forderungen hauptsächlich auf weitere Untertunnelungen der Strecke ausgerichtet waren. Ein Teil der Kommunen versprach sich auch Vorteile, z. B. durch die Einbeziehung vorhandener Verkehrswege in die neuen Schallschutzmaßnahmen und durch die erwartete Verbesserung der Nahverkehrsbedienung auf der alten Strecke.

Die Verhandlungen der Projektgruppe Mannheim–Stuttgart der Bahnbauzentrale führten nach jahrelangen Verzögerungen durch gerichtliche Auseinandersetzungen 1983 schließlich auf den meisten Abschnitten zum Konsens mit den Gemeinden, so daß dort endlich die Bauarbeiten aufgenommen werden konnten.

### *Der Streckenabschnitt im Rheintal*

Betrachtet man den Verlauf der Neubaustrecke Mannheim–Stuttgart im Rheintal, so muß zunächst auch die ca. 9,5 km lange «Westliche Einführung der Riedbahn» (WER) erwähnt werden, die eine neue Trasse durch das nordwestliche Mannheimer Stadtgebiet darstellt. Die «WER» zweigt in Mannheim-Waldhof von der Hauptstrecke Frankfurt–Biblis–Mannheim, der «Riedbahn», in südwestlicher Richtung ab und erreicht nach den neuen Haltepunkten Luzenberg, Neckarstadt und Handelshafen vom Westen her den Mannheimer Hauptbahnhof. Durch die neue Streckenführung wurde einerseits ein weiteres Stadtgebiet Mannheims für den Schienennahverkehr erschlossen, andererseits konnte der bisher notwendige Fahrtrichtungs- und Lokwechsel bei den durchgehenden IC-Zügen der Relation Hamburg–Frankfurt–Basel entfallen. Auch sind nun parallele, kreuzungsfreie Ein- und Ausfahrten der gleichzeitig am selben Bahnsteig haltenden IC-Züge möglich. Nach Investitionen von insgesamt etwa 300 Millionen DM konnte die «WER» im Mai 1985 als erste fertiggestellte Ergänzung zur Neubaustrecke Mannheim–Stuttgart gefeiert werden.

Die NBS wird östlich des Mannheimer Hauptbahnhofs mit der 1100 m langen Brücke am Containerbahnhof, die bereits 1978 fertiggestellt wurde, ausgefädelt und verläuft dann bis zur Einfahrt in den 5,4 km langen Pfingstbergtunnel parallel zum Rangierbahnhof Mannheim. Ein Großteil des Tunnels wurde in den Jahren 1976 bis 1980 in offener Bauweise errichtet; doch der letzte Abschnitt konnte erst nach mehreren verwaltungsgerichtlichen Verfahren und einer dreijährigen Bauunterbrechung in Angriff genommen werden. Im Bereich Schwetzingen wird die Strecke weitgehend parallel zur Bundesautobahn BAB 6 geführt, die südlich von Ketsch unterquert wird.

Eine jahrelange Großbaustelle war der nun folgende Bereich zwischen Hockenheim und Neulußheim. Dort wurden vorbildlich mehrere Verkehrswege, die Neubaustrecke, die um ca. 120 m verlegte alte Rheintalbahn sowie die Bundesstraße B 36 westlich von Hockenheim gebündelt geführt. Der Bahnhof Hockenheim und der Nahverkehrshaltepunkt Neulußheim wurden in eigenwilliger Architektur neu errichtet. Südlich von Neulußheim durchläuft die NBS in einem großen Bogen das Seengebiet um Rheinhausen und Oberhausen und schwenkt dann bei Wiesental in südöstliche Richtung ab, um zwischen Ubstadt-Weiher und Bruchsal die Hauptstrecke Heidelberg–Karlsruhe zu queren, die durch zwei Verbindungsgleise in beiden Richtungen mit der NBS nach Stuttgart verknüpft wird.

Zwischen Mannheim Hbf und dem Abzweig nach Graben-Neudorf bei Wiesental konnte der fahrplanmäßige Betrieb auf ca. 38 km Strecke bereits im Mai 1987 aufgenommen werden. Durch die Verlegung der IC-Züge in Richtung Karlsruhe auf die NBS wurde gleichzeitig auf der alten Strecke zwischen Mannheim und Waghäusel der Nahverkehr durch Einführung des 30-Minuten-Taktes verbessert.

### *Der Streckenabschnitt im Hügelland*

Der zweite Teil der NBS Mannheim–Stuttgart, der etwas mehr als die Hälfte der Gesamtstrecke umfaßt, beginnt mit dem Aufstieg aus dem Rheintal in das Hügelland des Kraichgaus. Übergangsstelle ist der 3300 m lange Rollenbergtunnel, in dem der Höhenunterschied von ca. 130 m schon zum Teil überwunden wird. Bergmännisch aufgefahren wurde der Tunnel von beiden Portalen und einem Fensterstollen aus.

Weiter geht es durch kurze Tunnel, Einschnitte und über Talbrücken. Der 420 m lange Tunnel «Simonsweingarten», der in offener Bauweise erstellt wurde, markiert das Ende der rund 13 km langen Steigungsstrecke mit 12,5 Promille hinauf auf das Hochplateau des Kraichgaus. Kurz vor der Talbrücke

12

**12** *Ein Kuriosum bei Vaihingen: obwohl der Fahrdraht schon hängt, ist die NBS Mannheim–Stuttgart hier noch unterbrochen. Die Kreuzungsstelle mit der Altstrecke konnte im Bereich Vaihingen erst nach deren Verlegung im September 1990 aufgefüllt werden. Am 14. September 1990 schieben die Arbeitszugloks 212 267 und 243 ihren Schotterzug über die Behelfsbrücke in Richtung Norden.*

13

**13** *Südlich der Enztalbrücke bei Vaihingen folgt der 1878 m lange Pulverdinger Tunnel, vor dem im Mai 1988 bereits die Fahrleitungsmasten montiert waren.*

«Bauerbach», wo die DB-Strecke Karlsruhe–Bretten–Heilbronn gequert wird, folgt bei Streckenkilometer 55 der Überholungsbahnhof Kraichgau.

Einige Kilometer weiter beginnt das längste Tunnelbauwerk der NBS Mannheim–Stuttgart, der 6800 m lange Freudenstein-Tunnel. Er wurde zum Großteil in bergmännischer Bauweise aufgefahren, nur ein Teilstück von 700 m wurde in offener Bauweise erstellt. Die lange Bauzeit (letzte Einbauten erfolgten noch Anfang 1991) ist vor allem auf die schwierigen geologischen Verhältnisse zurückzuführen. Im weiteren Verlauf kreuzt die Strecke das Zaisersweihertal auf einem ca. 700 m langen und bis zu 8 m hohen Damm, bevor mit drei weiteren Tunnelbauwerken der Burgberg durchquert wird.

Die Strecke fällt nun wieder ins Tal ab und erreicht bei Kilometer 78 den Bahnhof Vaihingen (Enz). Hier wird die Verknüpfung mit der «Alt»-Strecke Mühlacker–Bietigheim hergestellt, die zwischen Illingen und Sersheim auf gut 6 km Länge zur Neubaustrecke hin verlegt wurde. Gleichzeitig wurde der bisher 3,5 km von der Kernstadt entfernte Bahnhof Vaihingen (Enz) Nord zugunsten des neuen Bahnhofs an der NBS zum Winterfahrplanwechsel 1990 aufgegeben.

Im östlichen Bahnhofskopf münden die NBS-Gleise in den Marksteintunnel, nach dessen Ostportal die längste Brücke der NBS Mannheim–Stuttgart folgt: die 1044 m lange Enztalbrücke. Gleichzeitig beginnt auch wieder ein längerer Steigungsabschnitt, der erst nach etwa 10 km vor dem Tunnel «Langes Feld» endet. In diesem Bereich verläuft die Strecke weitgehend im Einschnitt, zum Teil in einer «Betonwanne». Mit den beiden Tunneln «Langes Feld» und «Rangierbahnhof» geht es dann hinunter nach Stuttgart, wo die Neubaustrecke bei Zuffenhausen in die bestehenden Gleisanlagen einmündet.

# 4. Tunnel- und Brückenbauwerke

Mit den Kunstbauten der Neubaustrecken stieß die DB in neue Dimensionen vor. Die gestreckte Linienführung für den Hochgeschwindigkeitsverkehr und die wegen des Mischverkehrs begrenzte Streckenneigung führten vor allem in den Mittelgebirgsräumen zu einer außergewöhnlich hohen Zahl von Tunnel- und Brückenbauwerken. Bei konventionellen Strecken beträgt der Tunnelanteil 0,5 %, der Brückenanteil knapp 1,5 %. Die Neubaustrecken Hannover–Würzburg und Mannheim–Stuttgart verlaufen dagegen zu 37 bzw. 30 % im Tunnel, zu 9 bzw. 5 % über Brücken und zu 25 bzw. 38 % in Einschnitten (siehe Tabelle 1). Nur die verbleibenden Abschnitte sind ebenerdig oder auf Dämmen angelegt.

| **Neubaustrecke** | **Hannover–Würzburg** | | **Mannheim–Stuttgart** | |
|---|---|---|---|---|
| | km | % | km | % |
| Tunnel | 122 | 37,3 | 30 | 30,3 |
| Brücken | 30 | 9,2 | 5 | 5,1 |
| Einschnitte | 81 | 24,8 | 38 | 38,4 |
| Dämme | 77 | 23,5 | 22 | 22,2 |
| ebenerdig | 17 | 5,2 | 4 | 4,0 |
| Gesamtlänge | 327 | 100,0 | 99 | 100,0 |

*Tabelle 1: Anteile der Brücken, Tunnel und Erdbauwerke der Neubaustrecken*

Um eine möglichst hohe Wirtschaftlichkeit zu erreichen, beabsichtigten die Planer, die Bauformen für Tunnel und Brücken weitestgehend zu standardisieren. Besonderheiten im Untergrund oder andere lokale Randbedingungen führten jedoch bei einigen Bauten zu Abweichungen und Sonderlösungen. Im folgenden werden die Regelbauformen kurz erläutert sowie einige besonders interessante Bauwerke näher dargestellt.

### *Tunnelbau*

Die Nutzquerschnitte der Neubautunnel wurden mit Blick auf die aerodynamischen Wirkungen bei hohen Zuggeschwindigkeiten gegenüber einem konventionellen Tunnel auf 82 bis 94 Quadratmeter vergrößert. Berücksichtigt wurden dabei auch die freizuhaltenden Flächen für Signale, die Fahrleitung, die Kilometertafeln und die Schutzräume für den Seitengang und Einbauten wie z. B. Fernsprecher und Notrufeinrichtungen. Für einen derartigen maulförmigen Querschnitt eignet sich besonders die «Neue Österreichische Tunnelbauweise» (NÖT).

Bei diesem Bauverfahren erfolgt der Tunnelvorbau in mehreren Stufen. Zunächst wird die Kalotte, die etwa 6 m hohe und 11 m breite obere Hälfte des späteren Querschnitts, im

14

**14** *Ein Blick auf die Baustelle am Portal des Mündener Tunnels an der Neubaustrecke Hannover–Würzburg (Foto: DB, BD Hannover).*

15

**15** *Sicherungsarbeiten an der «Ortsbrust», d. h. am für den weiteren Vortrieb anstehenden Gebirge, zeigt diese Aufnahme aus dem Escherberg-Tunnel (Foto: DB, BD Hannover).*

16

Sprengvortrieb oder mit Baggern ausgebrochen. Als erste Sicherungsmaßnahme wird bewehrter Spritzbeton in einer Stärke von 15–30 cm aufgebracht. Danach sorgt der Einbau von Ankern für eine zusätzliche dauerhafte Sicherung. Diese Außenschale ist so flexibel ausgeführt, daß sie zwar Schutz vor dem anstehenden Fels bietet, jedoch durch leichte Verformungen eine Kräfteverlagerung im Gebirge ermöglicht.

In den nächsten Arbeitsschritten erfolgen der sog. Strossenvortrieb, d. h. der Ausbruch des mittleren Querschnittsbereichs, und anschließend der Ausbruch der Sohle. Erst wenn alle Gebirgsverformungen abgeklungen sind, folgt der Bau der Innenschale mit einer Mindeststärke von 30 cm und der etwa 50 cm starken Sohlplatte. Zwischen Innen- und Außenschale werden, soweit erforderlich, Abdichtungsfolien und ein Drainagevlies zum Schutz vor Sickerwaser aufgebracht. Einige Tunnel mit geringerer Bodenüberdeckung wurden in offener Bauweise erstellt, d. h. ähnlich wie bei vielen innerstädtischen Verkehrswegebauten durch Ausheben einer offenen Baugrube, die anschließend wieder geschlossen wird. Der Querschnitt wird dabei im allgemeinen rechteckig ausgeführt. In dieser Bauweise wurden u. a. der «Pfingstbergtunnel» bei Mannheim, der Tunnel «Langes Feld» bei Kornwestheim sowie der Tunnel «Forst» bei Bruchsal gebaut, welcher besondere Baumaßnahmen erforderte, da er voll im Grundwasser liegt.

### *Landrückentunnel*

Mit 10 780 m ist der «Landrückentunnel» im Verlauf des NBS-Abschnitts Fulda–Würzburg der längste Tunnel der Deutschen Bundesbahn. Zwischen den Orten Kalbach und Mottgers unterführt der Tunnel die Hochflächen des Landrückens. Wegen seiner Länge wurde er in drei Abschnitten aufgefahren, vom Nordportal, über einen Seitenstollen im Südabschnitt und durch einen 615 m langen Fensterstollen im südlichen Drittelspunkt. Um eine ausreichende Frischluftzufuhr während der Bauarbeiten sicherzustellen, wurden zusätzlich insgesamt drei Lüftungsschächte erstellt. Nach dem Baubeginn im September 1982 wurden für die Rohbauarbeiten knapp 4 Jahre benötigt, so daß noch genügend Zeit bis zur Aufnahme des Planbetriebs für die Streckenausrüstung zur Verfügung stand.

### *Mündener Tunnel*

Der mit 10,5 km zweitlängste Tunnel der Neubaustrecken liegt zwischen Göttingen und Kassel am Kaufunger Wald bei Münden. Ursprünglich waren hier zwei Tunnel mit etwa der halben Länge vorgesehen, die durch ein kurzes offenes Streckenstück voneinander getrennt worden wären. Da dieses

17

Stück allerdings mitten in einem der ältesten deutschen Naturparks gelegen hätte, war aus Naturschutzgründen keine Einigung mit dem Landkreis Göttingen und der Stadt Münden zu erreichen. Die Schwierigkeiten für den Bauablauf erhöhten sich noch durch die Bedingung der Stadt, vor Baubeginn ausreichende Ersatzwassergewinnungsanlagen funktionsfähig bereitzustellen, da das Bauwerk durch das Hauptwassereinzugsgebiet von Münden verläuft. Der Vortrieb erfolgte gleichzeitig von drei Seiten: von den beiden Portalen und von einem Zwischenangriffspunkt in der Mitte, der nach Abschluß der Bauarbeiten wieder überschüttet wurde.

*16 Im Nordabschnitt der NBS Hannover–Würzburg liegt die Kassemühle-Talbrücke bei Harbarnsen, deren Stützen rechtzeitig vor dem Wintereinbruch 1987 fertiggestellt worden waren (29. Januar 1987).*

*17 Mit der Gande-Talbrücke bei Orxhausen überquert die NBS die Vorharz-Strecke von Kreiensen nach Seesen. Das Bild entstand während der Bauphase Mitte August 1987.*

*18–22 Zu den bemerkenswertesten Brückenbauwerken der Schnellfahrstrecken zählt die Wälsebach-Talbrücke bei Kirchheim zwischen Kassel und Fulda. Wegen des nicht überall tragfähigen Baugrunds kam eine Konstruktion mit vier Bögen zur Ausführung. Die Aufnahmen zeigen die Bauzustände im Oktober 1987 und Juni/Juli 1988 sowie die fertiggestellte Brücke im Oktober 1989.* ▷

### Brückenbau

Bei der hohen Anzahl von Brücken der Neubaustrecken war eine vereinheitlichte Planung durch Regelentwürfe aus wirtschaftlichen Gründen unerläßlich. Grundsätzliche Anforderungen waren einfache, unterhaltungsfreundliche Konstruktionen, durchgehend verschweißte Schienen im Schotterbett und eine möglichst weitgehende Verträglichkeit mit dem umgebenden Landschaftsbild.

Neben der Abtragung der Vertikallasten sind bei der Konstruktion einer Eisenbahnbrücke besonders die Horizontallasten zu berücksichtigen. Als Grenzfall werden dabei ein abbremsender, 2500 t schwerer Güterzug und ein gleichzeitig im Gegengleis anfahrender Zug angenommen. Die dadurch hervorgerufenen Kräfte müssen über Schiene, Schwellen und Schotter in die Brückenkonstruktion eingeleitet werden, was bei niedrigen Einfeldträger-Brücken mit starken Pfeilern noch keine Schwierigkeiten bereitet. Bei hohen Talbrücken können die schlanken Pfeiler hingegen die Horizontalkräfte nicht mehr innerhalb der zulässigen Verformungen aufnehmen. Zur Abtragung der Längskräfte dienen bei diesen Brücken Festpunkte, z. B. in Form eines «A-Bocks» (Rombach-, Mülmisch-, Fulda-Talbrücke Morschen, Pfieffe-Talbrücke) oder die Sonderformen «V-Stütze» (Mainbrücke Gemünden), «Aufgeständerter Bogen» (Mainbrücke Veitshöchheim) oder «Fachwerk-Verbund» (Fulda-Talbrücke Kragenhof).

18

19

20

21

22

Der Überbau der Regelbrückenkonstruktionen besteht aus Spannbeton-Einfeldträgern in Längen von 44 bis 58 m, ausgeführt als Hohlkästen mit schräggestellten Stegen. Die Brükkenbreite von etwa 14,3 m setzt sich aus dem eigentlichen Überbauteil (ca. 9,1 m) und den Randstreifen für den Kabelkanal, dem Dienstweg und je nach Erfordernis der Schallschutzwand zusammen. Zur Aufnahme der Großspannglieder sind die Stege etwa 60 bis 70 cm dick.

Bei über 40 m hohen Talbrücken können die Pfeiler wegen ihrer großen Höhe die Längskräfte nicht mehr voll aufnehmen. In diesen Fällen muß das Schienenband durch Schienenauszüge, d. h. durch gegeneinander verschiebliche Schienenstücke, getrennt werden, um zu große Schienenspannungen zu vermeiden. Sämtliche Einfeldträger sind dann miteinander zu verkoppeln und durch einen Festpunkt, bei Brücken bis zu 800 m Länge meist an einem Widerlager am Brückenende, festzulegen. Bei den bereits genannten Sonderbauformen sind die Festpunkte zum Teil in Brückenmitte angeordnet.

Die einzelnen Teile von Einfeldträgerketten können wirtschaftlich an einem Brückenende hergestellt und dann im Taktschiebeverfahren über die Pfeiler hinweg vorgeschoben werden. Ein Weltrekord wurde beim Verschieben der Träger der Mainbrücke Veitshöchheim bei Würzburg auf knapp 1300 m Länge erzielt.

### *Werra-Talbrücke Münden*

Eines der umstrittensten Projekte der Neubaustrecken war der Bau der Werrabrücke bei Münden zwischen Göttingen und Kassel. Zur Schonung des Landschaftsbildes wurde eine gebündelte Linienführung mit der Bundesautobahn A 7 beim Queren des Werratals vorgeschrieben. Erste Planungen gingen von einer eigenen NBS-Brücke aus, während die Autobahn durch eine zusätzliche Brücke von bisher vier auf sechs Fahrspuren erweitert werden sollte. Diese Massierung von drei Talbrücken auf engstem Raum stieß allerdings allgemein auf Ablehnung.

Der Vorschlag eines anerkannten Brückenbaubüros, beide Verkehrswege, Eisenbahn und Autobahn, über ein gemeinsames Bauwerk in zwei Stockwerken zu führen, wurde danach lange diskutiert, schließlich jedoch aus baulichen, betrieblichen und sicherheitstechnischen Überlegungen verworfen. Man entschied sich deshalb für eine «Zweibrückenlösung»: die NBS führt über ein eigenes Brückenbauwerk, und die verbreiterte Fahrbahn der Autobahn wird auf die vorhandenen Pfeiler abgesetzt. Für die Zeit der Bauarbeiten auf der Autobahn wurde eigens eine Behelfsbrücke auf eigenen Betonpfeilern errichtet, die nach Ende des Ausbaus wieder abgebaut werden sollen.

Die neue Eisenbahnbrücke ruht auf bis zu 53 m hohen Betonpfeilern, die aus optischen Gründen genau wie die Stützen der Autobahnbrücke mit rötlichem Sandstein verkleidet werden. Der Überbau besteht aus einer Stahlkonstruktion, die im Taktschiebeverfahren am nördlichen Widerlager hergestellt und mit einem Vorbauschnabel über die Pfeiler vorgeschoben wurde. Zusammen mit der Stahlbetonfahrbahnplatte, die nach dem Vorschieben betoniert wurde, ist eine gestalterische Ähnlichkeit mit der 58 m entfernten, parallel liegenden Autobahnbrücke erreicht worden.

Die Grundsteinlegung des 40-Millionen-Projekts erfolgte im September 1986; der Rohbau wurde 1988 weitgehend fertiggestellt.

### *Fulda-Talbrücke Kragenhof*

Ein typisches Beispiel für die Wahl einer bestimmten Konstruktion aus optischen Gründen stellt die Kragenhofer Fulda-Talbrücke nördlich von Kassel dar. Eine Bedingung der Planfeststellung war, daß die Brücke sich an das äußere Bild der nahegelegenen Fachwerkbrücke der Strecke Münden–Kassel anzupassen habe. Der gewählte vierfeldrige Überbau besteht aus einer geschweißten Fachwerkkonstruktion mit einer darauf liegenden Stahlbetonverbundfahrbahn in einem leichten Bogen von 1552 m. Die Bauarbeiten begannen Mitte 1986 und wurden im Herbst 1988 abgeschlossen.

### *Mülmisch-Talbrücke*

Ein der Rombach-Talbrücke sehr ähnliches Bauwerk ist die Mülmisch-Talbrücke bei Melsungen im Verlauf der NBS Kassel–Fulda. Auch hier wurde als Festpunkt zur Ableitung der Längskräfte ein sogenannter A-Bock gewählt. Im Gegensatz zur Rombach-Talbrücke, bei der die beiden Betonbögen im freien Vorbau erstellt wurden, kam bei der Mülmisch-Talbrücke zum Abstützen der Betonverschalung das klassische Verfahren eines Holzgerüstes zur Anwendung.

Das Gerüst, das aus 750 Fichtenstämmen aus nordhessischen Windbruchgebieten bestand und etwa 600 t wog, wurde von fünf Zimmerleuten in einem halben Jahr Bauzeit errichet. Immerhin betrug das Gewicht der abzutragenden Betonlasten ca. 3200 t. Nach dem Ende der Bauarbeiten wurde das Holz noch einmal beim Bau der prinzipiell ähnlichen Pfieffe-Talbrücke, ebenfalls zwischen Kassel und Fulda, verwendet. Der Überbau der Mülmisch-Talbrücke wurde allerdings mit einer modernen Gleit-Vorschub-Rüstung aus Spannbeton gefertigt und im Taktschiebeverfahren eingeschoben.

***23*** *Mit fast 100 m Höhe ist die Rombach-Talbrücke im Verlauf des Teilstücks Kassel–Fulda das höchste aller NBS-Brückenbauwerke.*

### *Wälsebach-Talbrücke*

Eine Sonderkonstruktion stellt die Wälsebach-Talbrücke bei Kirchheim im Abschnitt Kassel–Fulda dar. Der Baugrund, Bundsandstein und Muschelkalk, ist durch Schlote unterbrochen, die durch Erdfälle nach Salzauslaugungen unterhalb der Bundsandsteinschichten entstanden und mit sehr weichem Material verfüllt sind. Die bekannte Rasterteilung mit 44 bis 58 m langen Einfeldträgern kam daher hier nicht in Frage.

Obwohl zunächst als Stahlfachwerkbrücke mit Betonfahrbahn ausgeschrieben, kam schließlich ein Angebot mit vier Bögen von je 127,5 m Spannweite zur Ausführung, auf denen sich der Hohlkastenquerschnitt abstützt. Gebaut wurden die Bogentragwerke über stationären Lehrgerüsten, wobei jeder Bogen in neun große Blöcke unterteilt wurde. Dadurch war eine Taktfolge der einzelnen Herstellungsabschnitte Bodenplatte, Seitenwände und Deckenplatte möglich. Nach der Bauzeit von 1986 bis 1988 konnte die Brücke bereits im Frühjahr 1990 von ersten Meßzügen im Verlauf des Abschnitts Fulda–Kirchheim befahren werden.

### *Rombach-Talbrücke*

Mit fast 100 m Höhe über dem Talboden hält die Rombach-Talbrücke den Höhenrekord aller NBS-Brücken. Das Bauwerk besteht aus 17 Einfeldträgern mit einer Spannweite von 58 m. In der Mitte der Brücke dient ein A-Bock als Festpunkt zur Aufnahme der hohen Längskräfte aus Anfahren und Bremsen. Gleichzeitig trägt der in spitzem Bogen ausgeführte Festpunkt aber auch zum gelungenen Gesamtbild der Brücke bei, die sich trotz ihrer Größe gut in das Landschaftsbild einpaßt. Die im brücken- und tunnelreichen Streckenabschnitt Kassel–Fulda gelegene Talbrücke wurde in den Jahren 1983 bis 1987 für etwa 40 Millionen DM erbaut.

### *Mainbrücke Veitshöchheim*

Kurz vor Würzburg überquert die NBS Hannover–Würzburg auf einer 1280 m langen Talbrücke den Main bei Veitshöchheim, mehrere Straßen, den Rangierbahnhof Würzburg sowie die alte Bahnstrecke Gemünden–Würzburg. Der Main wird durch einen 162 m weit gespannten Stabbogen überwunden, während die Spannweiten der 21 übrigen Brückenfelder zwischen 40 und 62 m liegen. Auch hier kam entsprechend der DB-Rahmenplanung für Talbrücken ein 14,3 m breiter Hohlkasten als Überbau zur Anwendung.

24

25

***24*** *Der sich lichtende Morgennebel gibt den Blick frei auf die Stabbogenkonstruktion der Main-Talbrücke bei Veitshöchheim kurz vor Würzburg.*

***25*** *Mit dem «Vorbauschnabel» voran wurden die Hohlkasten-Überbauten der Enztalbrücke bei Vaihingen nach und nach von einem Widerlager aus über die Stützen geschoben.*

Aus Platzgründen mußten die Vorfertigung der Bewehrung und die Herstellung der Überbauten im Taktschiebeverfahren an das nördliche Widerlager gelegt werden. Der Bau der einzelnen Takte in Längen von 28,5 m erfolgte in zwei Phasen: zuerst die Bodenplatte und die Stege, danach die Fahrbahnplatte. Insgesamt drei Hydro-Vorschubanlagen sorgten dann mit Hilfe von Teflon-Gleitlagern für das Einschieben der Überbauten auf die Pfeiler. Das einseitige Vorschieben auf einer Gesamtlänge von 1280 m brachte der Brücke den Weltrekord im Taktschiebeverfahren ein.

## *Enztalbrücke*

Mit der längsten Brücke der Neubaustrecke Mannheim–Stuttgart wird südlich von Vaihingen das Enztal in 47 m Höhe überquert. Das 1044 m lange Bauwerk wurde in der Standardbauart mit Hohlkasten als Überbau ausgeführt. Hergestellt wurden die Überbauten am östlichen Widerlager, von wo sie im Taktschiebeverfahren über die einzelnen Pfeiler vorgeschoben wurden. Nach dem Baubeginn mit ersten Fundamentarbeiten im Jahre 1987 konnte der Hohlkastenvorschub Ende 1988 das westliche Widerlager erreichen.

# 5. Bahnhofsanlagen

Im Zuge der Realisierung der Neubaustrecken mußten auch die Bahnanlagen der geplanten IC-Halte angepaßt, d. h. umgebaut oder sogar neu erstellt werden. Während in Hannover, Würzburg, Mannheim und Stuttgart nur einzelne Maßnahmen durchgeführt wurden, wie Modernisierung der Bahnsteige und der Anlagen für den Kundenservice oder Fahrstraßenverbesserungen in den Bahnhofseinfahrten, erhielten Göttingen und Fulda durch die Neubaustrecke zusätzliche Bahnsteiggleise und Kassel einen völlig neuen Fernbahnhof in Kassel-Wilhelmshöhe.

Die Unterwegsbahnhöfe an den Neubaustrecken, die im Abstand von etwa 20 bis 25 km angelegt wurden, sind reine Betriebsbahnhöfe mit Überholgleisen für langsamere Güterzüge. Ausnahme ist der neue Personenbahnhof Vaihingen an der Enz, wo im Verlauf der NBS Mannheim–Stuttgart planmäßig InterRegio-Züge halten.

### *Kassel-Wilhelmshöhe*

Einziger neuer Großstadtbahnhof im Zuge der Neubaustrekken ist Kassel-Wilhelmshöhe. Er übernimmt ab 1991 weitgehend die Funktionen des alten Kopfbahnhofs, der dann nur noch als Regionalbahnhof dienen wird. Der Standort des neuen Bahnhofs war lange umstritten. Anfang der siebziger Jahre führte die zum Teil heftige Diskussion um die Linienführung der NBS Hannover–Würzburg im Bereich Kassel zu über 40 Trassenvarianten. Während die Stadt einen unterirdischen Fernbahnhof unterhalb des bestehenden Hauptbahnhofs favorisierte, setzte die DB frühzeitig auf eine Linienführung entlang der bestehenden Strecken mit einem Fernverkehrshalt in Kassel-Wilhelmshöhe; die unterirdische Führung durch Kassel war zunehmend auf finanzielle und bauliche Probleme gestoßen.

1981 wurde ein Architektenwettbewerb von der Stadt Kassel und der DB ausgeschrieben, der auf große Resonanz stieß. Der erste Preis ging im September 1982 an die Berliner Architektengruppe Brandt, Signorini, Asisi mit der Empfehlung des Preisgerichts, diesen Vorschlag zu verwirklichen. Die Planungsarbeiten kamen jedoch aufgrund neuer Forderungen an die verkehrstechnische Erschließung 1985 zum Erliegen. Daraufhin wurden die drei Gewinner des ersten Wettbewerbs zu neuen Vorschlägen aufgefordert, von denen schließlich der Entwurf der Architektengemeinschaft Dietrich, Guggenberger, Wanning zur Realisierung ausgewählt wurde. Besonderheit dieses Entwurfs war die Überbauung der Bahnsteige mit Parkdecks.

Noch während der ersten Bauphase kam es durch eine veränderte ÖPNV-Führung zu neuen Rahmenbedingungen. Kurzfristig legte die Berliner Architektengruppe einen neuen Entwurf vor, der ein nach Süden hin wandähnlich abschließendes Empfangsgebäude mit einem vorgelagerten, auf schlanken Stützen stehendem Dach über dem Haltestellenbereich vorsah. Daraufhin wurden beide Architektengruppen mit dem Bau beauftragt, getrennt nach Empfangsgebäude, ÖPNV-Bereich sowie Bahnsteigerschließung und Parkdecks.

Der neue Bahnhof umfaßt insgesamt zehn Gleise mit je zwei Bahnsteigen für den Fernverkehr auf der Westseite und für den Regionalverkehr auf der Ostseite. Vor dem Empfangsgebäude befinden sich die Bus- und Straßenbahnhaltestellen, Taxistände und Kurzparkplätze, die von der markanten 14 bis 16 m hohen und 93 × 65 m großen Dachplatte überragt werden. Dahinter verläuft der Querbahnsteig, von dem über Rampen die 420 m langen und bis zu 19 m breiten Bahnsteige erreicht werden können. Diese sind zum Teil mit Parkdecks für etwa 320 Pkw überbaut.

Die Baudurchführung von 1985 bis 1991 wurde einerseits durch häufige Planungsänderungen erschwert; andererseits mußte der vorhandene Bahnbetrieb aufrechterhalten werden, was zu über 40 Bauzuständen mit zwischenzeitlich geänderten Gleisanlagen führte. Ab 1991 halten in Kassel-Wilhelmshöhe alle ICE- und IC-Züge der NBS Hannover–Würzburg, wo sie mit den InterRegio-Zügen der Relationen Duisburg–Bebra und Kassel–Konstanz verknüpft werden.

### *Vaihingen (Enz)*

In Vaihingen an der Enz, rund 35 km vor Stuttgart gelegen, sollte einerseits ein Überholbahnhof der NBS Mannheim–Stuttgart, andererseits eine Verknüpfung mit der bestehenden Strecke Stuttgart–Mühlacker–Karlsruhe/Bruchsal angelegt werden. Dadurch ergab sich die Möglichkeit, einen neuen Fernbahnhof für die Stadt Vaihingen näher am Ortskern anzulegen, lag doch der alte Bahnhof Vaihingen (Enz)

***26*** *Der Streckenabschnitt Vaihingen (Enz) Nord–Illingen wurde nach Fertigstellung des neuen Bahnhofs Vaihingen und Verlegung der Altstrecke Ende September 1990 stillgelegt. 14 Tage vor der Verlegung war IC 514 «Heinrich der Löwe» bei Ensingen noch auf der alten Trasse unterwegs.*

***27*** *Vom neuen Bahnhof Vaihingen waren im Mai 1988 schon erste Strukturen erkennbar. Knapp 2½ Jahre später sollten hier planmäßige Züge fahren.*

26

27

Nord rund 3,5 km von der Kernstadt entfernt im Ortsteil Kleinglattbach. Da der neue Bahnhof zentral zwischen den Ortsteilen Vaihingen, Kleinglattbach und Ensingen angelegt werden sollte, mußte die Altstrecke wegen der gestreckten Linienführung der NBS zwischen Illingen und Sersheim auf ca. 6 km zu jener hin verlegt werden. Der danach nicht mehr befahrene Abschnitt mit den Haltepunkten Ensingen und Vaihingen (Enz) Nord wurde rückgebaut. Vaihingen (Enz) Nord bleibt jedoch als Anschlußstelle und Übergangsbahnhof zur Privatbahn der WEG (Westdeutsche Eisenbahngesellschaft) von Sersheim aus erreichbar.

Der neue Bahnhof Vaihingen (Enz) hat insgesamt acht Gleise, in der Mitte die Durchfahrgleise der NBS mit je einem Überholgleis. Links und rechts davon sind jeweils zwei Bahnsteiggleise angelegt, die von den Eilzügen der Altstrecke und von den InterRegio-Zügen, welche auf der NBS verkehren und hier halten, benutzt werden können. Mit einem Tunnel wird die Privatbahnstrecke der WEG unterhalb des Bahnhofs durchgeführt. Eine neue Haltestelle mit Verbindung zum DB-Bahnhof entstand nördlich der Gleisanlagen.

Im neuen Bahnhofsgebäude sind das Stellwerk, Betriebsräume sowie der Kundendienst untergebracht. Der Vorplatz mit Bussteigen für zehn bis zwölf Busse, einem Taxistand sowie über 300 P+R-Plätzen ergänzt die Anlage.

Die Bauarbeiten begannen Ende 1986, nachdem 1984 der letzte Planfeststellungsbeschluß erlassen worden war. Zum Winterfahrplanwechsel Ende September 1990 ging der neue Bahnhof in Betrieb, zunächst jedoch nur mit den Zügen der Altstrecke. Danach konnte auch die letzte Lücke der NBS Mannheim–Stuttgart, am Kreuzungspunkt mit der alten Strecke, mit einem kurzen Damm geschlossen werden. Gefeiert wurde die Eröffnung des neuen Bahnhofs mit einem Tag der offenen Tür am 6. und 7. Oktober 1990. Dabei befuhr ein Pendelzug, bestehend aus vier Regionalschnellbahnwagen und zwei Diesellokomotiven der Baureihe 215, erstmals offiziell einen Teil der Neubaustrecke über die Enztalbrücke bis zum Pulverdinger Tunnel.

Ab 1991 verkehren zwei InterRegio-Linien über die Neubaustrecke, so daß Vaihingen stündlich eine IR-Verbindung in das nunmehr nur noch 15 Minuten entfernte Stuttgart erhält.

# 6. Streckenausrüstung

Nach der Herstellung der Trasse mit ihren Tunnels, Brücken, Dämmen und Einschnitten folgte die Ausrüstung der Strekken mit Oberbau, Fahrleitung und Signalanlagen. Zur Koordinierung der vielfältig verzahnten Arbeitsabläufe wurden bei den Bahnbau-Projektgruppen eigene Arbeitskreise eingerichtet, die unter Berücksichtigung der teilweise langen Bauzeiten der großen Tunnel- und Brückenbauwerke für die nachlaufende Streckenausrüstung ausreichend lange Arbeitsbereiche, d. h. Teilstrecken, einplanen sollten. Im folgenden sollen die wesentlichen Komponenten der Fahrwegausrüstung kurz vorgestellt werden.

### Schotter-Oberbau

Auf den Unterbau, z. B. einem Dammkörper, wird die sogenannte «Planumsschutzschicht» aufgebracht, eine 20 bis 30 cm starke Schicht aus frostsicherem und wasserundurchlässigem Material. Sie ist die Verbindung zwischen der obersten Tragschicht und dem auch bei den Neubaustrecken gewählten Querschwellen-Schotteroberbau. Dieser besteht aus der UIC-60-Schiene sowie der 300 kg schweren und 2,60 m langen Betonschwelle B 70 auf einer Schotterbettung aus scharfkantigem Hartgestein. Betonschwellen werden auch bei Weichen verwendet, wie z. B. bei den mit 130 km/h befahrbaren Überleitstellen. Dort erreicht eine einzelne Weiche bereits die beachtliche Länge von über 100 m.

Der Schotter wird generell mit aus Straßenfertigern umgebauten Bandfertigern eingebaut. Die Anlieferung des Schotters erfolgt dabei mit Lkw oder mit Muldenkippwagen nach Verlegen eines Baugleises. Pro Tag können auf diese Weise Einbauleistungen von etwa 1400 t auf 700 m Gleislänge erreicht werden. Vor dem Gleisvorbau wird dann in der Gleisachse eine 80 cm breite und 9 cm tiefe Aussparung hergestellt, um ein «Aufreiten» und dann mögliches Brechen der Betonschwellen zu verhindern. Der Vorbau des ersten Gleises erfolgt dann mit den Umbauverfahren «Karlsruhe» (UK) oder «Standard» (US). Das zweite Gleis wird wegen der höheren Leistungsfähigkeit mit dem Schnellumbauzug «Plasser» (UP) verlegt, mit dem pro Tag Verlegelängen bis zu 3000 m erreicht werden können.

***28*** *Nach dem Krieberg-Tunnel (2994 m) gelangt die Neubaustrecke Hannover–Würzburg bei Edesheim wieder in das Leinetal hinab und verläuft die nächsten 25 km bis Göttingen tunnelfrei. Im Mai 1988 waren neben dem Planum bereits die Fahrleitungsmasten gesetzt.*

28

*29/30* *Im September 1988 war der Gleisvorbau von Hannover aus an der Brücke über die alte Nord-Süd-Strecke bei Giften angelangt. Gut zu erkennen ist die 80 cm breite und 9 cm tiefe Aussparung im Schotterbett, die ein «Aufreiten» der Betonschwellen verhindern soll.*

29

30

*31* *Der Gleisbau kam zügig voran: Im Überholbahnhof Escherde, wenige Kilometer vom vorhergehenden Aufnahmeort entfernt, waren im Februar 1989 Schotterstopfmaschinen tätig.*

31

32

33

***32/33*** *Neben Turmtriebwagen wurden für Fahrleitungsarbeiten an den Neubaustrecken auch behelfsweise Straßenhubwagen auf Eisenbahnwagen eingesetzt. Die Bilder zeigen den TVT 702 135 bei Edesheim (Abschnitt Hannover–Göttingen) und die 260 890 auf der Talbrücke bei Zeitlofs zwischen Fulda und Würzburg (Juni 1987).*

### *Feste Fahrbahn*

Nachdem in den siebziger Jahren die Eignung des Schotteroberbaus für den Hochgeschwindigkeitsverkehr mit Schnellfahrversuchen bestätigt werden konnte, wurden die damals begonnenen Forschungsvorhaben für schotterlose Oberbauformen nicht weiterverfolgt. Erst während des Baus der Neubaustrecken wurden die Ideen der «Festen Fahrbahn» wieder aufgegriffen, da sie gegenüber dem Schotteroberbau einige Vorteile versprachen: stabilere Gleislage, geringerer Unterhaltungsaufwand, längere Liegedauer. Bei den verschiedenen Bauarten der «Festen Fahrbahn» wird der Gleisrost aus Schiene und Schwellen durch elastische Verbindungen mit Tragschichten aus Beton oder Asphalt festgelegt. Die Schwellen werden dabei z. B. bituminös verklebt (Bauart «SBV») oder direkt in eine Ortbetonplatte eingerüttelt (Bauart «Züblin»). Naturgemäß können feste Fahrbahnkonstruktionen nachträglich nicht so freizügig verändert werden wie beim Schotteroberbau. Aber gerade auf den Neubaustrecken bietet sich die Verwendung der «Festen Fahrbahn» bei den zahlreichen Kunstbauten an, da der Unterbau z. B. im Tunnel ohnehin aus Beton besteht.

Im Rahmen eines vom Bundesministerium für Forschung und Technologie (BMFT) geförderten Programms wurden die beiden NBS-Tunnel «Einmalberg» und «Mühlberg» zwischen Fulda und Würzburg mit «Fester Fahrbahn» der Bauart «Rheda» ausgeführt, die aus einer Ortbetonplatte besteht, in die Spannbetonschwellen integriert sind. Vorteilhaft gerade im Tunnel ist die gegenüber dem Schotteroberbau um etwa 25 cm geringere Bauhöhe der «Festen Fahrbahn», wodurch der Lichtraum im Tunnel vergrößert oder der Ausbruchsquerschnitt gleich kleiner ausgeführt werden kann. Weitere Streckenabschnitte mit «Fester Fahrbahn» wurden im «Sengeberg-Tunnel» zwischen Kassel und Fulda sowie im «Markstein-Tunnel» auf der NBS Mannheim–Stuttgart eingebaut.

### *Oberleitung*

Zur Versorgung der Neubaustrecken mit Energie mußten neue 110-kV-Bahnstromleitungen und Unterwerke gebaut werden. Die Fahrleitung selbst wurde aus der bisherigen Oberleitung (Bauart Re 200) weiterentwickelt und wird als «Regelbauart für 250 km/h» (Re 250) bezeichnet. Gegenüber der Re 200 unterscheidet sie sich in einigen Punkten. So wurden die Mastabstände der vorzugsweise verwendeten Betonmasten von 80 auf durchschnittlich 65 m verkürzt und der auf 120 Quadratmillimeter vergrößerte Querschnitt des Fahrdrahts aus silberlegiertem Kupfer straffer gespannt.

Zusammen mit der «Zick-Zack-Führung» von ± 30 cm (bisher ± 40 cm) wird auf diese Weise ein zu starkes Aufschwingen des Fahrdrahtes vermieden, das bei höheren Geschwindigkeiten leichter auftritt. Für eine reibungslose Stromübertragung bei hohen Geschwindigkeiten ist eine ständige Berührung des Stromabnehmers mit dem Fahrdraht notwendig, was nur bei geringen Schwingungen beider Systeme möglich ist. Andererseits soll die Anpreßkraft nicht zu hoch sein, damit der Fahrdraht nicht unzulässig angehoben wird und der Verschleiß gering bleibt.

### *Sonderausrüstungen*

Zahlreiche weitere Subsysteme, die zum Teil mit der Stellwerkstechnik verknüpft sind, ergänzen die Streckenausrüstung. In den Stellwerken laufen Informationen über den Zustand von Weichenheizungen, Tunnelbeleuchtungen oder von Brand- und Einbruchsmeldeanlagen zusammen.

Das neue System der Heißläuferortungsanlagen (Bauart HOA 90 S) überwacht berührungslos die Achslagertemperaturen der Züge bei Geschwindigkeiten bis zu 350 km/h. Die elektronischen Detektoren liegen entlang den Neubaustrekken im Abstand von ca. 35 km und tasten die Infrarotstrahlung der Achslager ab. Im gleichen Gehäuse der HOA sind die Festbremsortungsanlagen integriert, die die Erhitzung der Bremsscheiben und Radreifen kontrollieren.

In den Tunnels mit über 1000 m Länge sind Luftströmungsmeldeanlagen installiert, die im Fall eines Zugbrandes für die Reisendenrettung die sichere, d. h. rauchärmere Fluchtrichtung angeben. Windmeldeanlagen auf hohen Talbrücken warnen vor zu hohen Seitenwindgeschwindigkeiten, die z. B. leere Container oder leichte Ladegüter auf Güterzügen gefährden könnten.

Für die bundesbahninterne Kommunikation (Zugfunk) wurden Funkfeststationen eingerichtet, die in den Tunnels mit stark bündelnden Antennen ausgestattet sind. Alle 2 km auf der freien Strecke und alle 600 m im Tunnel dienen Streckenfernsprecher betrieblichen Zwecken und im Tunnel auch als Notruftelefon. Das Tunnelfunksystem (TFS 91) überträgt auch in den Tunnels störungsfrei Telefongespräche, den Europäischen Funkruf und drei UKW-Rundfunkprogramme zum Zug.

***34/35*** *Einst und jetzt beim Streckenbau zwischen Hannover und dem Überholbahnhof Escherde: Zwei Jahre nach der ersten Aufnahme im April 1988 ist die Strecke bei Rössing nahezu fertiggestellt und der Einschnitt wieder begrünt.*

34

35

# 7. Signal- und Betriebsleittechnik

Planung und Bau der Neubaustrecke und der ICExpreß-Triebzüge waren auch Anlaß, das Signalsystem für den Schnellverkehr, die Linienzugbeeinflussung (LZB), weiterzuentwickeln. Für den Reisenden einzige sichtbare Komponente ist der Linienleiter, ein in Gleismitte verlegtes Kabel für den Informationsaustausch zwischen Zug und Fahrdienstleiter an der Strecke. Notwendig für den Betrieb sind sowohl speziell ausgerüstete Triebfahrzeuge als auch Einrichtungen an der Strecke, deren prinzipielle Funktionsweise im folgenden dargestellt werden soll.

### *Linienzugbeeinflussung*

Die Sicherung der Zugfahrten übernahmen bisher Vor- und Hauptsignale, deren Abstand (in der Regel 1000 m) auf Geschwindigkeiten bis zu 160 km/h ausgelegt ist. Höhere Geschwindigkeiten führen naturgemäß zu längeren Bremswegen, so daß ein Zug beim herkömmlichen Signalsystem nach Vorbeifahrt an einem «Halt erwarten» zeigenden Vorsignal nicht mehr bis zum Hauptsignal zum Halten käme. Zudem ist nicht sicher, daß der Lokführer ein Signal bei hohen Geschwindigkeiten in jedem Fall – auch bei ungünstigen Wetter- und Lichtverhältnissen – erkennen kann.

Eine Vergrößerung des Abstandes von Vor- und Hauptsignalen wäre sehr aufwendig und würde die Leistungsfähigkeit der Strecke durch Verlängerung der Blockabschnitte reduzieren. Auch Überlegungen für ein «Mehrabschnittssystem» – eine signalmäßige Vorausschau über mehrere Blockabschnitte – sind über Planungen und versuchsweise Anwendungen nicht hinausgekommen.

Die Lösung des Problems wurde mit der Linienzugbeeinflussung gefunden. Die LZB ermöglicht eine Streckenvorausschau für den Lokführer über seinen Sichtbereich und den nächsten Blockabschnitt hinaus sowie eine permanente Anzeige der für den Fahrtverlauf wichtigen Informationen über einen Monitor auf den Führerstand des Triebfahrzeugs.

### *LZB-Einsatz bei der DB*

Schon 1965 gab es anläßlich der Internationalen Verkehrsausstellung Schnellfahrten mit 200 km/h zwischen München und Augsburg, die durch die LZB gesichert wurden. Die damalige Technik «LZB 100» bestand noch aus Schaltkreisen mit Einzeltransistoren. Sie kam bis zum Herbst 1990 bei der DB zum Einsatz und wurde dann vollständig von der weiterentwickelten «LZB 80/L 72» in Mikrorechnertechnik abgelöst.

Nach den ersten LZB-Anwendungen auf den Strecken München–Augsburg–Donauwörth und Langenhagen–Celle wurde das Schnellfahrnetz der DB vor allem in den achtziger Jahren erweitert, was neben anderen baulichen Maßnahmen (z. B. Beseitigung von Bahnübergängen) durch den Einbau der Streckeneinrichtungen für die LZB auf den Abschnitten

- Celle–Uelzen–Hamburg,
- Hamburg–Bremen–Münster,
- Hannover–Wunstorf–Minden und
- Bielefeld–Dortmund

ermöglicht wurde. Im Mai 1988 ging als erstes Teilstück der NBS Hannover–Würzburg der Abschnitt Fulda–Würzburg mit der neuen «LZB 80/L 72» und dem Betriebsverfahren «LZB-Führung» in Betrieb. Als erste Fahrzeuge wurden die Lokomotiven der Baureihe 120 mit den Fahrzeuggeräten «LZB 80» ausgerüstet, die auch im ICExpreß zur Verwendung gelangen. Im Jahre 1987 begann die Umrüstung der Baureihe 103, die Ende 1990 abgeschlossen wurde. Zu diesem Zeitpunkt waren auch die übrigen LZB-Strecken der DB auf das neue Verfahren umgestellt (Mai 1990: München–Donauwörth, Ende 1990: alle LZB-Strecken im DB-Netz).

### *Streckeneinrichtungen*

Bei der LZB-Bauart «L 72» steuert eine Rechnerzentrale einen Streckenbereich von 50 bis 100 km, während bei der älteren Bauart «LZB 100» noch in jedem Stellwerk eine Steuerstelle eingerichtet werden mußte. Wie das Fahrzeuggerät ist auch die Rechnerzentrale in der «2von3»-Rechneranordnung aufgebaut, d. h. 3 Rechner führen parallel dieselben Aufgaben aus; bei unterschiedlichen Rechenergebnissen führt im Prinzip eine «Mehrheitsentscheidung» zum richtigen Ergebnis.

In der LZB-Zentrale ist die Strecke mit allen erforderlichen Daten EDV-gerecht abgespeichert, wie z. B. den Standorten von Signalen und Weichen oder den Streckenhöchstgeschwindigkeiten. Von einem Sender werden Datentelegramme in sehr kurzer Zeit (ca. 0,07 sec) über den Linienleiter zum Zug übertragen; über einen Empfänger erhält die LZB-Zentrale Angaben über die Züge und ihre Standorte.

Zur Regelung der Zugfolge ist die Strecke in LZB-Blockabschnitte unterteilt, an deren Ende jedoch nur ein Blockkennzeichen und kein Signal aufgestellt ist. Der Verzicht auf Blocksignale, die für LZB-Strecken überflüssig sind, stellt eine erhebliche Kosteneinsparung dar, die sich in der Größenordnung der gesamten LZB-Investitionskosten bewegt. Um auch

36

**36** *Auf den Neubaustrecken stehen ortsfeste Signale nur noch in den Bahnhöfen und vor Überleitstellen, die übrigen Streckenabschnitte sind durch LZB-Blockkennzeichen unterteilt.*

konventionelle Züge ohne LZB über die NBS führen zu können und als «Rückfallebene» bei Ausfall der LZB werden jeweils drei bis fünf LZB-Blockabschnitte zu einem H/V-Zugfolgeabschnitt (mit Haupt- und Vorsignalen gesichert) zusammengefaßt. Nur am Ende eines solchen Abschnitts und an Bahnhöfen oder Abzweigungen stehen noch konventionelle Signale. Auswirkungen hat dieses Prinzip natürlich auf die Leistungsfähigkeit: in einem H/V-Abschnitt dürfen sich nur ein Zug ohne LZB oder mehrere LZB-geführte Züge entsprechend der Anzahl der LZB-Blockabschnitte befinden.

### *Linienleiter*

Die Informationsübertragung zwischen Streckenzentrale und Zug erfolgt über die Linienleiterschleifen, zwei in Gleismitte und in der Seitenlage verlegte Kabel. Die Sende- und Empfangsantennen an der Unterseite des Triebfahrzeugs sind nur 30 cm vom Kabel entfernt, so daß die Übertragung durch «induktive Koppelung» geschehen kann. Da sich die Linienleiterkabel alle 100 m kreuzen, wechselt an jeder Kreuzungsstelle die Richtung des Linienleiterstroms. Mit diesen Wegmarken kann das LZB-Fahrzeuggerät die eigene Wegmessung korrigieren, die über das Zählen der Radumdrehungen von einem Wegimpulsgeber gespeist wird. Eine verbesserte Ortung ist beim ICExpreß mittels eines eigens entwickelten Ortungsrechners möglich, der die Geschwindigkeits- und Wegmessung radsatzunabhängig durchführt.

### *Fahrzeugeinrichtungen*

Auch die Fahrzeugeinrichtungen der Bauart «LZB 80» bestehen aus 3 parallel arbeitenden Rechnern, von denen mindestens 2 funktionieren müssen. Vor jeder Zugfahrt muß der Triebfahrzeugführer am LZB-Zugdateneinsteller die Werte für Bremsart, Bremshundertstel, Zuglänge und Höchstgeschwindigkeit des Zuges eingeben. Aus diesen Daten wählt der Rechner dann in Abhängigkeit der Streckenneigung eine Betriebsbremskurve aus, mit der der Zug sicher am Zielpunkt zum Halten gebracht werden kann.

Alle wichtigen Signalisierungs- und Geschwindigkeitsangaben (die «Führungsgrößen») erhält der Triebfahrzeugführer über das «Modulare Führerraumanzeigegerät» (MFA):

- Die «Zielentfernung» gibt die Entfernung bis zu einem Punkt an, an dem sich z. B. die Geschwindigkeit ändert.

- Die «Zielgeschwindigkeit» ist die Geschwindigkeit, die von diesem Punkt an gefahren werden darf.
- Die «Sollgeschwindigkeit» ist die im Augenblick zulässige Geschwindigkeit.

Daneben werden mit verschiedenen Leuchtmeldern Informationen über Funktionsfähigkeit der Übertragung oder spezielle LZB-Vorsichts- und Ersatzaufträge gegeben.

### Betriebsverfahren

Mit Inbetriebnahme der NBS Fulda–Würzburg im Mai 1988 kam nicht nur eine modernisierte LZB zur Anwendung, sondern erstmals auch ein völlig neues Betriebsverfahren, die «LZB-Führung». Während die herkömmliche LZB «nur» eine erweiterte Streckensicht darstellte und die Signale weiterhin beachtet werden mußten, haben bei der neuen LZB die Angaben der Führerraumsignalisierung Vorrang vor den Signalen. Dies wurde wegen der hohen Geschwindigkeiten (250 km/h) notwendig, um für den Triebfahrzeugführer eine sichere und ständige Informationsübermittlung zu gewährleisten.

Eine Besonderheit des Verfahrens kommt auf Streckenabschnitten zum Tragen, auf denen die LZB-Blockabschnitte und die herkömmlichen H/V-Blockabschnitte unterschiedlich lang sind. Auf den Neubaustrecken besteht ein H/V-Blockabschnitt aus mehreren LZB-Blockabschnitten. Folgt nun ein LZB-geführter Zug einem konventionellen Zug, so ergibt sich die Situation, daß der erste Zug zwar signaltechnisch noch den gesamten H/V-Abschnitt belegt, der LZB-geführte Zug jedoch schon in den ersten, vom Zug ohne LZB bereits geräumten LZB-Block einfahren könnte. Da das Hauptsignal am Anfang des H/V-Abschnitts nur in Fahrtstellung gebracht werden kann, wenn der gesamte Abschnitt frei ist, müßte der LZB-Zug an einem «Rot» zeigenden Hauptsignal vorbeifahren. Dies ist dem Triebfahrzeugführer mit Rücksicht auf Fahrten im sonstigen Streckennetz jedoch nicht zuzumuten. In diesem Fall erfolgt durch die LZB ein Anstoß zur Dunkelschaltung des Hauptsignals, wenn der folgende LZB-Abschnitt frei ist.

Bis Ende 1990 wurde das bisherige Betriebsverfahren «LZB mit Signalvorrang» auf das Verfahren «LZB-Führung» netzweit bei der DB umgestellt. Weiterentwicklungen der LZB sehen die Integration der Notbremsüberbrückung und von vorübergehenden Langsamfahrabschnitten vor. Daneben wird an einer Funkübertragung zwischen Streckeneinrichtungen und Fahrzeugen als Ersatz für den Linienleiter gearbeitet.

### Stellwerks- und Betriebsleittechnik

Einen Teil der Betriebsleittechnik stellen die Signal- und Zugbeeinflussungsanlagen (hier LZB) dar. Die weiteren Komponenten wie Steuerung und Sicherung der Fahrwege und die Betriebsführung sollen im folgenden kurz vorgestellt werden.

Das Einstellen der Fahrwege und die Sicherung der Zugfahrten erfolgt auch bei den Schnellfahrstrecken überwiegend durch Gleisbildstellwerke in Spurplantechnik. Stellwerke der neuesten Bauart sind «Elektronische Stellwerke» (ESTW), die in Hockenheim (NBS Mannheim–Stuttgart), Kirchheim, Orxhausen (NBS Hannover–Würzburg) sowie im ICE-Bw Hamburg eingerichtet wurden. Bei ihnen übernimmt der Rechner das Prüfen der Gleisabschnitte und das Einstellen und Sichern der Weichen und Fahrwege. Gegenüber den herkömmlichen Spurplanstellwerken, deren maximale Stellentfernung bei 6,5 km liegt, können von einem ESTW Signale und Weichen dank Lichtwellenleitertechnik in nahezu beliebiger Entfernung gesteuert werden, so daß von den genannten ESTW an den Neubaustrecken knapp 200 km Strecke gesteuert werden können.

Die übergeordnete Betriebslenkung erfolgt durch die Zugüberwachungen (ZÜ), die bei den Bundesbahndirektionen angesiedelt sind und großräumig für Betriebsflüssigkeit und Pünktlichkeit sorgen sollen. Durch die Disponenten werden bei Unregelmäßigkeiten oder Verspätungen z. B. Änderungen der Zugfolge durch außerplanmäßige Überholungen festgelegt. Dazu stehen sie ständig mit den Fahrdienstleitern an der Strecke in Verbindung. Der tatsächliche Fahrverlauf der Züge wird aufgrund der Meldungen der Fahrdienstleiter in ein Arbeitsblatt eingetragen.

Eine Entlastung der Disponenten von dieser manuellen Tätigkeit wurde durch die Einführung der rechnergestützten Zugüberwachung (RZÜ) erreicht, die 1988 erstmals in Nürnberg eingerichtet wurde und auch einen Teil der Neubaustrecke Hannover–Würzburg überwacht. Bei der RZÜ erfolgen die Zugmeldungen durch automatische Zugnummernmeldeanlagen; die Zeit-Weg-Linien der Züge werden auf einem Monitor angezeigt, wobei die Fahrplanlinien bis zu einer Stunde im voraus fortgeschrieben werden. Daraus lassen sich schon frühzeitig Betriebsbehinderungen erkennen und entsprechende Maßnahmen disponieren.

Eine weitere rechnergestützte Zugüberwachung wird im Frühjahr 1991 in der BD Hannover den Betrieb aufnehmen und den nördlichen Teil der NBS Hannover–Würzburg überwachen. Langfristig ist für die Hauptstrecken die netzweite Einführung der RZÜ geplant.

37

**37** *Das größte elektronische Stellwerk der DB befindet sich in Orxhausen zwischen Hannover und Göttingen und überwacht über 70 Kilometer Neubaustrecke von Hannover-Wülfel bis Edesheim (Foto: DB, BD Hannover).*

# 8. Sicherheitskonzept

Mit dem Einstieg in das Zeitalter der Neubaustrecken und des Hochgeschwindigkeitsverkehrs blieb auch die Deutsche Bundesbahn nicht davon verschont, ihre Sicherheitsphilosophie angesichts der neuen Technologien zu überdenken. Zwar gilt die Eisenbahn u. a. wegen der Spurführung, der Signaltechnik und der Ausbildung des Personals als sicherstes Massenverkehrsmittel überhaupt, trotzdem entzündete sich die Sicherheitsdiskussion vor allem mit den Kommunen wegen der z. T. sehr langen Tunnelbauwerke auf den Neubaustrecken.

### *Sicherheitskomponenten*

Systembedingt ist das Unfallrisiko auf den Neubaustrecken niedriger als auf dem konventionellen Eisenbahnnetz: die Spitzenreiter der Unfallstatistik, die Bahnübergänge, fehlen völlig, es gibt weniger Bahnhöfe mit Rangierbetrieb, der Gleisabstand und die Tunnelprofile wurden vergrößert sowie die Signaltechnik auf modernsten Stand gebracht. Unterstützt wird dies durch den hohen Tunnelanteil der Neubaustrecken (ca. 35 %), die eine Reihe äußerer Einflüsse fernhalten: Hindernisse im Gleis, Unterspülung des Bahndamms, Baumsturz, Blitzschlag, Schienenbrüche oder Gleisverwerfungen aufgrund von Temperatureinflüssen seien als Beispiel genannt.

In der Öffentlichkeit wurden jedoch vor allem die sehr langen Tunnel sicherheitstechnisch ungünstig beurteilt, da die erschwerte Erreichbarkeit eines im Tunnel verunglückten Zuges die Unfallfolgen, z. B. bei Bränden, vergrößern könnte. Die Antwort auf die allgemeine Sicherheitsdiskussion war die Entwicklung eines Sicherheitskonzeptes, das sich auf eine Reihe von Einzelmaßnahmen stützt. Im wesentlichen kann es unterteilt werden in:

- ereignisverhindernde Maßnahmen,
- ausmaßmindernde Maßnahmen,
- Selbstrettungskonzept,
- Fremdrettungskonzept.

Zu den ereignisverhindernden und ausmaßmindernden Vorkehrungen gehören u. a. die Verwendung von nicht brennbaren und schwer entflammbaren Materialien in den ICEFahrzeugen, die Ausstattung der Züge mit Erste-Hilfe-Ausrüstungen, Feuerlöschern, Notbeleuchtung und zentraler Türverriegelung sowie die genaue Standortüberwachung der Züge auf der Strecke vom Stellwerk aus (Linienzugbeeinflussung).

### *Neues Notbremskonzept*

Die Notbremse stellt eine Besonderheit des Verkehrssystems Eisenbahn dar, gestattet sie doch im Gegensatz zu Schiffen, Flugzeugen oder Kraftfahrzeugen jederzeit dem Reisenden, den Zug bei einem Notfall zum Halten zu bringen. Erfahrungen aus dem S- und U-Bahn-Bereich, wo in den achtziger Jahren nicht selten mutwillig gelegte Fahrzeugbrände in Tunnelstrecken auftraten, zeigten, daß in einem solchen Fall die Fahrfähigkeit des Zuges bis zum nächsten Bahnhof gewährleistet werden muß, um dort wirkungsvollere Hilfsmaßnahmen bieten zu können als im Tunnel. Die Hamburger S-Bahn-Triebzüge wurden nach zwei schweren Bränden dann auch mit überbrückbaren Notbremseinrichtungen ausgerüstet.

Für den Betrieb der Neubaustrecken mit ihren teilweise sehr langen Tunnelabschnitten (bis über 10 km) wurde daher ein neues Notbremskonzept entwickelt. Einerseits wurden die Fahrzeuge, die auf der NBS verkehren sollen, mit einer elektro-pneumatischen Bremssteuerung (ep-Bremse) ausgerüstet, die nicht nur als Nebeneffekt einen höheren Fahrkomfort beim Abbremsen des Zuges bewirkt, sondern vor allem im Notfall das Wiederbefüllen der Hauptluftleitung soweit beschleunigt, daß der Triebfahrzeugführer in den Notbremsvorgang korrigierend eingreifen kann. Andererseits wurden die Kilometrierungstafeln an der Strecke, die «Hektometerzeichen», mit Kennzeichnungen ergänzt (orangefarbener Balken), die dem Lokführer anzeigen, ob er im Fall einer Notbremsung die Bremsung unterbrechen oder unterstützen muß, um den Zug außerhalb eines Tunnels zum Halten zu bringen. Diese «Notbremsüberbrückungsabschnitte» finden bei allen Tunneln mit einer Länge von mehr als 500 m Anwendung. Eine Integrierung dieses Verfahrens in die Linienzugbeeinflussung des ICE wird vorbereitet. Ist der Zug dann außerhalb eines Tunnels zum Halten gekommen, können die Rettungsmaßnahmen eingeleitet werden.

### *Selbstrettung*

Für den sehr unwahrscheinlichen Fall, daß trotz aller Vorsorge ein Zug bei einem Notfall (z. B. Brand) in einem Tunnel liegenbleibt, muß zuerst die Selbstrettung versucht werden. Unter Anleitung des Zugpersonals sollen die Reisenden den Gefahrenbereich verlassen. Dazu muß der Zugführer mit dem Triebfahrzeugführer Kontakt aufnehmen, der wiederum vom nächsten Fahrdienstleiter den Tunnelrettungszug und weitere Maßnahmen anfordert: Gleissperrung, Abschalten der

Fahrleitung, Einschalten der Tunnelbeleuchtung und Feststellen der Windrichtung.

Wegen der Rauchentwicklung bei einem Brand müssen die Reisenden entgegen der Luftströmung evakuiert werden, auch wenn dies einen längeren Weg zum Tunnelportal zur Folge hat. Der vergrößerte Querschnitt der Neubautunnel ermöglichte die Anlage von befestigten und beleuchteten Wegen von ca. 1,7 m Breite im Seitenraum. Zusammen mit den Hektometerzeichen sind alle 200 m Fluchtwegkennzeichnungen angebracht sowie Hinweise auf eventuelle Notausgänge und die nächstgelegenen Fernsprecher, die im Gegensatz zu früher auch von Reisenden bedient werden können.

### *Fremdrettung*

Eine weitere Sicherheitsebene nach den Selbstrettungsmaßnahmen stellt die Fremdrettung dar. Sie fußt im wesentlichen auf der Erreichbarkeit der Tunnelportale für Straßenfahrzeuge und den Einsatz der Rettungszüge. Für die Zufahrten zu den NBS-Tunneln, zumindest von einer Seite aus, wurden große Teile der Baustraßen dauerhaft erhalten. Tunnel von über 3 km Länge sollen von beiden Seiten erreichbar sein, um externe Rettungsdienste und eventuell Rettungshubschrauber so nah wie möglich an die Unglücksstelle heranzuführen. In schwächer besiedelten Gegenden würde diese Aufgabe vor allem auf die Freiwilligen Feuerwehren und die örtlichen Sanitätsdienste zukommen.

Für die Einbindung der Berufsfeuerwehren wurden die Rettungszüge (vormals Tunnelhilfszug genannt) entwickelt, die das Einsatzpersonal (Feuerwehr, Notärzte, Sanitätspersonal) und ihre Ausrüstung zum Unglücksort transportieren, dort verletzte Personen aufnehmen und medizinisch behandeln sowie Brände bekämpfen sollen.

### *Rettungszüge*

Die Rettungszüge werden für die Neubaustrecke Hannover–Würzburg in Hannover, Kassel, Fulda und Würzburg stationiert, für die Neubaustrecke Mannheim–Stuttgart an den beiden Endpunkten der Strecke. Sie bestehen aus fünf Wagen und je einer Lok der Baureihe 214 an jedem Ende, einem Umbau aus der Baureihe 212. Die Lokomotiven verfügen für die ständige Betriebsbereitschaft über eine spezielle Speisewasserwarmhaltung sowie (am augenfällig-

38

***38*** *Die beiden ersten Rettungszüge wurden bei Betriebsaufnahme der Neubaustrecke Fulda–Würzburg an den Endpunkten der Strecke stationiert. Jederzeit startbereit wartet der Rettungszug in Würzburg auf einem Nebengleis am Bahnbetriebswerk gegenüber dem Hauptbahnhof.*

sten) über 2 Fern- und 2 Breitenscheinwerfer an der Spitze der Lok für die Ausleuchtung der Tunnel. Bei starker Rauchentwicklung steigt der Triebfahrzeugführer in den ersten Transportwagen um, von dessen Hilfsführerstand er den Zug weiterhin steuern kann. Unterstützt wird er durch je eine an der Spitze der Lok befindliche Fernseh- und Wärmebildkamera, deren Bilder in den Transportwagen übertragen werden.

Der erste Transportwagen (ein zweiter befindet sich am anderen Ende des Zuges) besteht aus jeweils zwei 40-Zoll-Containern, die im Innern in Einstiegs-, Aufenthalts- und Technikraum unterteilt sind. Im Einstiegsraum können sich bis zu 20 Personen gleichzeitig aufhalten, bis durch Luftspülung etwaige Verqualmungen beseitigt sind. Sitzbänke und Klappliegen bieten im Aufenthaltsraum etwa 60 bis 80 Personen Platz, die durch die im Technikraum installierten Einrichtungen etwa 4 bis 5 Stunden mit Atemluft versorgt werden können.

Es folgt der Gerätewagen mit der feuerwehrtechnischen Standardausrüstung eines Löschfahrzeuges LF 16 und eines Rüstwagens RW 2. Im Löschmittelwagen stehen 20 Kubikmeter Wasser und 2 Kubikmeter Schaummittel bereit. Der Sanitätswagen bietet die notfallmedizinische Ausstattung für zwei Notarztarbeitsplätze.

Der zweite Teil des Rettungszuges besteht aus dem zweiten Transportwagen und der am Ende laufenden Lokomotive. Dieser Teil kann im Einsatzfall vom Hauptzug getrennt werden und dient dem pendelzugartigen Verletztentransport von der Einsatzsstelle zum Tunnelportal, während der Hauptteil des Zuges im Tunnel verbleibt. Beide Zugteile können über eine gasdichte Schleuse verbunden werden.

In einem Unglücksfall werden die der Unglücksstelle benachbarten Rettungszüge alarmiert. Während der Anfahrt der Berufsfeuerwehr und der Rettungsdienste wird die Fahrbereitschaft des Zuges hergestellt (Trennen von der stationären Energieversorgung, Starten der Lokomotiven), so daß sich die Rettungszüge nach kürzester Zeit in Bewegung setzen können. Am Portalplatz hält der Zug zur Aufnahme zusätzlicher Rettungskräfte, zur Installation der Funkgeräte und zur Erdung der Fahrleitung kurz an, um dann zur Einsatzstelle vorzurücken.

Die Investitionskosten für den Um- und teilweisen Neubau der hoffentlich nie einzusetzenden Rettungsfahrzeuge belaufen sich auf ca. 11 Mio. DM pro Zug.

# 9. Inbetriebnahme der Schnellfahrstrecken

Über 20 Jahre Planung und Bau vergingen bis zur vollständigen Inbetriebnahme der Neubaustrecken Hannover–Würzburg und Mannheim–Stuttgart, die nach ihrer Fertigstellung in «Schnellfahrstrecken» umbenannt werden. Einzelne frühzeitig fertiggestellte Teilstücke, die durch Verbindungen mit den Altstrecken sogleich mitbenutzt werden konnten, wurden vornehmlich in der zweiten Hälfte der achtziger Jahre dem Betrieb übergeben, meist zusammenfallend mit einer Erweiterung des InterCity-Systems. Einen grundlegenden Schnitt in der Fahrplangestaltung stellt die Aufnahme des ICE-Verkehrs im Jahr 1991 dar: Geänderte IC-Linienführungen, neue InterRegio-Verbindungen wirken sich zusammen mit weiteren neuen Angeboten bis in den Nahverkehr aus.

### Erste Teilstrecken

Nach dem ersten Rammschlag für die NBS Hannover–Würzburg im August 1973 begannen die Bauarbeiten auf dem 12 km langen Abschnitt von Hannover-Bismarckstraße bis Rethen: 2 neue Gleise, parallel zur «alten» Nord-Süd-Strecke, ein neuer Haltepunkt in Laatzen als Ersatz für den wegfallenden Bahnhof Hannover-Wülfel sowie das markante Überwerfungsbauwerk in Rethen, mit dem die NBS von der bisherigen Trasse ausgefädelt wird. Trotz seiner geringen Länge ging dieser Streckenabschnitt erst im Mai 1979 in Betrieb – zeitgleich mit der Aufnahme des neuen IC-Systems im Stundentakt mit erster und zweiter Wagenklasse. Als Symbol der schleppenden Genehmigungsverfahren für die übrigen Streckenabschnitte stand anschließend noch jahrelang das Überwerfungsbauwerk in Rethen – wie eine «Abschußrampe» aus Beton – abrupt endend in der Landschaft.

Mit dem Bau eines dritten Gleises zwischen Würzburg und Rottendorf ging ein erstes Stück der an die NBS anschließenden Ausbaustrecke Würzburg–Nürnberg im Juli 1984 in Betrieb. Ein weiterer Abschnitt, der nicht direkt zu den Neubaustrecken gehört, wurde ein Jahr später zur Einführung des erweiterten IC-Systems «IC 85» übergeben: die westliche Einführung der Riedbahn in Mannheim. Für die Züge zwischen Frankfurt und Karlsruhe/Stuttgart entfiel nunmehr der zeitaufwendige Lokwechsel.

Inzwischen waren die Bauarbeiten an den Neubaustrecken in vollem Gange und zum Teil so weit fortgeschritten, daß im Sommer 1986 das Teilstück Burgsinn–Hohe Wart zwischen Fulda und Würzburg schon für Meßfahrten genutzt werden konnte. Im Mai 1987 wurde der 38 km lange Abschnitt Mannheim–Graben-Neudorf der NBS Mannheim–Stuttgart für den planmäßigen Verkehr freigegeben, ein Jahr später der Gesamtabschnitt Fulda–Würzburg. Die Einweihung dieses mit 93 km bisher größten Teilstücks wurde gebührend gefeiert: Zwei von Fulda nach Würzburg auf der NBS nebeneinander fahrende Sonderzüge (ein lokbespannter IC und der InterCity Experimental) trafen sich auf dem viergleisigen Abschnitt bei Burgsinn mit dem ehemaligen TEE-Triebwagen VT 601 und einem dampflokgeführten Personenzug zu dem bekannten Bild der vier parallel fahrenden Eröffnungszüge. Zwei Tage lang pendelten Sonderzüge zu «Schnupperfahrten» zwischen Fulda und Würzburg. Für den anschließend aufgenommenen Planbetrieb konnten durch dieses Teilstück schon beträchtliche Fahrzeitgewinne auf der IC-Linie Hamburg–München erzielt werden. Die Streckenbelastung hielt sich bei tagsüber durchschnittlich einem IC pro Richtung zunächst in Grenzen; Güterzüge durften die Strecke nur nachts befahren, wenn kein IC entgegenkommen konnte.

Weniger spektakulär ging im Mai 1988 auch der Abschnitt Edesheim–Nörten-Hardenberg zwischen Hannover und Göttingen in Betrieb. Diese Umfahrung des Knotens Northeim wurde allerdings zunächst nur von den südwärts fahrenden IC-Zügen genutzt, da in der anderen Richtung das Gegengleis der alten Strecke zweimal hätte gekreuzt werden müssen. Der Restabschnitt von Nörten-Hardenberg bis Göttingen wurde 1989 fertiggestellt und nach ersten Güterzugfahrten als «dynamische Gleisstabilisierung» im Mai 1990 dem Betrieb übergeben, allerdings wegen noch nicht betriebsbereiter LZB mit zunächst maximal 160 km/h. Die Parallelführung der Alt- und Neubaustrecke von Edesheim bis Göttingen steigerte jedoch die Kapazitäten und somit die betriebliche Flexibilität des Abschnitts.

Für Meßfahrten war Anfang 1990 die Teilstrecke Fulda–Kirchheim freigegeben worden. An den übrigen Streckenabschnitten wurde zu diesem Zeitpunkt noch fieberhaft gearbeitet, um im Herbst 1990 mit den Zulassungsfahrten beginnen zu können.

### Zulassung der Schnellfahrstrecken

Ähnlich wie bei den Fahrzeugen muß auch bei den Neubaustrecken vor Aufnahme des Regelbetriebes die Sicherheit und Funktionsfähigkeit aller Anlagenteile nachgewiesen werden. Dies geschieht durch ein umfangreiches Versuchs- und Meßfahrtenprogramm. Gleichzeitig müssen sich die örtlichen Mitarbeiter, z. B. in den Stellwerken, mit der Strecke vertraut machen sowie über 1000 Triebfahrzeugführer, davon etwa 250 für die neuen ICE, geschult werden.

Für Sicherheit und Fahrkomfort ist eine exakte Gleislage besonders wichtig. Diese wird durch lauftechnische Fahrzeugmessungen und Gleismeßzüge überprüft. Eine «Grundbelastung» der Gleise durch Zugfahrten mit 200 000 Last-Tonnen wird durch Güterzugfahrten oder durch den Einsatz eines Dynamischen Gleisstabilisators erreicht.

Die Abnahme der Oberleitungen geschieht durch Sichtprüfungen mit dem Turmtriebwagen, eine Seiten- und Höhenmessung des Fahrdrahtes bei 5 km/h sowie durch Hochtastfahrten mit dem IC-Experimental, der im Spätsommer 1990 zum Abnahmefahrzeug umgerüstet wurde.

Zu dem umfangreichen Testprogramm der signal- und fernmeldetechnischen Anlagen gehören die Prüfungen der Linienzugbeeinflussung, der INDUSI, der Heißläuferortungsanlagen und des betrieblichen Meldesystems einschließlich der Betriebsleitzentrale und der Zugüberwachungen.

Die lauftechnischen Zulassungsfahrten für die vorgesehene Höchstgeschwindigkeit von 280 km/h werden in Form von Hochtastfahrten durchgeführt, bei denen ab 160 km/h stufenweise die Geschwindigkeit in 10-km/h-Schritten bis zu 10 % über der Höchstgeschwindigkeit, d. h. 310 km/h, gesteigert wird und jeweils die Kräfte zwischen Rad und Schiene und der Stromabnehmerlauf gemessen werden. Dabei werden die Strecken in der Regel im Bereich 160–190 km/h zweimal, 200–240 km/h dreimal, 250–280 km/h fünfmal und über 280 km/h mindestens fünfmal befahren. Die Zulassungsfahrten fanden im Spätherbst 1990 zwischen Hannover und Fulda sowie im Frühjahr 1991 zwischen Mannheim und Stuttgart statt.

### *Fahrplan 1991*

Nach dem Start des IC-Systems im Jahr 1971 und den Erweiterungen des Netzes in den Jahren 1979, 1985 und 1988 ist der Fahrplan 1991 als wichtiger Meilenstein anzusehen, da im Prinzip das gesamte Fahrplangefüge der DB völlig neu gestaltet wurde. Die zunächst geplanten IC-Linienführungen wurden angesichts der veränderten politischen Lage und der

***39*** *Am 30. November 1990 übergab die Projektgruppe NBS Nord den niedersächsischen Teil der fertiggestellten Neubaustrecke Hannover–Würzburg an die Bundesbahndirektion Hannover: Fotohalt der Eröffnungsfahrt am nördlichen Portal des Escherberg-Tunnels.*

***40*** *Planbetrieb tagsüber auf der NBS Fulda–Würzburg seit 1988: ein IC pro Stunde und Richtung. Nur einmal am Tag wuchs diese «Belastung» der Strecke durch den FD «Königssee» auf zwei Züge pro Stunde an. Im Abstand von wenigen Minuten folgte am 17. September 1990 der IC 681 «Riemenschneider» dem FD. Der IC wird gleich in den Hanfgarten-Tunnel zwischen Rohrbach und Würzburg einfahren.*

39

40

**41** *In ihren ersten Betriebsjahren wurde die NBS Fulda–Würzburg auch von Güterzügen ohne LZB-Einrichtung befahren, allerdings nur nachts und bis in die frühen Morgenstunden, bevor die ersten IC-Züge verkehrten. Der von 140 093 gezogene Güterzug hat am 12. Juli 1990 soeben den längsten Tunnel der DB, den Landrücken-Tunnel, verlassen und strebt nun nach Überqueren der Kalbach-Talbrücke Fulda entgegen.*

250
8

Deutschen Einheit noch einmal überarbeitet. So werden z. B. 1991 auch Berlin in das IC-Netz sowie Leipzig und Dresden in das IR-Netz integriert.

Kernstück des neuen IC '91-Angebotes ist die Linie 6 von Hamburg über Hannover, Fulda, Frankfurt, Mannheim, Stuttgart nach München, die beide Neubaustrecken berührt und von den neuen ICExpreß-Zügen mit planmäßig bis zu 250 km/h befahren wird. Die IC-Linie 4 (Hamburg–Hannover–Würzburg–Nürnberg–München) wird zunächst noch mit lokbespannten Zügen mit 200 km/h Höchstgeschwindigkeit gefahren, im Laufe des Fahrplanjahres 1991/92 jedoch auch auf ICE umgestellt. Eine weitere Linie in der Nord-Süd-Richtung wird in Form der IC-Linie 3 neu eingeführt, die zunächst von Basel über Mannheim, Frankfurt, Göttingen und die «Hildesheimer Kurve» nach Hildesheim und Braunschweig verlaufen sollte, nunmehr jedoch über Magdeburg nach Berlin verlängert wurde und dafür im Süden aus Umlaufgründen bereits in Karlsruhe endet. Ab 1993 ist auch hier mit dem Einsatz von ICE-Zügen zu rechnen.

Die übrigen IC-Linien verlaufen in Anlehnung an das bisherige IC-Netz: Linie 1 Hamburg–Dortmund–Köln–Frankfurt–Nürnberg, Linie 2 Dortmund–Köln–Stuttgart–München, Linie 5 Hannover–Dortmund–Köln–Mannheim–Basel mit Rückverlängerung im 2-Stundentakt bis Berlin über Braunschweig und Magdeburg, Linie 6a Oldenburg/Bremerhaven–Hannover.

Fünf InterRegio-Zugpaare verbinden Köln ab 1991 mit Dresden über Hannover–Wolfsburg–Leipzig, zwei Zugpaare der IR-Linie Amsterdam–Braunschweig werden ab Hannover über Wolfsburg–Stendal nach Berlin verlängert, womit erstmals nach 45 Jahren Hannover und Berlin wieder auf dem kürzesten Weg über Stendal verbunden werden.

Auf der NBS Mannheim–Stuttgart verkehren die IC-Linie 2, die ICE-Linie 6 sowie zwischen Vaihingen und Stuttgart die neue IR-Linie Karlsruhe–Salzburg.

Durch Nutzung der Neubaustrecken verringern sich die Reisezeiten im IC-Verkehr zum Teil erheblich: Hannover–Würzburg kann in 2 Std 17 min zurückgelegt werden, Hannover–Stuttgart in 3 Std 48 min, was einer Fahrzeitverkürzung von 42 bzw. 109 min entspricht.

Die weitere Planung sieht für 1993 die Verdichtung der ICE-Linie 3 (Berlin–Karlsruhe) auf Stundentakt vor. Zusätzliche Fahrzeitgewinne werden ab 1995 durch die Fertigstellung der Neu- und Ausbaustrecken Fulda–Basel und Dortmund–Kassel erzielt sowie 1997 nach Inbetriebnahme der Neubaustrecke (Hannover–)Oebisfelde–Berlin. Mehrere Streckenprojekte sind zur Zeit noch umstritten, wie z. B. die Relationen Köln–Frankfurt, Stuttgart–Augsburg und Nürnberg–München. Wie die Planungen weiterhin umgesetzt werden sollen, wird die Fortschreibung des Bundesverkehrswegeplans im Jahr 1991 unter Berücksichtigung der Belange der neuen Bundesländer zeigen.

# InterCityExperimental – Der Versuchszug

## 1. Beginn der Rad/Schiene-Forschung

Er ist eine elegante und beeindruckende Erscheinung auf Schienen, wenn er langgestreckt und glänzend im Bahnhof abfahrbereit wartet oder an der Strecke vorüberflitzt – der InterCityExperimental. «Grottenolm» wird er in Anspielung auf seine weiße Farbgebung und seinen häufigen Einsatz «unter Tage» genannt. Seine Entstehungsgeschichte reicht bis weit in die sechziger Jahre zurück und ist ein interessantes Kapitel des Hochgeschwindigkeitsverkehrs.

Der Schnellverkehr in Deutschland blickt auf eine lange und wechselhafte Geschichte zurück. Mehrfach hielten deutsche Eisenbahnfahrzeuge das «Blaue Band» der Eisenbahn, den Geschwindigkeitsweltrekord. Doch nach den Erfolgen des AEG-Triebwagens im Jahr 1903 und des Schienenzeppelins 1931 machten nur noch die Franzosen Eisenbahngeschichte. Ein Durchbruch im Schnellverkehr deutete sich Mitte der sechziger Jahre an. Erst mit der Aufnahme des Schnellverkehrs im Jahr 1991 zwischen Hamburg und München über die Neubaustrecken Hannover–Würzburg und Mannheim–Stuttgart findet eine Entwicklung, die in jener Zeit begann, ihren Abschluß.

### *Der weite Weg zum InterCityExperimental*

Mit den Versuchsfahrten zwischen Forchheim und Bamberg hatte man im Herbst 1963 gezeigt, daß man den Hochgeschwindigkeitsbereich technisch im Griff hatte. Die Schnellfahrten zwischen München und Augsburg anläßlich der IVA im Jahr 1965 mit 200 km/h erbrachten den Nachweis dafür, daß ein planmäßiger Schnellfahrbetrieb auf geeigneten und entsprechend umgerüsteten Strecken möglich ist. Diese Schnellfahrten erregten großes Aufsehen und demonstrierten eindrucksvoll die Leistungsfähigkeit der Bahn.

Erste Anregungen für ein Schnellfahrnetz, die bereits Anfang der sechziger Jahre von der «Gruppe für allgemeine Studien» ausgegangen waren, wurden aufgrund der angespannten finanziellen Situation nicht verwirklicht, aber sie hatten immerhin Bewegung in die Überlegungen für ein Hochgeschwindigkeitsnetz gebracht.

Nach einem neuen Anlauf Anfang der siebziger Jahre mit dem «Ausbauprogramm 1970 der Deutschen Bundesbahn» wurde 1973 der erste Bundesverkehrswegeplan verabschiedet. Von 1971 bis 1985 sollten 950 Kilometer Ergänzungsstrecken neu gebaut und 1250 Kilometer vorhandene Strekken ausgebaut werden. Insgesamt wollte man 31 Milliarden DM in den Bereich Hochgeschwindigkeitsverkehr investieren.

Aber nicht nur im herkömmlichen Rad/Schiene-Bereich suchte man nach neuen Lösungen. Das Bundesverkehrs- und das Bundesforschungsministerium förderten im Rahmen des Forschungsprogramms auch andere spurgebundene Lösungen, da man sich die Entscheidung für ein Hochgeschwindigkeitssystem offenhalten wollte.

1970 hatte Krauss-Maffei ein Konzept für die Entwicklung einer Magnetschnellbahn «Transrapid» für 500 km/h vorgestellt und dem Bundesforschungsministerium schmackhaft gemacht. Schon im darauffolgenden Jahr präsentierte MAN ein erstes Magnetbahnsystemfahrzeug. Diese Projekte machten dem schienengebundenen Schnellverkehr bis in die neunziger Jahre zu schaffen. Als High-tech-Produkt flossen der Magnetschwebetechnik bis Mitte der achtziger Jahre 830 Mio. DM zu, während nur 360 Mio. DM für die Rad/Schiene-Forschung ausgegeben wurden. Erst als sich – auch durch den ICExperimental – zeigte, daß die Rad/Schiene-Technik anwenderfreundlicher ist, während eine Magnetschwebebahn in einem Land wie der Bundesrepublik auf Jahrzehnte hinaus nicht zu realisieren wäre, begann ein Umdenken und Umlenken der Gelder. Man entschied sich für ein zweigleisiges Vorgehen: die Grenzen des Rad/Schiene-Systems sollten systematisch erkundet werden, zum anderen die Anwendungsmöglichkeiten einer Magnetbahn als alternative Technik zur herkömmlichen Eisenbahn untersucht werden.

42

### *Forschungsgemeinschaft Rad/Schiene*

Zu den wichtigsten Institutionen, deren Arbeit den Hochgeschwindigkeitsverkehr wesentlich voranbrachte, gehörte die Rad/Schiene-Forschungsgemeinschaft. Sie war ein Ergebnis der vom Bundesminister für Verkehr in Auftrag gegebenen «Studie über ein Hochleistungsschnellverkehrssystem». Zunächst schlossen sich 1970 vier deutsche Lokomotivfabriken zu einer Arbeitsgemeinschaft zusammen, um die technisch-wirtschaftlichen Entwicklungspotentiale und die Grenzen der existierenden Eisenbahnen zu erkunden und die Anwendungsmöglichkeiten einer Magnetbahn als alternative Technik zu untersuchen. In abgestimmter Arbeitsteilung sollten Forschung und Entwicklung vorangetrieben werden, denn ein Unternehmen allein war bei den immer komplexeren Aufgabenstellungen nicht in der Lage, diese im Alleingang zu lösen. Dagegen konnte das partnerschaftliche Vorangehen den Entwicklungsstand der Eisenbahn nachhaltig voranbringen.

Hinter dieser Gründung stand die Erkenntnis, daß auch nach hundert Jahren Eisenbahnentwicklung das Potential der Eisenbahn noch nicht annähernd ausgenutzt war und daß sich die verschiedenen Teilsysteme – Fahrzeuge, Fahrwege, Energieversorgung, Sicherheitstechnik – noch nicht auf gleichem oder vergleichbarem Entwicklungsstand befanden. Und man wollte der bisher vorwiegend empirischen Entwicklung eine systematische Weiterentwicklung mit wissenschaftlichen Methoden gegenüberstellen. Dabei sollten moderne Berechnungsverfahren, Methoden und Versuchsmöglichkeiten auch in der Bahntechnik eingeführt werden. Damit konnte auch der Gefahr begegnet werden, daß die deutsche Eisenbahntechnik in Rückstand geriet und das Risiko für die einschlägige Industrie, ihre Stellung als Exporteur von Eisenbahntechnik zu verlieren, verringert würde.

Die Arbeitsgemeinschaft wuchs recht schnell. Viele Industrie- und Forschungszweige erkannten den Wert einer partnerschaftlichen und arbeitsteiligen Zusammenarbeit, so daß in kurzer Zeit neben Industrieunternehmen aus den Bereichen des Waggonbaus, der Elektroindustrie und Komponentenlieferanten auch die Deutsche Bundesbahn und viele Lehrstühle und Institute der Gemeinschaft beitraten. 1978 entstand aus dieser Arbeitsgemeinschaft dann die «Forschungsgemeinschaft Rad/Schiene». Das Bundesministerium für Forschung und Technik förderte Forschungs- und Entwicklungsvorhaben der Rad/Schiene-Forschung mit finanziellen Mitteln, so daß eine sehr breite und tiefe Grundlagenforschung möglich war.

Eine Crux der Forschungsgemeinschaft waren von Anfang an die fehlenden konkreten Zielvorgaben. Dementsprechend war die Forschung in der Anfangsphase sehr indirekt angelegt und hatte eher abstrakte als konkrete Ziele. Der Weg in die Breite und Tiefe bei der analytischen Erforschung der Grenzen des Rad/Schiene-Systems erbrachte allerdings ein sehr umfangreiches Wissen und eisenbahntechnisches Know-how.

### *Die Suche nach dem richtigen Fahrzeug*

Mit der Entscheidung für den Bau von Neubaustrecken stellte sich auch die Frage nach einem geeigneten Fahrzeug für den Hochgeschwindigkeitsverkehr. Die Baureihe 103 kam für einen solchen Einsatz nicht in Betracht. Zum einen waren die Maschinen ab dem Winterfahrplan 1971 im IC-Verkehr eingebunden, der von diesem Zeitpunkt an im Zweistundentakt durchgeführt wurde. Zum anderen konnten mit der Baureihe 103 keine Geschwindigkeiten von über 200 km/h dauerhaft gefahren werden.

Es wurde also ein Fahrzeug benötigt, das auch im Geschwindigkeitsbereich über 200 km/h eingesetzt werden konnte. Die Deutsche Bundesbahn gab vor, daß das Fahrzeug im Dauerbetrieb mit 200 km/h verkehren sollte; 250 km/h, im Versuchsbetrieb sogar 300 km/h, sollten jedoch möglich sein. Zunächst vorgeschlagene Projekte mit Gasturbinenantrieb waren nach ersten Anläufen wegen der zu hohen Zuglasten ausgeschieden. Außerdem zeichnete sich ab, daß die Fahrzeuge des Hochgeschwindigkeitsverkehrs (HGV) ausschließlich unter Fahrdraht zum Einsatz gelangen würden. Wollte man bis zur Inbetriebnahme der Neubaustrecken geeignete Fahrzeuge zur Verfügung stehen haben, mußte rechtzeitig ein Prototyp für die Erprobung bereitstehen. Die DB erteilte daher 1970 den Auftrag für einen Schnelltriebwagen für 200 km/h Höchstgeschwindigkeit, der im IC-Verkehr zum Einsatz gelangen und Studiengrundlage für eine spätere Generation von Hochgeschwindigkeitszügen sein sollte.

Aus diesen Überlegungen heraus entstanden bis 1973 die Elektrotriebzüge der Baureihe 403. Die drei Fahrzeuge wurden entsprechend den neuesten Erkenntnissen der Fahrzeugtechnik gebaut. Zur Verwendung kamen modernste Materialien, darunter auch erprobte Kunststoffe. Die vierteiligen Triebzüge verfügen über einen Allachsantrieb, eine gleisbogenabhängige Wagenkasteneinstellung, sind vollklimatisiert und haben eine überaus komfortable Inneneinrichtung. Die Antriebstechnik mit Fahrmotoren, die über Thyristoren ein ruckfreies Anfahren gewährleisten, kann den Zug in zwei Minuten von Null auf 200 km/h beschleunigen. Nach einer intensiven Erprobungsphase verkehrten die Triebwagen im IC-Verkehr. Sie führten nur die 1. Wagenklasse.

**42** *Auf seiner «Stammstrecke» Fulda–Würzburg war der InterCityExperimental am 26. Oktober 1989 unterwegs. Mit über 250 km/h braust er aus dem Hanfgarten-Tunnel heraus und an den Fotografen vorbei.*

*__43__ So sahen die ersten Entwürfe für das Versuchsfahrzeug 2 aus. Die Designstudie aus dem BZA München weist noch wenig Ähnlichkeit mit dem späteren Zug auf (Foto: DB, BZA München).*

*__44__ Eine Projektstudie, die ebenfalls aus dem BZA München stammt, enthält dagegen schon zahlreiche Elemente des späteren InterCityExperimental (Foto: DB, BZA München).*

43

44

Zu einem Einsatz der Triebzüge auf Neubaustrecken kam es aber nie. Zum einen verzögerten finanzielle Engpässe und die stärker am Individualverkehr orientierte Verkehrspolitik der Bundesregierung den Streckenneubau, zum anderen stießen die Pläne auf immer größeren Widerstand in der Bevölkerung. Wesentlich folgenreicher noch war die Ölkrise. Bei Hannover hatten 1973 die Bauarbeiten an der Neubaustrecke Hannover–Würzburg begonnen, und man war zuversichtlich, bis 1985 das Bauprogramm von 630 Kilometern Neubaustrecken zum Abschluß bringen zu können. Nur kurze Zeit später stürzte die Bundesrepublik in eine Rezession ungekannten Ausmaßes. Die autofreien Sonntage führten zwar zu einer verstärkten, aber nur erzwungenen Inanspruchnahme der Eisenbahn.

Die schwierigen wirtschaftlichen und politischen Verhältnisse führten zu einem schnellen Ende der Ausbaupläne. Der Optimismus der frühen siebziger Jahre, der Schienenverkehr werde wieder eine echte Chance erhalten, zerschlug sich mit der Weltwirtschaftskrise 1973. Das Vorhaben, getreu dem Motto «Der Mensch hat Vorfahrt», der Bahn dort den Vorzug zu geben, wo ihre Stärken liegen, war damit auf unabsehbare Zeit auf Eis gelegt. Ihre Rolle als Erprobungsträger mußten die Triebzüge der Baureihe 403 dann endgültig abgeben, als 1975 das ganze HGV-Konzept beschnitten wurde. Die Bundesbahn zog sich auf eine «1. Betriebsstufe auf NBS» mit 200 km/h Höchstgeschwindigkeit zurück. Dafür standen mit der Baureihe 103 geeignete Fahrzeuge zur Verfügung.

### *Der Rollprüfstand*

Im Fahrzeugbereich verfolgte die R/S-Forschung primär die Aufgaben,

- Systeme im Zusammenspiel aller Komponenten, insbesondere das Zusammenwirken von Fahrzeug, Fahrweg, Energietechnik und Betriebsleittechnik, zu erproben,
- die einzelnen Komponenten unter realistischen Bedingungen zu erproben und
- die theoretisch gewonnenen Erkenntnisse der Grundlagenforschung insbesondere im Bereich des Zusammenwirkens von Fahrzeug und Fahrweg durch Großversuche abzusichern.

Um das letztgenannte Ziel zu realisieren, entstand in München-Freimann der Rollprüfstand, der zu den erfolgreichsten Projekten der R/S-Forschung zählt. 1974 wurde mit dem Bau begonnen, 1977 konnte der Rollprüfstand für Einzelradsätze und Drehgestelle in Betrieb genommen werden. Seit 1980 steht er auch für vierachsige Fahrzeuge zur Verfügung. Mit dem Rollprüfstand kann das Laufverhalten von Fahrzeugen untersucht werden, indem Streckenverhältnisse simuliert werden. Gegebenenfalls können Hinweise auf die Optimierung der Laufwerke gewonnen werden. Ohne daß sich das Fahrzeug nur einen Meter bewegt, fährt es in jeder beliebigen Geschwindigkeit über Weichen, Gleisunregelmäßigkeiten, durch Kurven und Tunnel. Jeder Fahrzustand, wie Antreiben,

45

***45*** *Auf dem 1980 für vierachsige Fahrzeuge in Betrieb genommenen Rollprüfstand wurden mit der Lokomotive 202 003 umfangreiche Versuche bezüglich der Laufwerkstechnik durchgeführt (Foto: DB, BZA München).*

Bremsen und Leerlauf, läßt sich durchspielen. Der Einfluß einzelner Komponenten wie Federn, Dämpfer und Massenverteilung auf das Laufverhalten kann studiert werden.

Alle relevanten Daten werden während des Versuchs erfaßt, wie das Spurspiel der Räder und das Laufverhalten bei hohen Geschwindigkeiten. Gleichzeitig können mit dem Rollprüfstand die Sicherheits- und Komfortgrenzen des R/S-Systems wesentlich intensiver und mit weniger Versuchsrisiko als im laufenden Betrieb ausgelotet werden. Dadurch können alle Fahrzeugkomponenten des Laufwerkes im Prototypstadium optimiert und wertvolle Entwicklungszeit eingespart werden. Für die Fahrzeugentwicklung, Komponentenerprobung und Zulassungsversuche hat der Rollprüfstand inzwischen unschätzbare Dienste geleistet.

Wenngleich das Rad/Schiene-Forschungsprogramm durch die schwierigen finanziellen Umstände auf theoretische Arbeiten verwiesen wurde, so lieferte der Rollprüfstand doch sehr wertvolle Hinweise für die Ausführung einzelner Fahrzeugkomponenten und gab die Gelegenheit zur gründlichen Erprobung neuer Techniken.

# 2. Vom Erprobungsträger zum InterCityExperimental

Für technisch relevante Aussagen mußten die theoretischen Untersuchungen der Rad/Schiene-Forschung auch im Rahmen von Hochgeschwindigkeitsversuchen, insbesondere bei der Erprobung neuartiger, risikobehafteter und noch nicht für den Betriebseinsatz zugelassener Komponenten abgesichert werden. Das Bestreben der Rad/Schiene-Forschungsgemeinschaft zielte daher in den folgenden Jahren auf den Bau eines Fahrzeugs ab, mit dem die gewonnenen Erkenntnisse überprüft und einzelne Komponenten verbessert werden konnten.

### Der «Erprobungsträger Fahrzeug»

Mit zunehmender Konsolidierung der Wirtschaft konnten ab 1975 wieder ernsthafte Pläne für ein Hochgeschwindigkeitstriebfahrzeug geschmiedet werden, wenn auch die DB zu diesem Zeitpunkt kein Interesse an einem Versuchsträger erkennen ließ. Die in der Zwischenzeit von der Forschungsgemeinschaft erarbeiteten Kenntnisse sollten in den Bau eines solchen Fahrzeugs einfließen, das deutlichen Forschungscharakter tragen und vielfältigen Versuchsaufgaben dienen sollte. Noch im Jahr 1975 wurde ein Konzept für ein solches Fahrzeug vorgestellt. Der als «Erprobungsträger Fahrzeug» bezeichnete Triebzug sollte eine Geschwindigkeit von 400 km/h erreichen.

Anfangs standen 30 Fahrzeugkonstellationen zur Auswahl, von denen man sich letztlich für einen dreiteiligen Triebzug mit einer Radsatzlast von 20 t bei einer Antriebsleistung von 1 MW je Radsatz entschied, da diese Vorgaben mit einem zweiteiligen Fahrzeug nicht realisierbar waren. Mit dem Triebzug sollten fahrdynamische Zusammenhänge wie Luftwiderstand, Zugkraft, Beschleunigungs- und Verzögerungsverhalten erprobt und die elektrische Energieübertragung bei hohen Geschwindigkeiten optimiert werden. Daneben war beabsichtigt, die aerodynamischen Einflüsse auf das Fahrzeug und die vom Fahrzeug ausgehenden Umweltbelastungen zu untersuchen. Der Triebzug sollte einen Mischstromantrieb erhalten, da ein Fahrzeug mit Drehstromantrieb erst ein Jahr später hätte geliefert werden können.

### Die Einsatzstrecke

Zeitgleich mit dem Anlauf für den Erprobungsträger Fahrzeug suchte man nach einer geeigneten Einsatzstrecke. Dies war

***46*** *So hätte der dreiteilige Erprobungsträger aussehen können, zu dessen Bau es jedoch nie kam (Foto: DB, BZA München).*

46

erforderlich, weil zu diesem Zeitpunkt die Bauarbeiten an der Neubaustrecke Hannover–Würzburg weitgehend zum Erliegen gekommen und die Arbeiten an der NBS Mannheim–Stuttgart noch gar nicht angelaufen waren.

Als Einsatzstrecke bot sich die Großversuchsanlage Donauried an, die südwestlich von Donauwörth als Versuchsanlage für Verkehrstechniken entstehen sollte. Dort war unter anderem eine längere Teststrecke für Magnetschwebefahrzeuge vorgesehen. Die Ergänzung um eine herkömmliche Schienenstrecke für Hochgeschwindigkeitsfahrten erschien eine sinnvolle Kombination. Diese Versuchsanlage scheiterte aber am entschiedenen Widerstand von Naturschützern und letztlich auch an finanziellen Hürden.

Das gleiche Schicksal erlitt die als Ersatz ausgewählte Strecke Rheine–Freren. Der 23 Kilometer lange, fast schnurgerade Streckenabschnitt sollte bis 1985 elektrifiziert und für eine Geschwindigkeit von 350 km/h ausgebaut werden, so daß dort nicht nur Fahrzeugversuche stattfinden, sondern auch im Rahmen der Fahrwegforschung neue Erkenntnisse gewonnen werden konnten.

### *Das Scheitern des Erprobungsträgers*

Aus verschiedenen Gründen wurde das Projekt «Erprobungsträger Fahrzeug» dann wieder verworfen. Zum einen zeigte sich, daß selbst für ein reines Forschungsfahrzeug das technische Konzept noch nicht in allen Bereichen ausgereift war und den aus dem Forschungsstand resultierenden Ansprüchen kaum genügen konnte. Daneben fehlten konkrete Zielvorgaben aus der Verkehrspolitik, weil immer noch unklar war, welche Zukunft ein deutsches HGV-Netz hatte und wie der Einsatzbereich eines solchen Fahrzeugs aussehen konnte.

Auch die Finanzierung war völlig offen. Insgesamt 45 Millionen DM wären für den «Erprobungsträger Fahrzeug» aufzubringen gewesen, doch war man sich über die Verteilung der Kosten nicht einig geworden. Mangels geeigneter Strekken hätten sich für den «Erprobungsträger Fahrzeug», den man ursprünglich bis 1977 hatte fertigstellen wollen, nicht einmal Einsatzmöglichkeiten ergeben.

So kam der «Erprobungsträger Fahrzeug» über ein Holzmodell nicht hinaus, und der erste Anlauf für einen Hochgeschwindigkeitszug endete in den Archiven. Allerdings verschafften die Untersuchungen zu diesem Fahrzeug Klarheit darüber, daß ein Hochgeschwindigkeitszug nur über Oberleitungen und Stromabnehmer Energie beziehen sollte, während die Varianten Stromschiene, Lichtbogenübertragung und thermo-elektrische Bordaggregate ausschieden. Auch die Frage Triebzug oder lokbespannter Wagenzug war zugunsten des Triebzuges geklärt.

### *Versuchsfahrzeug 1*

In den folgenden Jahren konnten im Rahmen der bereits angesprochenen systematischen und analytischen Grundlagenforschung die Kenntnisse zum Rad/Schiene-System erheblich vertieft und ein enormer Wissensschub erzielt werden. Von den Plänen zum «Erprobungsträger Fahrzeug» war der Gedanke an ein Versuchsfahrzeug in finanzierbarem Rahmen übriggeblieben. Die Überlegungen mündeten schließlich in einen Meßwagen, mit dem wenigstens die theoretischen Erkenntnisse hinsichtlich der Laufwerkstechnik im Experiment überprüft werden konnten. Als Zwischenergebnis auf dem Weg zum InterCityExperimental entstand daher 1979 bei Krupp das «Versuchsfahrzeug 1».

Dieses antriebslose Fahrzeug mit zwei Drehgestellen, das auch «Fahrzeug/Fahrweg-Dynamik-Meßwagen» genannt wird, diente Grundsatzversuchen im Zusammenwirken von Fahrzeug und Fahrweg. Zu Versuchszwecken kann in der Wagenmitte wahlweise ein ein- oder zweiachsiges Versuchslaufwerk eingebaut werden, das für unterschiedliche Streckenzustände programmiert werden kann. Das VF 1, wie es abgekürzt bezeichnet wird, kam als erstes vierachsiges Fahrzeug 1982 auf dem Rollprüfstand zur Erprobung und lieferte wertvolle Erkenntnisse für die Laufwerksforschung. Am 22. April 1982 wurde mit dem VF 1 ein «Geschwindigkeitsweltrekord» von 501 km/h auf dem Rollprüfstand «gefahren». Dieser Rekord demonstrierte nachhaltig den bereits erreichten Stand der Laufwerkstechnik und die Möglichkeiten, die das R/S-System noch zu bieten hat.

### *Versuchsfahrzeug 2*

Fernziel blieb darüber hinaus ein Triebfahrzeug, mit dem die für einen sicheren Hochgeschwindigkeitsverkehr erforderlichen experimentellen Arbeiten durchgeführt werden konnten. Im Rahmen der Arbeiten der Rad/Schiene-Forschung wurde 1979 der Gedanke an ein Fahrzeug geboren, das nicht nur Versuchszwecken dienen, sondern auch den hohen Stand der Schienenfahrzeugtechnik darstellen konnte. Mit einem solchen «Rad/Schiene-Versuchs- und Demonstrationsfahrzeug» konnte gleichzeitig dem Hochgeschwindigkeitsverkehr wieder eine echte Perspektive gegeben werden.

Wie der Name schon deutlich macht, sollte es sich nicht mehr um ein reines Erprobungsfahrzeug handeln, sondern um einen Zug, der die Möglichkeiten im Schienenverkehr demonstrieren und neue Anwender- und Benutzeraspekte deutlich machen sollte. Ein Zug, der die Erkenntnisse der Forschung konsequent umsetzte und dadurch ein zusammenfassendes Beispiel für die erreichten bahntechnologischen Möglichkeiten ist. Nach einer Art Baukastenprinzip sollten

47

*47* *Mit dem von Krupp gebauten Versuchsfahrzeug 1 konnte 1982 auf dem Rollprüfstand ein «Geschwindigkeitsweltrekord» mit 501 km/h aufgestellt werden (Foto: DB, BZA München).*

aus allen Bereichen die besten Lösungen in diesem Zug vereinigt und mit den am weitesten entwickelten Komponenten die fortschrittlichste Variante erprobt werden. Die einzelnen Baukastenteile konnten dann bedarfsorientiert zusammengestellt werden und jederzeit dem neuesten technologischen Stand angepaßt werden.

Für dieses Fahrzeug wurden daraufhin durch die Rad/Schiene-Forschung umfangreiche Untersuchungen durchgeführt. Die theoretischen Arbeiten galten der Aerodynamik des Fahrzeugs und des Fahrzeugverbandes, und zwar im Hinblick auf Energieverbrauch, Geräuschentwicklung, Kühlerluftdurchsatz, Tunnelbetrieb und der Auswirkung schnellfahrender Fahrzeuge auf sich begegnende Fahrzeuge und ortsfeste Einrichtungen.

Im Laufwerksbereich lag der Schwerpunkt der Forschungsarbeiten in der Entwicklung von Hochgeschwindigkeitsradsätzen mit deutlich reduzierten unabgefederten Massen, bei neuartigen Trieb- und Laufdrehgestellen, bei schlupfgeregelten Radsätzen und bei Drehgestellen aus Faserverbundwerkstoffen.

Wichtige Ergebnisse der Forschung waren Erkenntnisse über das dynamische Verhalten von Leichtbau-Fahrzeugzellen und die Integration neuartiger Strukturelemente wie der sogenannten Höckerplatte, die Lösung der Koppelprobleme zwischen den Einzelfahrzeugen und neue Gestaltungselemente für den Übergang zwischen den Fahrzeugen.

Auf dem Rollprüfstand in München-Freimann wurden mit verschiedenen Fahrzeugen Versuche durchgeführt, wobei wichtige Erkenntnisse für einen zukünftigen Hochgeschwindigkeitsversuchsträger gewonnen werden konnten. Der Erprobung und Weiterentwicklung einzelner Komponenten diente unter anderem die mit Drehstrom-Asynchronfahrmotoren ausgerüstete Lokomotive 182 001. Mit der Lokomotive 202 003 erprobte man neuartige Antriebssysteme. Bei dieser Lok sind die Antriebsmassen umkoppelbar (UmAn), d. h. bei geringer Geschwindigkeit werden dem Drehgestell größere Massen zugeordnet als bei hohen Geschwindigkeiten, so daß die ungefederten Massen im kritischen Bereich am geringsten sind. In den Versuchen auf dem Rollprüfstand wurden die

Auswirkungen der verschiedenen Koppelzustände auf das Eigenverhalten des Fahrzeugs und die lauftechnische Sicherheit untersucht.

### *Das Konzept für das Rad/Schiene-Versuchs- und Demonstrationsfahrzeug*

Die DB selbst hatte schon 1978 einen Anforderungskatalog für ein Hochgeschwindigkeitsfahrzeug mit 250 km/h Höchstgeschwindigkeit aufgestellt, der sich an dem Konzept des «Gemeinschaftsbüros» orientierte. Dieses Gemeinschaftsbüro setzte sich aus der Schienenfahrzeugindustrie und der DB zusammen. Die DB bestätigte darin die Vorarbeiten, die einen Triebzug mit der aus der Lokomotive der Baureihe 120 abgeleiteten Modulleistung von 2,8 MW vorsahen. Das Projekt krankte auch in diesem Falle am engen unternehmerischen Spielraum der DB, die noch keine langfristigen Angaben zu einem entsprechenden Fahrzeug geben konnte.

Auch das Bundesforschungsministerium (BMFT) zeigte sich an dem Fahrzeug interessiert und erteilte im Herbst 1979 den Auftrag, das ideale Fahrzeugkonzept für ein «Rad/Schiene-Versuchs- und Demonstrationsfahrzeug» (RS-VD) zu erarbeiten. Das Fahrzeug sollte für Komponentenuntersuchungen eine Höchstgeschwindigkeit von 350 km/h erreichen. Die Leistung sollte bei dieser Geschwindigkeit auf die Beförderung von 400 Personen je Zug ausgelegt sein.

Da die meisten Komponenten für dieses Versuchsfahrzeug 2 bereits im Rahmen des 1975 vorangetriebenen Projekts «Erprobungsträger Fahrzeug» und der daran anschließenden theoretischen Arbeiten vertieft untersucht worden waren, waren neben einer Aktualisierung der Entwürfe vor allem die Fragen der Fahrzeugkonfiguration, der Leistungsauslegung, der Hauptabmessungen und der wesentlichen Konzeptmerkmale zu klären. Die grundsätzliche Bereitschaft des BMFT, das Fahrzeug zu fördern, beflügelte die Arbeiten an diesem Fahrzeug geradezu.

Im Rahmen einer sogenannten Nutzwertanalyse kristallisierte sich in den folgenden fünf Monaten als Fahreug, das den Forderungen am besten entsprach, ein Triebzug mit oder ohne vierachsigen Booster (einem Wagen mit Antrieb) mit Meß- und Demonstrationswagen heraus. Bereits im März 1980 wurde der Schlußbericht der Konzeptphase vorgelegt. Dieses Konzept wurde vom BMFT auch übernommen. Ein vorläufiger Zeitplan sah vor, das Fahrzeug bis Ende 1983 zu bauen, so daß es im 2. Quartal 1984 zum Einsatz kommen konnte. Damit schienen zunächst die letzten Hindernisse für den Bau eines Hochgeschwindigkeitsfahrzeugs aus dem Weg geräumt.

### *Ein zukunftsweisendes Fahrzeug*

Der nächste Schritt waren die Arbeiten zur Definition des Fahrzeugs, an deren Ende ein Lastenheft stehen sollte. In der Projektbeschreibung des BMFT hieß es hierzu: «Die Zusammenfassung der bisher erzielten Forschungs- und Entwicklungsergebnisse für einen zukunftsorientierten Fahrzeugsystementwurf soll demonstrieren, daß durch Ausschöpfung des technischen Entwicklungspotentials das Angebot im öffentlichen Schienenpersonenfernverkehr auf eine neue Entwicklungsstufe gehoben werden kann, wie sie durch eine auf isolierte Komponentenoptimierung bezogene Forschung allein nicht erreichbar ist. Es soll aufgezeigt werden, daß eine zukunftsweisende Technologie des Rad/Schiene-Systems realisierbar ist, wobei hinsichtlich des Energieverbrauches, des Materialeinsatzes und der Umweltbeeinflussung Verbesserungen gegenüber der herkömmlichen Technologie erwartet werden können.»

Entsprechend der innovativen Zielsetzung des Fahrzeugs war vom BMFT die Auflage gemacht worden, daß auch solche Komponenten Verwendung finden sollten, die noch nicht uneingeschränkt im Netz der DB anwendbar waren, der Bahn jedoch neue Chancen erschließen konnten. Das BMFT gab vor, daß es sich bei dem Zug um eine Wagenendeinheit mit außenhautbündigem Übergang, Koppelelementen und Zentralkupplung handeln solle. Die elektronische Zugsteuerung sollte über Lichtwellenleiter laufen und als Datenbus aufgebaut sein und eine automatische Fahr- und Bremssteuerung auf Rechnerbasis aufweisen. Außerdem solle der Zug ein Dreifachbremssystem mit linearer Wirbelstrombremse, schallgedämpfte Räder und eine Radareinrichtung zur berührungslosen Weg-, Geschwindigkeits- und Beschleunigungsmessung aufweisen. Daneben wurden Vorgaben hinsichtlich der äußeren Gestaltung, insbesondere der Kopfform und Fahrzeughöhe, gemacht.

***48*** *Meßfahrten zur Erprobung der verschiedenen Komponenten des InterCityExperimental fanden meistens mit Vorserien-Lokomotiven der Baureihen 103 und 120 statt. Die Aufnahme zeigt einen Meßzug bei Elze zwischen Göttingen und Hannover.*

***49*** *Die ersten Störstrommeßfahrten mit Drehstromlokomotiven wurden mit zwei Lokomotiven der Baureihe 120 zwischen Straubing und Straßkirchen im Juni 1985 durchgeführt. Hier befindet sich der Meßzug noch in Passau.*

48

49

## *Die Vorbereitungen gehen ins Detail*

Schon Ende 1980 wurden umfangreiche aerodynamische Messungen mit dem Ziel der Verminderung des Fahrwiderstands und der Fahrzeugbeanspruchung bei Zugbegegnungen und Tunnelfahrten gemacht. Aus den Messungen ergaben sich Vorschläge für eine möglichst glatte Außenhautgestaltung, für die Kopfform, die Anordnung der Dachaufbauten, der Zuführung der Belüftung, der Laufwerksverkleidung, der Stromabnehmergestaltung und der Bodenwanne. Die Fahrzeugbreite wurde am Anfang auf 3200 mm festgelegt, um den Lichtraum maximal auszunutzen, wobei man von der Vergrößerung des Gleisabstands von 3,5 auf 4 m auf allen relevanten Strecken bis zum Einsatz der Züge ausging. Man ließ sich dabei von dem Gedanken leiten, daß bei gleicher Sitzplatzkapazität bei breiteren Fahrzeugen die Zuglänge um 37 %, die Zugmasse um 33 % und der Energieverbrauch noch um 17 % zurückgeht. Später wurde der Querschnitt auf 3070 mm zurückgenommen. Dementsprechend konnten die Mittelwagen maximal 24,3 m lang sein.

Um eine schnelle Anpassung an geänderte Verhältnisse zu sichern, sollte nur ein Einheitswagenkasten mit gleicher Tür- und Fensteranordnung, aber flexibler Innenausstattung in Modulbauform, gebaut werden, der eine leichte Austauschbarkeit der Inneneinrichtung gewährleistete. Zunächst war auch der Bau eines Servicewagens vorgesehen, der die Funktionen eines Speisewagens übernehmen sollte und in dem die Kommunikationsdienste zusammengefaßt werden konnten. Außerdem sollten hier die Plätze für Behinderte eingebaut und ein Schnellrestaurant untergebracht werden, soweit die Fahrgäste nicht am Platz versorgt wurden. Da sich für diesen Wagen aber keine Finanzierungsmöglichkeit fand, mußte das Projekt aufgegeben werden.

Im März 1981 wurde als Ergebnis der Definitionsphase das Lastenheft vorgelegt. Es sah einen symmetrischen Triebzug mit zwei gleichen Triebköpfen, einem Meßwagen für den Versuchseinsatz sowie fünf Demonstrationswagen unterschiedlicher Zweckbestimmung und Innenausstattung vor. Die beiden Aufgabenstellungen – «Versuch» und «Demonstration» – werden im Lastenheft deutlich:

- Systemerprobung im Zusammenspiel aller Teilsysteme und Komponenten, insbesondere Zusammenwirken von Fahrweg, Fahrzeug, Energietechnik und Betriebsleittechnik im Geschwindigkeitsbereich bis 350 km/h;
- Demonstration der Gestaltungsmöglichkeiten und Attraktivitätsmerkmale eines Personenfernverkehrsfahrzeuges mit Geschwindigkeiten bis zu 300 km/h;
- Vergleich konkurrierender Bahnsysteme auf der Grundlage abgesicherter Daten;
- Demonstration der Leistungsfähigkeit, der Kooperationsfähigkeit und der Kapazität der deutschen Industrie.

## *Kurz vor dem Ziel: Die Ausschreibung*

Im März 1981 schrieb das BMFT das RS-VD-Fahrzeug aus, d. h. es konnten für einzelne Komponenten Förderanträge gestellt werden. Die eingehenden Anträge lagen nach Einschätzung des BMFT aber in den Gesamtkosten weit über den bisherigen Schätzungen. Es gab den Firmen auf, die Kosten erheblich zu reduzieren und neue Anträge vorzulegen. Andernfalls könne die Förderung nicht als sichergestellt betrachtet werden. Die daraufhin neu eingereichten Anträge wurden von der DB geprüft und bewertet. Das BMFT schloß sich den Förderempfehlungen der DB weitgehend an und teilte den Antragstellern im September 1981 die folgende Auswahl mit:

- Triebkopf: Arbeitsgemeinschaft Triebkopf (Krupp, Krauss-Maffei, Thyssen-Henschel) in Stahlbauweise mit Höckerplatten
- Zwischenwagen: MBB Leichtmetallwagen in Großstrangpreßprofilbauweise
- Triebdrehgestelle: Arbeitsgemeinschaft Triebkopf, Variante UmAn
- Laufdrehgestelle: anfangs offen, später Waggon-Union (MD 52–350) und MAN (Koppelrahmen)
- Bremsanlage: Knorr, rechnergesteuertes Verbundsystem mit Wirbelstrombremse
- elektrische Ausrüstung und Zugsteuerung im Zugverband: Siemens/AEG/BBC; Drehstromtechnik in Ableitung von der Baureihe 120
- Diagnose: MBB
- Fahrgastinformation: MAN
- Stromabnehmer: Dornier

Gleichzeitig wies das BMFT auf die gespannte Haushaltslage hin und kündigte an, daß die Projektarbeiten Anfang 1982 «... in einem finanzierbaren Rahmen ... in Angriff genommen werden, damit das Projekt überhaupt beginnt ...» Nach dieser Andeutung der kritischen Finanzierungslage des Projekts wurde im November dann deutlich, daß die Lösung der Finanzierungsfrage für ein nunmehr höchstens vierteiliges Fahrzeug nur im Rahmen einer finanziellen Beteiligung der Industrie und der DB gefunden werden könne. Doch weder die DB noch die Industrie, die sich damals selbst in schwierigen finanziellen Situationen befanden, sahen sich in der Lage, einen finanziellen Beitrag zu leisten.

Um das Projekt nach den geleisteten Vorarbeiten und in Anbetracht des fortgeschrittenen Planungsstadiums nicht endgültig scheitern zu lassen, bemühten sich zunächst Bahn und Industrie darum, den Projektinhalt zu straffen und durch die Zurückstellung verschiedener Komponenten den Finanzbedarf zu verringern. Zunächst einigte man sich darauf, in einer ersten Ausbaustufe neben den beiden Triebköpfen nur einen Meßwagen und einen Demonstrationswagen zu bauen. Die Ergänzung zum angestrebten achtteiligen Triebzug konnte dann später verwirklicht werden.

### *Die DB denkt um*

Nachdem die DB einen engeren Bezug zwischen dem RS-VD und einer zukünftigen Generation von Hochgeschwindigkeitszügen, wie sie für die Neubaustrecken erforderlich waren, erkannte, kam es zu der denkwürdigen Entscheidung des Vorstandes der DB vom August 1982, sich an der Finanzierung des Fahrzeugs zu beteiligen. Daneben wollte die DB geeignete Strecken für den Fahrzeugeinsatz bereitstellen. Daraufhin kündigte auch die Industrie ihre Bereitschaft zur Übernahme der Eigenleistungen an. Am 6. September 1982 fanden die Projektpartner dann zu folgender Lösung der Finanzierungsfragen zusammen:

Die Gesamtkosten in Höhe von voraussichtlich 72 Mio. DM sollten wie folgt aufgeteilt werden:

- Förderung durch das BMFT 44 Mio. DM
- Eigenleistung der DB 12 Mio. DM
- Eigenleistung der Industrie 16 Mio. DM

Das Projekt erhielt den griffigen Namen «InterCityExperimental», unter dem der Zug in der Folgezeit große Bekanntheit erlangte. Nach langen Wirren, häufigen Unterbrechungen, nachdem das Projekt mehrfach an der ungeklärten Finanzierung zu scheitern drohte, konnte es nun doch noch zu einem glücklichen Abschluß gebracht werden. Die Einsicht, daß ein Erprobungsträger für die zukünftigen Serientriebzüge «ICExpreß» erforderlich war, war der Durchbruch für den ICExperimental. Nur damit war es der DB zwei Jahre später möglich, die «1. Betriebsstufe auf den NBS» aufzugeben und sich für eine Inbetriebnahme der neuen Strecken gleich mit einer Geschwindigkeit von 250 km/h zu entscheiden.

***50*** *Nach den Meßfahrten zwischen Straubing und Straßkirchen fuhr der InterCityExperimental am 20. Oktober 1985, begleitet vom Filmteam der DB, bei herrlichem Herbstwetter von Passau nach Minden. Die Aufnahme entstand bei Parsberg.*

50

# 3. Technik und Bau

Der ICExperimental ist kein Versuchsfahrzeug im herkömmlichen Sinne. Vielmehr hatte man in zahlreichen Versuchen bereits die optimalen Lösungen ermittelt. Mit den ausgereiften Komponenten wurde letztlich ein Fahrzeug gebaut, das auf dem aktuellsten Stand der Fahrzeugtechnik beruhte – im wahrsten Sinne des Wortes also ein Demonstrationsfahrzeug, das den Stand der Forschung im Schienenfahrzeugbereich wiedergab. Mit dem ICExperimental wurden die gewonnenen theoretischen Erkenntnisse realisiert, die Komponenten auf ihre Praxistauglichkeit untersucht und das Zusammenspiel aller Komponenten erpropt, wie es nur im rauhen Alltagsbetrieb möglich ist.

### *Triebzug-Konzept*

Der fünfteilige Triebzug besteht aus zwei baugleichen Triebköpfen und drei äußerlich gleichen Mittelwagen, die sich aber durch verschiedenartige Laufdrehgestelle und die Inneneinrichtung unterscheiden. Zwei Mittelwagen sind reine Demonstrationsfahrzeuge, einer davon ist nur für die erste, der andere für die erste und zweite Wagenklasse eingerichtet. Der dritte Wagen dient als Meßwagen. Die Meßeinrichtung kann nach Abschluß der Versuchsprogramme entfernt und der Wagen als Personenwagen eingerichtet werden.

Die beiden Triebköpfe sind mit einer unter dem Dach angeordneten, durchlaufenden 15 kV-Hochspannungsleitung verbunden, so daß mit nur einem angelegten Stromabnehmer gefahren werden kann. Die drei Mittelwagen sind mit den Triebköpfen durch selbsttätige Scharfenbergkupplungen und hydraulische Koppelelemente zur Verbesserung des Fahrkomforts kurzgekuppelt und durch schall- und druckdichte Übergangseinrichtungen miteinander verbunden. Zug- und Stoßeinrichtungen sind zur Verbesserung der Aerodynamik an den Triebkopfstirnseiten nicht angebracht. Für den Schleppbetrieb ist unter der Bugklappe ein verdeckter Abschlepphaken eingebaut, an dem eine Notkupplung angebracht werden kann.

### *Aerodynamik*

Besondere Sorgfalt wurde der Aerodynamik des Zuges gewidmet, die das Erscheinungsbild des Zuges bestimmt. Bei hohen Geschwindigkeiten hat der Luftwiderstand den größten Anteil am gesamten Fahrzeugwiderstand. Es wurde daher auf den Erkenntnissen der Luft- und Raumfahrttechnik aufgebaut. Der gesamte Zug erhielt eine glatte, kantenfreie Außenhaut mit bündigen Fenstern und Türen und versenkten Griffen und Handstangen. Durch die geringe Fahrzeughöhe wurde ein günstigerer Fahrzeugquerschnitt erzielt. Bugspoiler und die geschlossenen Bodenwannen sowohl beim Triebkopf als auch bei den Mittelwagen verleihen dem Fahrzeug auch im unteren Bereich geringe Widerstandswerte.

Soweit technisch möglich wurden Untergestellklappen angebracht, hinter denen sich die komplizierte Fahrzeugtechnik verbirgt. Auf Drehgestellschürzen wurde aus Kostengründen verzichtet. Auf dem Dach befinden sich lediglich der Stromabnehmer, für den das Dach leicht eingesenkt wurde, und einige Hochspannungselemente. Ansonsten wurden die Dachgeräte auf ein Minimum begrenzt und auf eine Hochspannungsdachleitung verzichtet. Seine besondere Eleganz erhält der Triebzug durch die außenhautbündigen Wagenübergänge.

### *Hersteller*

Sowohl die Triebköpfe als auch die Mittelwagen entstanden in Arbeitsteilung zwischen verschiedenen Firmen. Die Führerstände wurden von Krauss-Maffei, die Seitenwände von Thyssen-Henschel geliefert, während das Fahrzeuguntergestell (Rahmen) bei Krupp entstand. Die Rohbauwagenkästen der Triebköpfe wurden bei Krupp in Essen zusammengeschweißt. Die Endmontage und Ausrüstung je eines Triebkopfs wurde bei Krupp und bei Thyssen vorgenommen. Die Federführung innerhalb des Konsortiums lag bei Krupp.

Zwei der Mittelwagen baute MBB Donauwörth, der dritte Mittelwagen wurde im Rohbau von DUEWAG in Krefeld-Uerdingen gefertigt und anschließend bei Linke-Hofmann-Busch in Salzgitter ausgerüstet und zur Endmontage und Abnahme nach Donauwörth überführt.

| Fahrzeug | Fahrzeugnr. | Hersteller | Fabriknr./ Baujahr |
|---|---|---|---|
| Triebkopf 1 | 410 001-2 | Krupp | 5566/1985 |
| Triebkopf 2 | 410 002-0 | Thyssen | 32850/1985 |
| Demonstrationswagen 1 | 810 001-8 | MBB | 01119/1985 |
| Demonstrationswagen 2 | 810 002-6 | MBB | 01121/1985 |
| Meßwagen | 810 003-4 | MBB | 01120/1985 |

*Tabelle 2: Herstellerdaten des ICExperimental*

Insgesamt waren einschließlich aller Zulieferer mindestens 300 Firmen an der Entwicklung und am Bau des ICExperimental beteiligt.

51

**51** *Im Februar 1985 entstand diese Aufnahme des Rohbauwagenkastens des 410 001 kurz vor der Lakkierung des Fahrzeugs (Foto: DB, BZA München).*

52

**52** *Roll-Out des ersten Triebkopfs 410 001 am 19. März 1985 bei Krupp in Essen (Foto: Krupp).*

Der Triebzug ist einschließlich des Daches grauweiß (RAL 9002) mit seidenmatter Oberfläche lackiert. Ein durchlaufender, ca. 25 cm hoher Streifen knapp über den Drehgestellen in Rotviolett (kein RAL-Farbton) unterstreicht den gestreckten Charakter des Fahrzeugs. Die Bodenwannenklappen und die Drehgestelle sind quarzgrau gespritzt.

Die Gesamtkosten für den Bau des vierteiligen Zuges betrugen letztlich 94 Mio. DM, die nach dem bereits erwähnten Verteilerschlüssel zwischen dem BMFT, der DB und der Industrie aufgeteilt wurden. Der von der DB auf eigene Rechnung bestellte dritte Mittelwagen 810 002 kostete 4,6 Mio. DM.

### *Abweichungen*

Mit einer Breite von 3070 mm fällt der ICExperimental aus dem Rahmen des üblichen. Trotz Bedenken wegen der freizügigen Einsetzbarkeit des Triebzuges im Ausland, insbesondere der Schweiz, hatte man sich für diese Breite entschieden, um einen maximalen Komfort bieten zu können. Gegenüber herkömmlichen Fahrzeugen ist der ICExperimental mit einer Scheitelhöhe von 3820/3650 mm wesentlich niedriger.

Da sich die Forderung nach niedrigster Bauhöhe bei einer Befestigung der Stromabnehmer mit Isolatoren auf dem Fahrzeugdach nicht realisieren ließ, wurden die Isolatoren in die Unterscherenarme der Stromabnehmer integriert. Dadurch konnten die Stromabnehmer direkt auf dem Fahrzeugdach befestigt werden.

Die Beschriftung des ICExperimental weist seit der Indienststellung das Bw Frankfurt/Main 1 als Heimatbahnbetriebswerk aus. Tatsächlich aber betreute zunächst das Bundesbahn-Zentralamt (BZA) München den Triebzug, wo er anfangs auch beheimatet war. Am 1. Mai 1986 ging der Zug in den Bestand des BZA Minden über. Zum 1. Juni 1986 erfolgte schließlich die buchmäßige Umstationierung zum Bw Frankfurt/Main 1.

Das Fahrzeug zählt zwar zum Betriebsbestand der DB, allerdings als Mietfahrzeug. Dies findet seine Erklärung darin, daß das Fahrzeug nicht allein von der Deutschen Bundesbahn finanziert wurde und sich nicht in deren Eigentum befindet, der DB aber von den Finanzierungspartnern zum Betrieb überlassen wurde.

### *Triebköpfe*

Die Triebköpfe sind in Stahlbauweise mit Höckerplatten für die tragende Seitenwand-Struktur ausgeführt. Der knapp 20 m lange Kasten wiegt mit 9,4 t gegenüber der Baureihe 111 mit einer Länge von etwa 15 m 100 kg weniger. Diese ganz erhebliche Material- und Gewichtseinsparung wurde durch die konsequente Anwendung der Berechnungsmethoden, die sich aus dem Rad/Schiene-Forschungsprogramm ergaben, erzielt. Damit konnten auch die Ansprüche bezüglich eines extremen Leichtbaus befriedigt werden. Der Kasten ist eine selbsttragende Zelle, die aus dem Hauptrahmen, den Seitenwänden, der Dachkonstruktion und dem Führerraum besteht. Da die Seitenwände lediglich Öffnungen für die Führerstandstüren sowie die Lüftungsgitter enthalten, sind die Dachelemente zum Ein- und Ausbau von Geräten abnehmbar.

Der Hauptrahmen besteht aus zwei durchlaufenden äußeren Längsträgern in Hohlkastenform mit zahlreichen Querversteifungen sowie dem vorderen und hinteren Kopfstück, welche die Zugkräfte aufnehmen. Zwei in Fahrzeugmitte liegende Querträger sind ebenfalls als Hohlkästen ausgebildet, um den Transformator aufzunehmen. Die Querträger über den Fahrgestellen sind zur Aufnahme der Fahrmotoren verstärkt.

53

*53 Bei Krupp wurden die einzelnen Bauteile des Triebkopfes zusammengeschweißt. Die Aufnahme läßt die Höckerstruktur der Seitenwände, die bei Thyssen entstanden, gut erkennen (Foto: Krupp).*

Mit dem Hauptrahmen verschweißt sind die Seitenwände, die im oberen Teil in ein kräftiges Hohlprofil übergehen, welches den Übergang zum Dach bildet. Dieser Dachträger ist wegen der bereits angesprochenen Bildung des Daches aus Einzelsegmenten erforderlich, weil diese aufgrund ihrer Abnehmbarkeit keine tragende Funktion übernehmen können. Lediglich einige feste Spriegel verbinden die Seitenwände miteinander und trennen die einzelnen Dachsegmente aus Aluminium.

Das Führerhaus bildet eine separate Baugruppe. Die optimale aerodynamische Kopfform wurde von der Deutschen Forschungs- und Versuchsanstalt für Luft- und Raumfahrt (DFVLR) im Windkanal entwickelt. Die einzelnen Profile bilden eine komplizierte Gerippekonstruktion. Für die Formgebung wurden von einem Holzmodell im Maßstab 1:1 mit Schablonen die Größen und Maße der Profile abgenommen. Auf die-

54

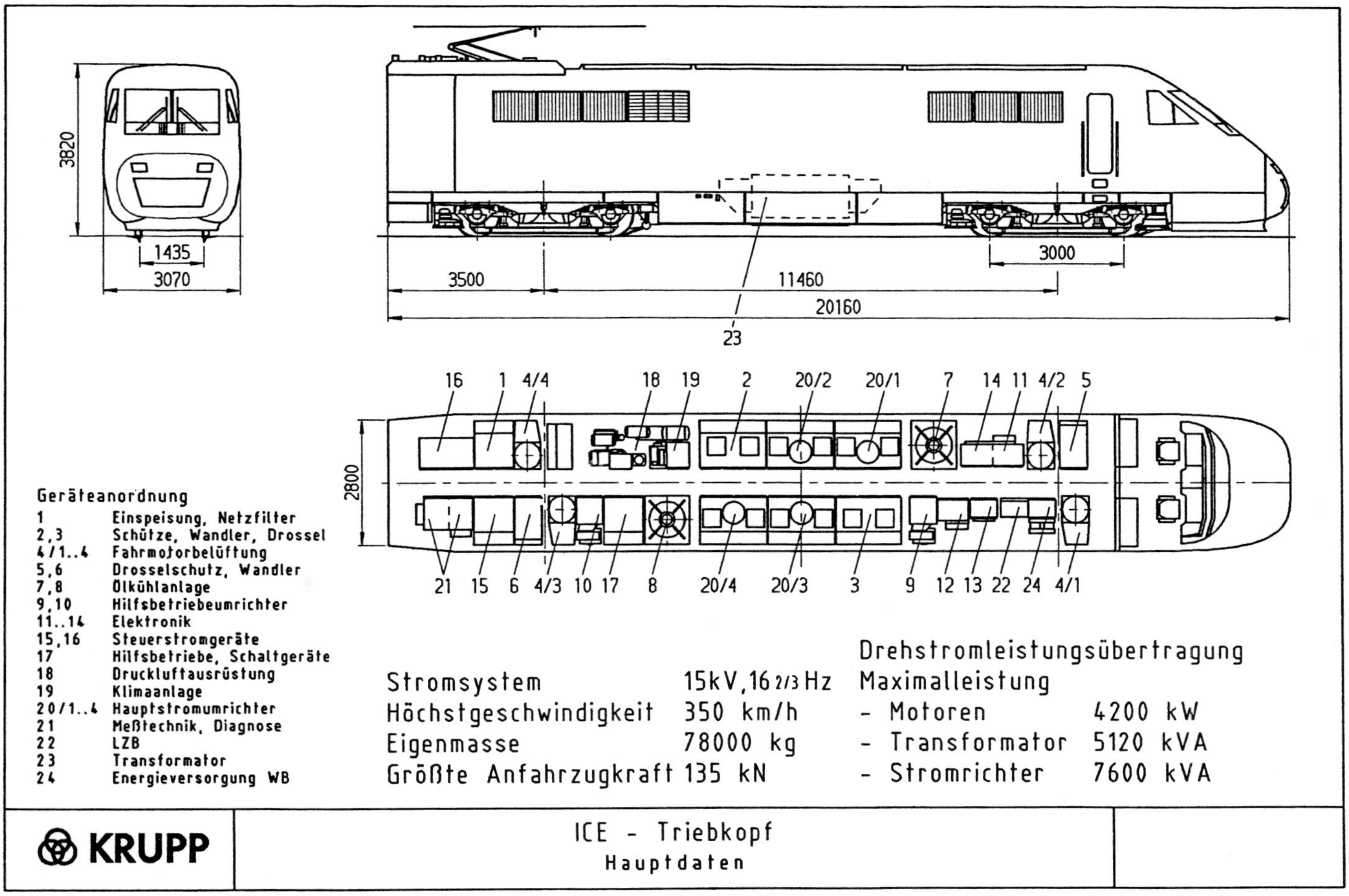


**54** *Skizze: Triebkopf InterCityExperimental (Skizze: DB, BZA München).*

ses Gerippe wurden Bleche aufgeschweißt. Der Abschluß des Triebkopfs besteht aus einem glasfaserverstärkten Bauelement, das die unteren Stirnleuchten und die Bugklappe enthält.

An der Fahrzeugunterseite ist der Triebkopf vollkommen verkleidet. Nach vorne bildet ein Spoiler den Abschluß, der nachträglich bis zum Drehgestell voll verkleidet wurde. Zunächst vorgesehene Dachspoiler am Stromabnehmer wurden nicht angebracht, nachdem bereits erste Einstellfahrten erfolgt waren, bevor die Spoiler geliefert wurden, und man aerodynamische Beeinflussungen nach dem Anbau befürchtete.

### *Triebdrehgestelle*

Für den ICExperimental kam ein neuartiges Triebdrehgestell mit Dämpferankopplung der Antriebsmassen zur Verwendung. Das bedeutet, daß Motor und Getriebe querelastisch am Fahrzeugkasten angebracht sind. Die dadurch wesentlich geringere, primärgefederte Drehgestellmasse bewirkt eine höhere Laufstabilität und geringere Oberbaubeanspruchung. Dieses «UmAn»-Konzept (UmAn steht für *um*koppelbare *An*triebsmassen) wurde für den ICExperimental mit der Lokomotive 202 003 erprobt. Die Drehgestelle weisen keinen Drehzapfen mehr auf, sondern werden über tiefliegende Zug- und Druckstangen, die an Anlenkpunkten mit dem Fahrzeugkasten verbunden sind, geführt. Der Drehgestellrahmen selbst ist ein geschweißter Kastenrahmen ohne Mittelquerträger. Die Monobloc-Radsätze sind beim Triebkopf 410 001 in Zylinderrollenlagern, beim Triebkopf 410 002 in Kegelrollenlagern geführt. Alle Räder sind mit Schallabsorbern zur Schallminderung versehen. Die Treibradsätze werden von einem Kardangelenk-Antrieb angetrieben.

### *Bremsanlage*

Bei einer Höchstgeschwindigkeit von 350 km/h sind für den ICExperimental besondere Bremssysteme erforderlich, denn schon ein normaler IC hat bei einer Geschwindigkeit von 200 km/h einen Bremsweg von 1,5 km. Man entschied sich daher für eine Kombination aus generatorischer Bremse in den Triebköpfen und einer Wirbelstrom- und Scheibenbremse in den Triebköpfen und den Mittelwagen. Besonders von der haftwertunabhängigen Wirbelstrombremse versprach man sich in kritischen Situationen – feuchten Schienen oder bei Laubfall – hohe Bremsverzögerungen. Die fahrdrahtabhängige generatorische Bremse ist wie bei der Baureihe 120 als Netzbremse ausgeführt, die Energie zurückspeist. Auf Bremswiderstände wurde verzichtet.

Die lineare Wirbelstrombremse nutzt den Effekt der Kraftwirkung von Magnetfeldern für die Bremsung aus. Der Wirbelstrommagnet besteht aus mehreren gleichstromerregten Einzelmagneten, die alternierend magnetische Nord- und Südpole bilden und im Bremsfall berührungsfrei 7 mm über der Schiene geführt werden. Der Magnet induziert in der Schiene Wirbelströme, die von Magnetfeldern begleitet werden. Aus der Wechselwirkung der Magnetfelder resultiert eine Gesamtkraft, die eine horizontale Bremskomponente aufweist.

Gegenüber der Magnetschienenbremse arbeitet die Wirbelstrombremse praktisch verschleißfrei und weist eine hohe Bremskraft vor allem im oberen Geschwindigkeitsbereich auf. Allerdings beeinflußt sie Signalschalteinrichtungen am Gleis, so daß für einen Einsatz der Wirbelstrombremse besondere Isolierungen an diesen ortsfesten Einrichtungen vorgenommen werden müssen. Außerdem werden Anzugkräfte auf bewegliche Weichenteile ausgeübt.

Die drei Bremssysteme wirken durch eine elektronische Bremssteuerung zusammen, wobei zunächst die verschleißfreien Bremsen eingesetzt werden. Nur wenn deren Bremskraft nicht ausreicht, wird die Scheibenbremse zusätzlich hinzugezogen.

### *Die elektrische Ausrüstung der Triebköpfe*

Der ICExperimental erhielt die bei der Baureihe 120 verwendete Drehstromleistungsübertragung mit spannungsgeführtem Zwischenkreis und Asynchron-Fahrmotoren, die schon für diese Baureihe zur Serienreife entwickelt worden waren. Für die Energieübertragung entwickelte Dornier einen neuen Stromabnehmer DSA 350, von dem über den Dachtrennschalter, den Druckluft-Hauptschalter und den Netzfilter der Oberspannungswicklung die elektrische Energie zum Haupttransformator geleitet wird. Der Netzfilter hat die Aufgabe, störende Oberschwingungsanteile vom speisenden Netz fernzuhalten, um Störungen in Signalanlagen und Fernmeldeeinrichtungen zu vermeiden. Auf die hierzu durchgeführten Meßfahrten wird noch eingegangen. Jeder der vier Drehstrom-Asynchronmotoren erzielt eine Leistung von 910 kW. Die größte Anfahrzugkraft beträgt 135 kN.

### *Steuerung und Regelung*

Eine übergeordnete Zugsteuerung verknüpft im ICExperimental die folgenden Funktionsbereiche:

- zentrale Sollwertebene für die einzelnen Teilsysteme, z. B. Fahr- und Bremsbefehle des Triebfahrzeugführers, Informationen der Linienzugbeeinflussung,
- Antriebssteuerung: Umsetzung der Sollwerte in Zündimpulse;
- Bremssteuerung: Umsetzung des Bremskraftsollwertes in Teilbremskräfte der verschiedenen Bremssysteme.

Die Datenübertragung zwischen den einzelnen Ebenen übernimmt ein Lichtwellenleiter, der zur Sicherheit doppelt vorhanden ist. Für Steuerungs- und Regelungsfunktionen werden Mikrorechner eingesetzt. Der Zugsteuerrechner bearbeitet auch das Programm der automatischen Fahr- und Bremssteuerung (AFB).

Bei Ausfall der übergeordneten Zugsteuerung oder der Lichtwellenleiter kann die Antriebssteuerung unmittelbar angesprochen werden. Der Führerraum ist vom Konzept des integrierten Führerstandes abgeleitet, wie er zum ersten Mal bei der Baureihe 111 verwirklicht wurde. In der Anordnung der Instrumente entspricht er dem Führerstand der Baureihen 111 und 120. Zusätzlich wurden Anzeigen für die neuen Einrichtungen sowie ein Diagnosedisplay und digitale Anzeigen für Geschwindigkeit und Verzögerung angebracht. Die LZB-Anzeige hat 10 km Zielentfernung gegenüber den sonst üblichen 5 km. Bedingt durch die zahlreichen versuchstechnischen Zusatzeinrichtungen im Triebkopf konnte der Führerraum bei der vorgegebenen Gesamtlänge des Triebkopfs nicht so groß wie erwünscht ausgeführt werden.

### *Mittelwagen*

Mit einer Breite von 2930 mm sind die Mittelwagen des ICExperimental schmaler als der Triebkopf. Dennoch erforderte

***55*** *Ein Blick auf das Dach des InterCityExperimental mit dem Stromabnehmer, dem Hauptschalter (links), den Dachtrennschaltern (rechts) und den beiden Durchführungsisolatoren zur durchgehenden 15-kV-Leitung (vorn) (Foto: Krupp).*

***56*** *Das verwirrende Innenleben eines Triebkopfs.*

***57*** *Die neuen Wagenübergänge kamen nur beim ICExperimental zur Verwendung, für die Serienzüge wurde eine kostengünstigere Variante gewählt.*

***58*** *Der komplexe Wagenübergang mit seinen zahlreichen Koppelelementen, die hier gut zu erkennen sind, stellte den Betrieb anfänglich vor erhebliche Probleme (Foto: DB, BZA Minden).*

55

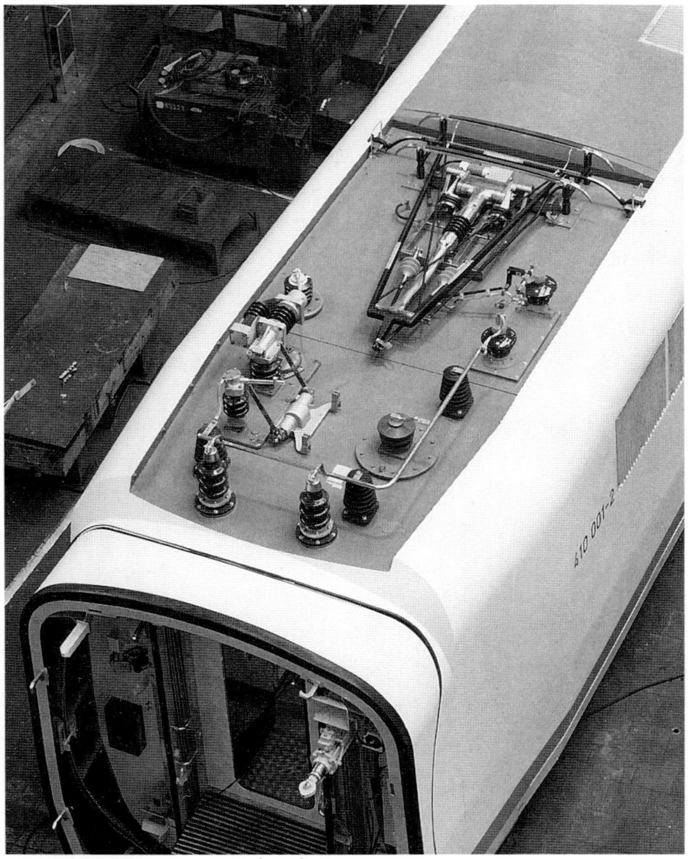

56

57

58

diese Breite einen kürzeren Drehgestellabstand, um in engen Radien die Einhaltung der Fahrzeugbegrenzung zu gewährleisten. Die Mittelwagen sind daher nur 24,3 m lang. Die Fahrzeuge sind äußerlich weitgehend glatt und weisen eine geschlossene Bodenwanne auf.

Die Fahrzeugzelle der Mittelwagen besteht aus Aluminium-Strangpreßprofilen, so daß der Wagenkastenrohbau nur 6,5 t wiegt. Die vier Einstiege mit elektropneumatisch betätigten Schwenkschiebetüren liegen an den Fahrzeugenden und sind zur Erhöhung der Schalldämmung mit zusätzlichen Dämmatten ausgerüstet. Um das Vibrieren der Wagenkastenstruktur bei hohen Geschwindigkeiten zu vermeiden, wurden an die vertikale Biegeeigenfrequenz verschärfte Anforderungen gestellt.

Die außenhautbündigen, eingeklebten Seitenwandfenster (außen Verbundsicherheitsscheibe, innen Einschichtsicherheitsscheibe) sind mit den dazwischenliegenden Blindfenstern zu einem durchlaufenden, dunkel getönten Fensterband integriert. Im Raum zwischen den Scheiben liegt eine Sonnenschutzjalousie.

An den Stirnwänden der Fahrzeuge werden mit der Scharfenbergkupplung auch die Druckluftleitungen, die Zugsammelschienen, die Batteriesammelschiene und Steuerleitungen, die Lichtwellenleiter der Zugsteuerung und die Koaxialkabel des Fahrgastinformationssystems gekuppelt. Um den Fahrkomfort und die Laufstabilität des Fahrzeugverbandes zu verbessern, wurde die Kupplungsebene mit zusätzlichen Koppelelementen ausgerüstet.

Völlig neu entwickelt wurden auch die Wagenübergänge, die sich auf die Scharfenbergkupplung abstützen. Der innere Wellenbalgübergang stellt einen vollkommen geschlossenen großzügigen Durchgangsraum dar. Die Teleskopbrücke liegt in gleicher Höhe wie die Vorraumfußböden. Die Übergangstüren sind in der Grundstellung geöffnet, so daß der Übertritt zwischen den Wagen kaum noch wahrgenommen wird. Die für den Betrachter ins Auge fallende Neuerung ist der äußere Übergangsschutz mit seiner außenhautbündigen Kontur, der das geschlossene Zugbild unterstützt und die Aerodynamik verbessert. Der Übergang ist nach dem Prinzip des doppelten Kugelgelenks entwickelt worden. An den Fahrzeugstirnseiten sind Kugelkalotten angebracht, zwischen denen das lenkergeführte, trennbare, zweiteilige Mittelstück läuft. Bei Bogenfahrten verschieben sich die Elemente auf der Kalottenfläche, die mit Teflon beschichtet ist, um den Reibverschleiß zu verringern.

### *Laufdrehgestelle*

Für den ICExperimental wurden zwei verschiedene Laufdrehgestelle verwendet:

- das stahlgefederte Drehgestell MD 52-350 von Waggon-Union in den Wagen 810 002 und 810 003 und
- das luftgefederte Koppelrahmendrehgestell von MAN im Wagen 810 001.

Das Drehgestell von Waggon-Union ist eine Weiterentwicklung des Drehgestells MD 522, das in den Großraumwagen des Typs Bpmz zum Einsatz kommt. Für den Einsatz bei hohen Geschwindigkeiten wurde der Radstand verlängert und eine doppelte mechanische Drehhemmung eingebaut, die Räder mit Schallabsorbern versehen und ein Federspeicher als Feststellbremse eingebaut.

Das Koppelrahmendrehgestell ist eine völlige Neuentwicklung, bei dem sich der Wagenkasten über zwei Luftfederbälge unmittelbar auf den Drehgestellrahmen abstützt. Längskräfte zwischen Wagenkasten und Drehgestell werden durch einen tiefliegenden Drehzapfen übertragen. Kennzeichen dieses Drehgestells ist der elastische Koppelrahmen in X-Form. Durch entsprechende Auslegung der Rahmenelastizität lassen sich sowohl stabiler Geradeauslauf wie gute Bogeneinstellbarkeit vereinbaren. Die schmalere Abstützbasis erforderte eine Wankstütze, anhand derer man die beiden Drehgestelle leicht unterscheiden kann.

Im Einsatz erwies sich zunächst das verbesserte Seriendrehgestell von Waggon-Union im Geschwindigkeitsbereich bis 200 km/h als überlegen. Nach einer Optimierung des Koppelrahmendrehgestells auf dem Rollprüfstand ergaben sich bei diesem hervorragende Lauf- und Komforteigenschaften bis zu 400 km/h. Ein Austausch der verschiedenen Drehgestelle wurde nicht vorgenommen und war auch nicht beabsichtigt. Zu Versuchszwecken verbleiben die unterschiedlichen Drehgestelle an den Mittelwagen des ICExperimental.

### *Inneneinrichtung*

Um dem Demonstrationscharakter des Zuges Rechnung zu tragen, wurde neben dem äußeren Erscheinungsbild besonderer Wert auf das Design der Fahrgasträume gelegt. Die Anforderungen an die Fahrzeuginneneinrichtung waren:

- ein innovatives, weit über den Standard hinausgehendes Design;
- variable Innenausstattung in vorgefertigten Modulen; in den Einzelelementen weitgehend baugleich für die unterschiedlichen Komfortstufen;
- schnelle Umrüstbarkeit zur raschen Anpassung an Marktänderungen und veränderte Gestaltungswünsche;
- erleichterte Reparatur und Wartung.

Zusammen mit den breiten Einstiegen, den modernen Wagenübergängen, den mit 1900 mm Breite und 650 mm Höhe bei kurzen Zwischenstegen sehr großen Fenstern, der Klimaanlage, der indirekten Beleuchtung und der geschlossenen Gepäckablage, einer hervorragenden Wärme- und Schalldämmung und dem Informationssystem konnte ein bislang unerreichtes Niveau der Innenausstattung eines modernen Reisezuges realisiert werden.

Die Ausführung der Innenausstattung der Mittelwagen ist aus den Aufnahmen zu ersehen. Insgesamt sind drei unterschiedliche Einrichtungsmodelle verwirklicht worden.

59

60

*__59__ Der Großraum der 2. Klasse im Demonstrationswagen 2 (810 002) ist in Gelb gehalten.*

*__60__ Ganz in dezenten Rottönen zeigt sich die großzügige Inneneinrichtung der 1. Wagenklasse im Demonstrationswagen 1 (Foto: DB, BZA München).*

## Fahrgastinformationssystem

Das Fahrgastinformationssystem (FIS) demonstriert verschiedene Möglichkeiten der Kommunikationstechnik, die im Zuge der raschen Entwicklung in diesem Bereich zum Teil schon wieder überholt sind. Das Herzstück der FIS-Anlage ist der Zentralrechner im Meßwagen, von dem über ein durchgehendes Koaxialkabel Informationen in die einzelnen Informationseinrichtungen eingespeist werden. Dies sind

- optische Anzeigen mit Informationen über Zuglauf, Zugnummer, Wagennummer, Sitzplatzreservierung, Ankunfts- und Abfahrtszeiten, Serviceleistungen, aktuelle Fahrgeschwindigkeit und Werbung;
- Wagenlautsprecher und in der ersten Klasse individuelle Kopfhörer für Rundfunk- und Kassettenprogramme;
- Schaffnerrufanlage, Kabeltextsystem und Wertkartentelefon, in der ersten Klasse auch am Sitzplatz;
- Videoprogramme in abgegrenzten Bereichen sowohl über Kassette als auch live über die im Triebkopfführerstand eingebaute Kamera, die dem Fahrgast den Lokführerblick auf die Strecke ermöglicht.

Mit diesem Angebot sollte die Akzeptanz moderner Kommunikationseinrichtungen im Reisezug getestet werden und eine Entscheidungsgrundlage für die Serienzüge gefunden werden.

## Diagnosesystem

Eine zukunftsweisende Neuentwicklung ist das zuginterne Diagnosesystem (DIAS), das teils schon vorhandene Eigendiagnosesysteme, wie bei Klimaanlage und Türsteuerung, integriert. Da aus technischen und zeitlichen Gründen nicht für alle Systeme des ICExperimental die erforderliche Ankoppelung an das Diagnosesystem geschaffen werden konnte, sind in der ersten Stufe nur ausgewählte Funktionsgruppen angeschlossen. Für eine volle Funktion fehlten bei der Inbetriebnahme des Zuges, speziell bei den Triebköpfen, eine befriedigende Analyse von Prozeßdaten und die Verknüpfungsmatrix, nachdem von den Firmen nicht ausreichend Unterlagen zur Verfügung gestellt wurden. Für zahlreiche Diagnoseaussagen fehlten die wesentlichen Signale, weil sie von DIAS nicht abgefragt werden können. Insgesamt können nur 15 % der Diagnosesignale getestet werden.

Der Hauptrechner befindet sich im Triebkopf 2. In den anderen Fahrzeugen befinden sich Terminals, in denen die Meßdaten der Einzelfahrzeuge zusammenlaufen und die von hier aus gebündelt und teilweise ausgewertet weitergegeben werden.

DIAS registriert bestimmte Daten und informiert zunächst den Triebfahrzeugführer automatisch oder auf Anfrage über aufgetretene Störungen und Fahrzeugzustände, wie zum Beispiel geöffnete oder geschlossene Türen. Durch das Erfassen der Daten aller Fahrzeugkomponenten ist nicht nur eine frühzeitige Information des Triebfahrzeugführers, sondern auch eine Vorausmeldung an den Werkstättendienst bezüglich aufgetretener Fehler und Störungen möglich. Durch eine Analyse der im Betrieb aufgezeichneten Daten ist der Wartungsaufwand abzuschätzen und durch die Vormeldung in das Bahnbetriebswerk auch die rasche Bereitstellung von Ersatzteilen und entsprechendem Fachpersonal möglich. Gleichzeitig kann die Zeitdauer der Wartung kalkuliert und rechtzeitig entschieden werden, ob eine Ersatzeinheit bereitgestellt werden muß.

Schon vor Fahrtantritt kann mit DIAS während des Aufrüstens des Zuges überprüft werden, ob sich alle Fahrzeugkomponenten in einwandfreiem Zustand befinden, so daß während der Fahrt nicht mit unliebsamen Überraschungen gerechnet werden muß. Für den Werkstättendienst ermöglicht DIAS den «Fahrzeugcheck» ohne aufwendige Zerlegearbeiten. Ein mobiles Wartungs-Terminal wird an das Fahrzeug angeschlossen und setzt erfaßte Störungen in konkrete Wartungsaufträge um.

DIAS greift jedoch niemals von sich aus in Funktionen ein, sondern ist nur ein Meldesystem. Es speichert die erfaßten Daten, die vom DIAS-Terminal über Anzeige- und Bedieneinheiten aufgerufen werden können. Nicht nur für den Triebfahrzeugführer ist es notwendig, die wichtigsten Teile seines Fahrzeugs wie die Laufwerke, über die er keine unmittelbare Kontrolle hat, überwacht zu wissen. Vielmehr machen die Fahrwegdaten es auch möglich, erfaßte Fehlerstellen im Fahrweg exakt aufzufinden und die Gleisunterhaltung zu optimieren. Über eine Speicherung des optimalen Fahrwegzustandes kann das Diagnosesystem jede Abweichung mühelos erkennen.

## ***Zeitplan***

Nach Klärung der Finanzierungsfragen im Spätsommer 1982 wurden zunächst die notwendigen Konstruktionsarbeiten durchgeführt. Nach 15 Monaten wurde der Konstruktionsstand Ende 1983 «eingefroren» und mit dem Bau der Triebköpfe begonnen. Technische Weiterentwicklungen konnte und wollte man erst wieder nach einer ersten Erprobungsphase des Zuges berücksichtigen, wollte man den Bau nicht weiter verschieben.

Am 1. November 1983 erklärte der neue Vorstand der Deutschen Bundesbahn den ICExperimental zur Vorstandssache. Daraufhin ging es Schlag auf Schlag. Das weitere Vorgehen im Bereich Hochgeschwindigkeitsverkehr wurde von Projektgruppen bis Ende 1984 geklärt. Im Dezember 1984 verabschiedete die DB ein Forschungs- und Entwicklungsprogramm zur Komponentenerprobung für den Hochgeschwindigkeitsverkehr, das die Höchstgeschwindigkeitsversuche mit dem ICExperimental einschloß, die im Auftrag und auf Rechnung des Bundesforschungsministeriums durchgeführt werden sollten. Damit stand einer zügigen Durchführung des Projekts nichts mehr im Wege, so daß die Fertigung und Montage des Triebzuges termingerecht in den Jahren 1984 und 1985 abgewickelt werden konnte.

# 4. Übergabe und Inbetriebnahme des ICExperimental

Nach nur 12 Monaten Bauzeit erfolgte am 19. März 1985 die Präsentation des Triebkopfs 410 001 bei Krupp. Am 28./29. März wurde der Triebkopf zum Ausbesserungswerk (Aw) München-Freimann überführt, wo kurz darauf auch der in den ersten Apriltagen bei Henschel fertiggestellte 410 002 eintraf. Im Aw Freimann begannen daraufhin die Arbeiten zur Inbetriebnahme der beiden noch nicht fahrtüchtigen Triebköpfe und die Standversuche.

Diese Arbeiten standen trotz der zeitgerechten Ablieferung der Triebköpfe durch die Industrie unter enormen Zeitdruck. Denn bereits während der Bauphase war im Jahr 1984 der 26. November 1985 als Datum für eine Rekordfahrt festgelegt und bekanntgegeben worden – der Preis für die Förderung des ICE mit öffentlichen Mitteln.

### *Inbetriebnahme der Triebköpfe*

Die erste Arbeitsstufe sah zunächst eine Inbetriebnahme bis zu einer Geschwindigkeit von 250 km/h noch im Jahr 1985 vor, die alle Bereiche umfaßte, die für die Betriebszulassung relevant waren. Innerhalb dieser Phase sollten auch zahlreiche Demonstrationsfahrten durchgeführt werden. Die vollständige Inbetriebnahme bis zur Höchstgeschwindigkeit und die Durchführung des umfangreichen Versuchsprogramms waren der ruhigeren Zeit nach dem 150. Geburtstag der deutschen Eisenbahnen vorbehalten.

Die Inbetriebsetzung erfolgte in mehreren Schritten, nachdem die elektrische Ausrüstung, die teilweise schon während des Rohbaus bei den Waggonherstellern eingebaut worden war, im Aw Freimann komplettiert wurde. Die Tabelle 3 zeigt den Zeitplan der einzelnen Arbeitsschritte.

| Phase | Maßnahme | Zeitraum |
|---|---|---|
| Block 1: | Steuer- und Leistungsteil prüfen<br>Triebkopf-Steuerung durchschalten | Anfang April–2. Juni 1985<br>3.–9. Juni 1985 |
| Block 2: | Bremssteuerung<br>Erste Probefahrten im Aw bis 20 km/h<br>Lichtleiter und Zugsteuerung | 10.–16. Juni 1985<br>17.–30. Juni 1985<br>1. Juli–4. August 1985 |
| Block 3: | Probefahren Nordring bis 120 km/h | 5.–25. August 1985 |
| Block 4: | Integration der Mittelwagen, Nordring, Meßtechnik, 120–160 km/h | 26. August–22. September 1985 |
| Block 5: | Zulassung Lauf- und Bremstechnik 200–250 km/h<br>LZB-Zulassung | 23. September–17. November 1985<br>1.–10. Oktober 1985 |
| Block 6: | Hochtastphase über 250 km/h | 4.–22. Dezember 1985 |

*Tabelle 3: Inbetriebnahme der Triebköpfe*

Zunächst erfolgten Standversuche im Aw Freimann. Dabei wurden Schritt für Schritt der 110-Volt-Bereich beider Triebköpfe unter Spannung gesetzt, die Steuerstromkreise und die Leistungselektronik der Drehstromantriebssysteme durchgeschaltet und in ihrer Funktion überprüft. Danach wurden die Fahr- und Bremssteuerung und die neu entwickelte Lichtwellenleitersteuerung in Funktion genommen und getestet.

Im Rahmen der Inbetriebnahme der übergeordneten Zugsteuerung, die das Fahren beider Triebköpfe ermöglicht, erfolgten erste Probefahrten. Diese fanden zunächst ab 2. Juni im Gelände des Ausbesserungswerkes und ab 13. Juni im Güterbahnhof Milbertshofen statt. Nach diesen «Rutschfahrten» wagte man sich auch auf den zweigleisigen Münchner Nordring (Güterumgehung Johanneskirchen–Olching), wo für die Versuchsfahrten einfach das nördliche Gleis gesperrt wurde. Bei diesen Fahrten mit einem oder beiden Triebköpfen stellte man die Elektronik der Fahrzeuge ein und stimmte die einzelnen Komponenten innerhalb und zwischen den Fahrzeugen aufeinander ab.

Eine erste «Überlandfahrt» führte den nur aus den beiden Triebköpfen bestehenden ICExperimental am 26. Juni nach Landshut, wobei der Zug erstmals 100 km/h erreichte. Damit verbunden war die vorläufige Betriebszulassung bis zu dieser Geschwindigkeit, die zunächst auch genügte, um mögliche Schwachstellen zu erkennen und soweit als möglich zu eliminieren.

### *Vorstellung der Triebköpfe und der Mittelwagen*

Am 4. Juli waren die ersten Phasen soweit abgeschlossen, daß die beiden Triebköpfe im Aw Freimann erstmals der Presse vorgestellt werden konnten. Am 31. Juli schließlich wurden auch die drei Mittelwagen bei Messerschmidt-Bölkow-Blohm (MBB) in Donauwörth präsentiert. Zu diesem Zweck überführte man einen Triebkopf nach Donauwörth, wo die offizielle Übergabe der Mittelwagen an die DB erfolgte. Damit begann eine Phase der Öffentlichkeitsarbeit, die erst mit der Rekordfahrt im November ihren Höhepunkt und mit den Feierlichkeiten zum 150jährigen Eisenbahnjubiläum am 7. Dezember 1985 ihren Abschluß fand. Die Mittelwagen verblieben zur Vervollständigung der Ausrüstung aber zunächst noch bei MBB.

Bei der Präsentation in Donauwörth waren nach Fahrten durch die engen Gleisbögen des Firmengeländes Klemmerscheinungen an den äußeren Übergangsschalen der Wagenübergänge aufgetreten. Diese waren auf eine nicht ausreichende Führung des beweglichen Mittelstücks zurückzuführen. Durch die Anbringung von zusätzlichen Gleitführungen und Abstandshaltern konnte diese Schwachstelle beseitigt werden.

Alles in allem verliefen die Inbetriebnahmearbeiten ohne große Störungen. Langsam wurde die Geschwindigkeit auf dem Nordring bis zu 120 km/h gesteigert. Bei einer dieser Fahrten kam es zu einem größeren Schaden, als am 15. August drei von vier Hilfsbetriebeumrichtern ausfielen. Die beiden Triebköpfe gelangten zwar noch mit eigener Kraft ins Aw zurück. Dort mußten die Umrichter vom Hersteller repariert werden. Der Grund für den Ausfall kam nie ans Tageslicht, doch trat der Fehler nach einer Änderung des Schaltbilds auch nicht wieder auf. Dieser Ausfall warf die Arbeiten aber um acht Tage zurück.

Am 15. August traf der erste der drei Mittelwagen in Freimann ein, so daß die Arbeiten an diesen Fahrzeugen und schließlich die Inbetriebnahme des gesamten Zugverbandes mit den dafür erforderlichen Koordinationsarbeiten, Zulassungs- und Einstellfahrten beginnen konnte.

Zu diesen Arbeiten zählte auch die probeweise Zerlegung eines Triebkopfes und eines Mittelwagens, um die Instandhaltungsfreundlichkeit beurteilen zu können. Gleichzeitig konnten Schwachstellen am Fahrzeug beseitigt werden. Zusätzlich wurden Instandhaltungsuntersuchungen an elektronischen Bauteilen und Bauteilgruppen durchgeführt.

### *Inbetriebnahme des Zugverbandes*

Mitte September wurde erstmals ein Mittelwagen in den Zugverband eingestellt. Um den knappen Zeitplan halten zu können, beschränkten sich die Versuchsfahrten zunächst auf die Bereiche Lauftechnik, Bremstechnik und Energieversorgung. Die Meßfahrten waren dadurch erschwert, daß bei vielen neuen Komponenten Verbesserungen vorgenommen werden mußten, um die Funktionsfähigkeit des Zuges sicherzustellen, wenngleich durch die Erfahrungen mit der im Leistungsteil identischen Baureihe 120.0 schon vielseitige Erfahrungen vorhanden waren, die die Arbeiten vereinfachten. Die zum Teil erst sehr spät angelieferten Ausrüstungsteile des ICE hatten keine vorherige Prüfung zugelassen und mußten sofort eingebaut werden, um eine tiefgreifende Verzögerung des Programms zu vermeiden. Damit waren Störungen während der Versuchsfahrten allerdings vorprogrammiert. Da viele Arbeiten nur ausgeführt werden konnten, wenn die elektrische Einrichtung nicht unter Spannung stand, mußten meßtechnische Fahrten immer wieder unterbrochen werden.

Die komplette fünfteilige Garnitur war erstmals am 20. September 1985 auf dem Nordring unterwegs. Die Fahrten dieses Tages dienten einer abschließenden Beurteilung der Inbetriebnahme des elektrischen und mechanischen Teils.

Bereits eine Woche später stand die erste Publikumsfahrt auf dem Programm. Eine französische Delegation hatte das Vergnügen, die ersten internationalen Gäste zu sein, die mit dem ICE reisen durften. Dabei erreichte der Zug auf der Fahrt nach Ingolstadt erstmals eine Höchstgeschwindigkeit von 160 km/h, wofür am 11. September 1985 rechtzeitig die am 21. Juni für 100 km/h erteilte vorläufige Betriebszulassung erweitert worden war. Freilich verlief diese erste «große» Fahrt des ICE nicht ganz problemlos. Vor Petershausen sprachen die 800-V-Sicherungen der Triebköpfe an und mußten ausgewechselt werden. Der Grund hierfür blieb im dunkeln. In der folgenden Zeit wurde die meßtechnische Einrichtung des Meßwagens vervollständigt. Für den Erfolg der Fahrten war besonders ein fehlerfreier Betrieb dieser Meßeinrichtungen maßgeblich.

### *Erfahrungen und Probleme*

Bei den Triebköpfen ergaben sich neben den bereits erwähnten Schwierigkeiten mit den Umrichtern – die später allerdings nie wieder auftraten – vor allem mit der Maschinenraumbelüftung Probleme, die bei den Triebköpfen des ICExperimental allerdings nicht mehr beseitigt worden sind. Die Maschinenraumluft wird beim ICExperimental von der Motorenbelüftung abgezweigt, so daß sich eine unglückliche Teilung der Kühlluft ergibt. Bei den Serientriebzügen wird daher ein neues Teilungsverhältnis angestrebt.

Schwierigkeiten bereitete das Zusammenspiel von Zug- und Bremssteuerung, das langwierige Einstellfahrten erforderlich machte. Die unterschiedlichen Elektronikelemente der verschiedenen Hersteller führten zu Problemen bei der Datenübertragung, so daß hier eine Feinabstimmung in enger Zusammenarbeit mit den Firmen, die die Elektrotechnik lieferten, erreicht werden mußte.

Problematisch war vor allem aber die Störwirkung der Stromrichter auf die daneben angeordneten Elektronikschränke sowie Lichtleiter und Steuerungselemente. Die Probleme mit Störströmen an Schnittstellen löste man durch den Einbau eines Kupferblechs, bei den Serientriebzügen wird eine Lösung durch die Änderung der Anordnung erreicht.

Probleme ergaben sich bei den Einstellfahrten mit den Mittelwagen, wo die Klimaanlage eine der Schwachstellen war. Diese ist von MBB aus dem Flugzeugbau abgeleitet worden und den Bahneigentümlichkeiten nicht ganz angepaßt. Vor allem die 1000-Volt-Direktumrichter für die Versorgung der Klimaanlage fielen mehrfach aus und wurden zu Prüfstandsversuchen ausgebaut und zurückgegeben. Trotz Verbesserungen blieb die Klimaanlage das Sorgenkind.

61

*__61__ Die Überführung der Triebköpfe von den Herstellern in Kassel und Essen nach München erfolgte Anfang April 1985. Die Aufnahme zeigt auf einer späteren Überführung nach Minden den Triebkopf 410 002 im Schlepp von 103 004.*

62

*__62__ Aus meßtechnischen Gründen mußte der Meßwagen 810 003 in anderer Richtung in den Zug eingereiht und deshalb in Minden auf der Drehscheibe gewendet werden.*

63

*__63__ Ab Juni 1985 fanden Versuchsfahrten mit den beiden Triebköpfen auf dem Nordring statt. Einige Untergestellklappen an den Triebköpfen waren entfernt, um besseren Zugang zu den technischen Einrichtungen zu haben.*

***64*** *Am 4. Juli 1985 wurden die beiden Triebköpfe im Aw München-Freimann der Presse vorgestellt.*

64

***65*** *Die Arbeiten zur Inbetriebnahme des InterCityExperimental wurden im Aw München-Freimann vorgenommen, wo der Zug mehrere Jahre lang betreut wurde. Im Oktober 1986 befand sich der Triebzug für Umbauarbeiten im Ausbesserungswerk.*

65

***66*** *Am Abend des 25. September 1985 war erstmals der fünfteilige Zugverband auf dem Nordring unterwegs. In Ludwigsfeld trifft der hochmoderne Triebzug auf die über 40 Jahre alte Lokomotive 194 151.*

66

Die bei späteren Fahrten von der Wirbelstrombremse ausgehenden Störungen auf Schaltelemente der Signaleinrichtungen und Erwärmung der Gleise führten dazu, daß die Wirbelstrombremse nur für Schnellbremsungen und auf der Neubaustrecke verwendet wird. Hier sind die elektrischen Streckeneinrichtungen entsprechend isoliert. Eine Umrüstung der Altstrecken wäre mit annähernd 20 Mio. DM zu teuer. Dennoch wird eine serienreife Entwicklung der Wirbelstrombremse angestrebt, da die mechanischen Bremsen erhebliche Einflüsse auf die Gleise haben, die mit modernen Methoden der Oberbauunterhaltung nicht mehr zu vereinbaren sind.

Überraschenderweise ergaben sich keinerlei Probleme mit der Lichtleitersteuerung, mit denen man zunächst gerechnet hatte. Auch mit dem Gleit- und Schleuderschutz, der schon bei der Baureihe 120 optimiert worden war, traten keine Unstimmigkeiten auf.

### *Erste Meßfahrten*

Am 9. Oktober wurde schließlich die auf sechs Monate befristete vorläufige Betriebszulassung bis 300 km/h erteilt und damit das gesetzte Ziel erreicht. Nun konnten die noch zur Inbetriebnahme zählenden Versuchsfahrten aufgenommen werden, deren Ziel es war, die technischen Einrichtungen noch so weit als möglich zu optimieren. Diese betrafen – weil zur Sicherheit des Betriebes als erste durchzuführen – Meßfahrten zur Ermittlung der Beeinflussung signal- und fernmeldetechnischer Anlagen durch vom Fahrzeug ausgehende Störströme. Diese Störströme können durch die Einwirkung auf andere elektrische Einrichtungen fatale Folgen haben, wie etwa das Umspringen eines Lichtsignales auf eine andere Stellung oder falsche Angaben der Gleisbesetztmeldung.

Diese Meßfahrten erfolgen üblicherweise zwischen Straßkirchen und Straubing an der Strecke Regensburg–Passau, da hier durch die geringe Zugdichte eine gleichmäßige Fahrleitungsspannung gewährleistet ist und der Planbetrieb nur in vertretbarem Umfang beeinträchtigt wird. Am 11. Oktober 1985 wurde ein erster Anlauf unternommen, der aber schon bald mit einer zu harten Bremsung und Flachstellen am Fahrzeug endete. Nach deren Beseitigung nahm man am 17. Oktober 1985 einen neuen Anlauf, der nach zahllosen Pendelfahrten am 19. Oktober auch erfolgreich abgeschlossen werden konnte. Wie schon von Fahrten mit den Vorserienlokomotiven der Baureihe 120 bekannt war, gehen zwar auch von Fahrzeugen mit Drehstromantrieb Störströme aus, deren Umfang nach dem Einbau von Netzfiltern aber zu keiner Beeinflussung anderer Einrichtungen führt.

Am 20. Oktober 1985 fuhr der ICE von Passau, wo er über Nacht abgestellt war, über Würzburg, Fulda, Altenbeken nach Minden. Mit fast vierwöchiger Verspätung konnte die versuchstechnische Vorbereitung der Rekordfahrt auf dem Streckenabschnitt Gütersloh–Neubeckum beginnen, wo zwischen Oelde und Neubeckum Geschwindigkeiten von 300 km/h möglich waren. Der Streckenabschnitt war zu diesem Zweck eigens nochmals durchgearbeitet worden, um die Oberbauqualität zu verbessern.

### *Die Vorbereitung der ersten Rekordfahrt*

Da sich die Lauftechnik des ICExperimental als insgesamt wenig problematisch erwies, konnten schon am dritten Tag der Zulassungsfahrten 200 km/h erreicht werden. In den letzten Oktobertagen wurden zunächst Bremsversuche bei Geschwindigkeiten bis zu 200 km/h gemacht. Beeindruckend war die Wirkung der Wirbelstrombremse gerade bei schwierigen Witterungsverhältnissen, nachdenklich stimmte aber der sehr hohe Stromverbrauch.

Danach erfolgten Bogenlaufuntersuchungen auf dem kurvenreichen Abschnitt zwischen Steinheim und Springe an der Strecke Hannover–Altenbeken. Ein besonderes Augenmerk galt dabei den Wagenübergängen, die aber nach den Verbesserungen aufgrund der Probleme in Donauwörth keinen Anlaß zur Kritik boten. In den beiden letzten Wochen vor der Rekordfahrt tastete man sich dann in 10-km/h-Schritten bis zu einer Geschwindigkeit von 324 km/h vor, die am 19. November 1985 erreicht wurde, nachdem am 11. November 1985 erstmals Geschwindigkeiten von 270 km/h und am 14. November 1985 die 300 km/h überschritten worden waren. Mit diesen Fahrten wollte man hinreichend viele Meßdaten über die Laufgüte, Bremstechnik und -wirkung und das Verhalten des Stromabnehmers gewinnen. Dabei zeigte sich auch, daß die Lösung des nicht umkoppelbaren Antriebsblocks ohne negative Auswirkungen auf den Oberbau und den Fahrkomfort blieb und daher für den Serienzug beibehalten werden konnte.

Die nachfolgenden Werte vermitteln einen Eindruck der Leistungen:

| **Geschwindigkeit** | **Anfahrzeit** | **Anfahrweg** |
|---|---|---|
| km/h | sec | m |
| 100 | 38 | 513 |
| 200 | 88 | 2 700 |
| 300 | 230 | 12 500 |

| **Geschwindigkeit** | **Bremsweg** (mit generator. Bremse) | **Bremsweg** (mit allen Bremsen) | **Schnellbremsung** |
|---|---|---|---|
| km/h | m | m | m |
| 100 | – | – | – |
| 200 | 3 350 | 1 980 | 1 280 |
| 300 | 8 300 | 4 160 | 3 190 |

*Tabelle 4: Leistungsdaten des ICExperimental*

Unerwartete Schwierigkeiten gab es mit Netzrückwirkungen durch völlig «verbogene» Oberströme im Stromnetz auf das Fahrzeug. Später konnte durch Untersuchungen der Schwingungen der Netzfilter gegeneinander und entsprechende Verbesserungen das zunächst beobachtete Abschalten der Traktionsleistung verhindert werden. Negativ fiel das Standgeräusch der Ölkühlerlüfter auf, deren Schallpegel die Vorgaben überschritt.

Nachdem im Geschwindigkeitsbereich über 300 km/h keine wesentlichen Störungen beobachtet wurden, erteilte das Bundesverkehrsministerium die Ausnahmegenehmigung für Publikumsfahrten mit Geschwindigkeiten über 300 km/h. Auf die erste Rekordfahrt des InterCityExperimental wird im Kapitel Demonstrations- und Rekordfahrten eingegangen.

***67*** *Zur Ermittlung der vom Fahrzeug ausgehenden Störströme und deren Wirkungen auf Signal- und Fernmeldeeinrichtungen war der ICExperimental am 18. Oktober 1985 zwischen Straubing und Straßkirchen im Einsatz.*

67

*

**68** Bereits am 11. Oktober 1985 war ein erster Anlauf für die Störstrommeßfahrten unternommen worden. Auf der Fahrt nach Straubing gelang bei Isareck diese Aufnahme.*

68

# 5. Das Versuchsprogramm

In der dritten Phase der Inbetriebnahme, dem Versuchsprogramm, konnte nun das eigentliche Rad/Schiene-Forschungsprogramm seinen Lauf nehmen. Die angestrebte zügige und gründliche Prüfung der Einzelkomponenten konnte nun unter realitätsnahen Bedingungen erfolgen, die Einhaltung der Projektvorgaben bewertet und gleichzeitig ein Überblick über die Serientauglichkeit erlangt werden.

### Untersuchungsziele

Folgende Punkte standen im Rahmen des Versuchsprogramms zur Untersuchung an:

*Fahrzeugtechnik*
- Leistungsmessungen an der elektrischen Anlage
- Messung von Energieverbrauch und Wirkungsgrad
- Überprüfung der Forderungen des Lastenheftes durch Messung der elektrischen Kenndaten von Fahrmotor, Transformator, Drosseln, Stromrichter und Hilfsbetriebe
- Wirkung der Wirbelstrombremse auf Signaleinrichtungen
- Zusammenwirken von Bremse und Sifa, INDUSI, LZB und AFB
- Wirksamkeit von Schleuder- und Gleitschutz
- Rückspeiseverhalten der elektrischen Bremse
- Funktionsfähigkeit von Steuerung und Regelung der Brems- und Antriebseinrichtung
- Ermitteln der Druckkräfte im von zwei Triebköpfen gleichzeitig geschobenen und gezogenen Fahrzeug
- Wirksamkeit der Klimaanlage unter den Bedingungen der Neubaustrecke
- Untersuchung der druckdichten Toilette hinsichtlich Wartung, Schadanfälligkeit und Druckdichtigkeit

*Oberbautechnik*
- Spannungsmessungen an Weichen und Kunstbauten zum Nachweis der Gleislagestabilität und Einhaltung der Dauerbeanspruchung
- Ermittlung der Fortpflanzungsgeschwindigkeit der Biegewelle des Gleisrostes
- Untersuchungen zur Schotterbettstabilisierung
- Auswirkungen der Wirbelstrombremse auf Weichen und die Gleislagestabilität

*Bautechnik*
- Schwingungs- und Resonanzverhalten von Brücken
- Untersuchung der Lagestabilität des Untergrundes

*Energieversorgung und -übertragung*
- Zusammenwirken von Stromabnehmer und Oberleitung
- Messungen zur Festlegung der Oberleitungstoleranzen
- Aussagen über das Schwingungsverhalten der Oberleitung bei Fahrten mit zwei angelegten Stromabnehmern

*Betriebsleittechnik*
- Erprobung der LZB
- Wirkung der Wirbelstrombremse auf die Anlagen der Gleisfreimeldung
- Übertragungs- und Systemverhalten des Zugbahnfunks im Tunnel
- Untersuchung neuer Komponenten wie Heißläuferortungsanlagen und Lichtwellenleiter für Streckenkabel

*Zusammenwirken Fahrzeug/Fahrweg*
- Lauftechnische Zulassungs- und Prüfungsuntersuchungen
- Ermittlung der Rad/Schiene-Kräfte
- Oberbaubeanspruchung
- Haftwertausnutzung

69

***69*** *Einen sibirischen Winter mußte der InterCityExperimental in der UIC-Klimakammer in Wien-Arsenal über sich ergehen lassen. Gerade die Lampen des Zuges sind noch zu erkennen (Foto: DB, BZA Minden).*

70

**70** *Seit Inbetriebnahme des ersten Neubaustreckenabschnitts Burgsinn–Rohrbach ist das Bahnbetriebswerk Würzburg für den InterCityExperimental zur zweiten Heimat geworden. Von hier startete der Zug zu den Meßfahrten auf der Neubaustrecke.*

*Aerodynamik*

- Druck- und Strömungsbeanspruchung bei einfachen Fahrten und Zugbegegnungen im Freien und im Tunnel
- Druckanstieg in den Fahrzeugen
- Wirksamkeit der verwirklichten Abdichtung
- Bugwellenmessungen zu Aussagen über die Konstruktion und Beanspruchung von Fenstern, Türen, Übergangseinrichtungen, Schürzenklappen und anderen Einrichtungen
- Störwirkung auf Ladungen bei Güterwagen
- Verhalten der Klimaanlage bei Druckveränderungen

*Umweltfragen*

- Luft- und Körperschallmessungen
- Schallschutzmaßnahmen bei schotterlosem Oberbau
- Wirksamkeit von Tunnelauskleidungen

Die Schwerpunkte lagen anfangs auf der Lauf- und Bremstechnik, der Optimierung der Antriebstechnik und der Überprüfung der Druckdichtigkeit und der Energieübertragung, um baldmöglichst Aussagen für die Serienzüge zu gewinnen, wobei die Erprobung und Optimierung der Komponenten wesentlicher Bestandteil der Versuche war.

### *Proben bis zur Perfektion*

Den Anfang in der Versuchsreihe machte die Erprobung des ICExperimental in der Klimakammer der UIC in Wien-Arsenal, wo Bremsen und Klimaanlage bei Temperaturen zwischen −40 und +50 Grad Celsius zeigen mußten, daß sie auch extremen Witterungsbedingungen gewachsen sind. Danach wurde der ICExperimental auf dem Rollprüfstand in München-Freimann getestet, wo er im März 1986 eine Geschwindigkeit von 385 km/h erreichte, die auf der Strecke vorerst nicht gefahren werden konnte. Dabei bestätigte sich der äußerst positive Eindruck der lauftechnischen Qualitäten des ICExperimental.

Im nächsten Versuchsabschnitt wurden vor allem Streckenversuche gefahren. Die Versuchsfahrten wurden anfangs auf der Strecke Gütersloh–Neubeckum abgewickelt, bis dann zunächst ab August 1986 der 28 km lange Neubaustreckenabschnitt Burgsinn–Hohe Wart zur Verfügung stand und ab 1987 der Neubaustreckenabschnitt Mannheim–Graben-Neudorf. Drei Versuchsreihen in den Monaten September, November und Dezember waren vorgesehen. Am 3. September 1986 kam der ICExperimental zum ersten Mal auf der Neubaustrecke zwischen Burgsinn und Rohrbach zum Einsatz. Dabei hatte die DB Pech: Auf der letzten Fahrt des Tages wurde in Burgsinn die Weiche beim Abzweig

*71 Zahlreiche Meßfahrten auf der Neubaustrecke galten der Erprobung der Druckdichtigkeit der Fahrzeuge, die hier eingesetzt werden sollen. Genau abgepaßt kreuzte der InterCityExperimental im Einmalbergtunnel einen Wagenzug und kommt kurz darauf bei Schaippach wieder ans Tageslicht (November 1986).*

71

zur alten Strecke unter dem Triebkopf 410 001 umgelegt, so daß dieser entgleiste. In der Folge mußte der ICExperimental daher dreiteilig eingesetzt werden, da sich auch ein Mittelwagen zum Umbau im Aw Freimann befand. An dem als Endwagen laufenden Mittelwagen brachte man eine Glasscheibe an, hinter der ein provisorischer Führerstand eingerichtet wurde, so daß die Versuchsfahrten wenigstens in einer Richtung fortgesetzt werden konnten. Immerhin wurden so noch Geschwindigkeiten von 290 km/h gefahren.

Anfang November 1986 standen wieder alle Teile des ICExperimental zur Verfügung, so daß mit der Durchführung des dritten Versuchsabschnitts begonnen werden konnte, im Rahmen dessen auch die Grenzen der Leistungsfähigkeit des Zuges ausgelotet werden sollten. Dies war nur innerhalb eines knappen Zeitraums bis zum Sommerfahrplan 1988 auf der Neubaustrecke möglich. Zu diesem Zeitpunkt sollte der Planbetrieb auf der NBS aufgenommen werden. Vor allem der Zeitabschnitt zwischen der Fertigstellung des gesamten Streckenabschnitts Fulda–Würzburg und dem Beginn der Vorbereitungen zum Planbetrieb mußte also intensiv genutzt werden. Nur in diesem Zeitraum konnte der Spielraum bis zu einer Höchstgeschwindigkeit von 350 km/h voll ausgeschöpft werden.

Im Vordergrund standen zunächst aerodynamische Messungen, vor allem der Luftwiderstände bei Zugbegegnungen innerhalb von Tunnels bei Geschwindigkeiten zwischen 250 und 280 km/h. Gleichzeitig tastete man sich in 10-km/h-Schritten an die Höchstgeschwindigkeit von 350 km/h heran. In der Regel wurden alle Fahrten mit einer Geschwindigkeit dreimal durchgeführt, bevor der Zug weitere 10 km/h zulegte. Die gründliche Vorbereitung der Meßreihen und die begleitenden theoretischen Arbeiten ermöglichten eine rasche Durchführung des Meßprogramms, das von keinen weiteren Störungen unterbrochen wurde.

Bereits für den 17. November 1986 konnte eine neue Rekordfahrt angesetzt werden. Auf der noch nicht ganz fertiggestellten Neubaustrecke erreichte der ICExperimental dabei immerhin 345 km/h. Auch in diesem Fall war die Rekordgeschwindigkeit nur durch die Streckenlänge begrenzt. Die höchste Geschwindigkeit wurde im Mühlbergtunnel gefahren, der ein Gefälle von 12,5 ‰ aufweist.

Kurzzeitige z-Stellungen eines der beiden Triebköpfe oder eines Mittelwagens in dieser Zeit erklären sich übrigens aus der Absicht, die Untersuchungszeiträume möglichst gut auszunutzen. Wann immer absehbar war, daß Reparaturen oder Umbauarbeiten längere Zeit benötigen würden, wurde das entsprechende Fahrzeug auf «z» gestellt. Durch die Zurückstellung wird der Fristablauf unterbrochen, so daß die sechsjährige Untersuchungsfrist voll ausgeschöpft werden kann.

72

*72 Die Perspektive des Lokführers aus dem Cockpit des InterCityExperimental. Die hohen Geschwindigkeiten auf den NBS verlangen trotz der umfangreichen Sicherheitstechnik seine volle Aufmerksamkeit (Foto: DB, BZA Minden).*

*73/74 Nach einer Übernachtung in Hameln ist der ICExperimental am Morgen des 20. Juli 1989 in Richtung Bad Pyrmont unterwegs, um auf dem Abschnitt Steinheim–Bad Pyrmont Bogenmeßfahrten durchzuführen. Mit einem Großraumwagen im Schlepp war der ICE am 1. April 1987 in Steinheim anzutreffen.*

### Die weiteren Meßfahrten

Im März 1987 wurden erneut Versuchsfahrten auf der NBS mit Untersuchungen zum Zugbahnfunk, der LZB und der Wirbelstrombremse durchgeführt. Nach Bogenmeßfahrten zwischen Steinheim und Bad Pyrmont wurden die Meßfahrten ab dem 8. April 1987 auf den neu fertiggestellten Neubaustreckenabschnitt Mannheim–Graben-Neudorf verlegt. Dort konnten aufgrund der größeren Streckenlänge die Geschwindigkeiten länger ausgefahren werden, so daß vor allem die lauftechnischen Versuche ein gutes Stück vorankamen.

Bemerkenswert waren auf diesem Streckenabschnitt vor allem die Hochgeschwindigkeitsfahrten mit angehängten Wagen. Der vierteilige ICExperimental (ein Demowagen wurde ausgestellt) diente sowohl einem normalen Großraumwagen der Gattung Bpmz 291.2 wie auch einem Meßwagen als Schleppfahrzeug. Dabei wurden Geschwindigkeiten von 360 beziehungsweise 305 km/h erreicht, was sowohl Personen- wie Meßwagenrekord bedeutete. Diese Fahrten dienten der Überprüfung der Laufeigenschaften und der Optimierung des Drehgestelles MD 522. Meßfahrten mit angehängten Großraumwagen hatten auch im Mai 1986 zwischen Bielefeld und Neubeckum und im April zwischen Steinheim und Bad Pyrmont stattgefunden.

73

74

Nach der Einweihung des Neubaustreckenabschnitts Mannheim–Graben-Neudorf für den Planbetrieb am 30. Mai 1987, zu der auch der ICExperimental Pendelfahrten zwischen Mannheim und Karlsruhe durchführte, wurden die Meßfahrten wieder auf den Abschnitt Burgsinn–Rohrbach verlagert.

### *Gemeinsam mit dem TGV*

Zu den interessantesten Einsätzen des ICExperimental zählen die Fahrten, die gemeinsam mit einer TGV-Garnitur auf dem Neubaustreckenabschnitt Villeneuve–Le Creusot der Strecke Paris–Lyon durchgeführt wurden. Vom 4. bis 7. Oktober 1988 befand sich der ICExperimental in Frankreich. ICE und TGV waren über eine Notkupplung miteinander verbunden. Auf diesen Fahrten erreichte der vom TGV geschleppte dreiteilige ICExperimental problemlos eine Geschwindigkeit von 280 km/h. Mit diesen Fahrten sollte untersucht werden, wie sich der ICExperimental unter den etwas anderen Bedingungen der französischen Gleisgeometrie verhält. Besondere Probleme traten bei den Fahrten nicht auf. Allerdings gaben sich die französischen Kollegen sehr zugeknöpft, nachdem sie vom deutschen Weltrekord am 1. Mai 1988 überrascht worden waren. Es war klar, daß sie selbst auf den neuen Streckenabschnitten der Atlantiklinie einen Weltrekordversuch unternehmen wollten, der nun aber deutlich über 400 km/h liegen mußte. Die Versuche untermauerten die technische Überlegenheit des ICExperimental und die praktische Brauchbarkeit des TGV. Leider zeigten sie auch deutlich, wie sehr das europäische Hochgeschwindigkeitssystem von Konkurrenzdenken geprägt ist und unter nationalen Interessen leidet.

### *Die zukünftigen Einsätze*

In jüngster Zeit wird der ICExperimental verstärkt zur Erprobung einzelner Komponenten, die im ICExpreß zur Verwendung kommen, herangezogen. Dabei kann der Zug als Versuchsträger für neue Technologien dienen. Ein Umbau des Zuges unterbleibt aber, da er seinen Versuchscharakter beibehält. Auch ein Umbau in ein Mehrsystemfahrzeug, wie zunächst geplant, erfolgt nicht. Nach und nach muß der ICExperimental hinter den Serienzügen zurücktreten. Wird erst einmal das ICE-Netz in Betrieb sein, wird der Versuchszug in Vergessenheit geraten und unauffällig nur noch auf Meßfahrten anzutreffen sein, wie im Mai 1989 zwischen Freising und Feldmoching und Straubing–Straßkirchen, wo der ICExperimental für Oberschwingungsmeßfahrten unterwegs war. Meßfahrten dieser Art werden in Zukunft das tägliche Brot des Zuges sein.

Im Spätsommer 1990 erhielt der ICExperimental nochmals eine neue, wichtige Aufgabe. Die bisherige Meßeinrichtung des Meßwagens wurde durch neue Geräte ergänzt. Mit dieser Ausrüstung wurde der ICExperimental als Abnahmefahrzeug für alle Neu- und Ausbaustrecken, die ab Sommerfahrplan 1991 in Betrieb gingen, eingesetzt.

***76*** *Zu den ersten Demonstrationsfahrten im Spätherbst 1985 gehörte der Besuch des ICExperimental in Hannover. Als Dsts 26976 fuhr er am 29. November 1985 von Hannover nach Hamm.*

# 6. Demonstrations- und Rekordfahrten

Das magische Datum innerhalb des Versuchsprogramms war der 26. November 1985. Für diesen Tag hatte man schon während des Baus des Zuges eine Rekordfahrt angesetzt. Über fünf Monate war zielstrebig auf dieses Datum hingearbeitet worden, bevor das Bundesministerium für Verkehr die Ausnahmegenehmigung für die Publikumsfahrten erteilte. Insgesamt wurden über 150 Meßfahrten zur Vorbereitung des ersten Rekordes gefahren. Trotz der knappen Zeitvorgaben hatte das Programm zeitgerecht und ohne größere Überraschungen abgewickelt werden können.

75

**75** *Das Zuglaufschild der ersten Rekordfahrt zwischen Bielefeld und Hamm am 26. November 1985.*

### *Die erste Rekordfahrt*

Am Vormittag des 26. November 1985 startete der ICExperimental in Bielefeld zur Rekordfahrt. Zahlreiche prominente Zeitgenossen, darunter die Bundesminister für Verkehr, Dollinger, für Wissenschaft und Forschung, Riesenhuber, der nordrhein-westfälische Ministerpräsident Johannes Rau und Vertreter aus der Wirtschaft hatten sich eingefunden. Wie schon von den Fahrten in den Tagen zuvor gewohnt, erreichte der ICExperimental die 300 km/h nahezu mühelos. Bei 317 km/h blieb die Tachonadel schließlich stehen. Zwar war damit keineswegs die höchstmögliche Geschwindigkeit erreicht worden, doch ließen die Strecke und der Bremsweg keine weitere Steigerung mehr zu. Am Nachmittag erreichte der Zug bei einer weiteren Fahrt nochmals 316 km/h, dann war Schluß – man wollte die Exklusivität der ersten Fahrt nicht antasten. Die Öffentlichkeitswirkung sollte unbeeinträchtigt

76

77

*77 Eine Woche vor dem 150jährigen Bestehen der Deutschen Eisenbahnen trafen sich der ICExperimental und der «Adler» bereits beim Bahnhofsfest in Herford (30. November 1985).*

*78 Immer in vollem Glanz unterwegs – das erfordert die häufige Reinigung des InterCityExperimental, wie hier in Hannover.*

*79 Als Vorzug zum IC 698 lief der ICE im Rahmen der Akzeptanzuntersuchung im Januar 1986 zwischen Frankfurt und Hannover. Die Aufnahme entstand kurz vor dem Ziel in Hannover-Bismarckstraße.*

von der mit viel «Presserummel» verbundenen ersten Fahrt des Tages ausgehen.

Interessant sind die Sicherheitsvorkehrungen, die nicht nur für die Rekordfahrt, sondern schon für die Hochtastfahrten getroffen wurden. Der gesamte Streckenabschnitt wurde auf «Grüne Welle» geschaltet und das Nachbargleis der viergleisigen Strecke gesperrt. Nach jeder Fahrt führte der Ultraschall-Schienenprüfzug eine Inspektionsfahrt durch. Während der Rekordfahrt wurden alle Bahnhöfe und Brücken bewacht, eine «Angstlok» fuhr dem Zug voraus, eine weitere folgte ihm. Ein Oberleitungstriebwagen stand ununterbrochen in Bereitschaft.

### Die Deutschlandrundfahrt 1985

Mit diesen Fahrten wurde gleichzeitig die zweite Phase des Rad/Schiene-Demonstrations- und Versuchsfahrzeuges ICExperimental eingeleitet – die der Demonstration. Vor dem ICExperimental lag eine Rundreise durch die Bundesrepublik Deutschland, die den Vergleich zu den Fahrten des Schienenzeppelins Anfang der dreißiger Jahre herausfordert. Folgende Städte besuchte der Rekordzug im November und Dezember 1985:

26. 11. Bielefeld–Essen
27. 11. Hamm–Wuppertal–Köln–Aachen–Koblenz–Bonn
28. 11. Osnabrück–Bremen–Hamburg
29. 11. Hannover–Hamm–Minden–Löhne
30. 11. Gütersloh
1. 12. Essen–Bielefeld u. z.
2. 12. Essen–Bielefeld u. z.
3. 12. Frankfurt–Kassel u. z.
4. 12. Frankfurt–Kassel–Treysa
5. 12. Frankfurt–Nürnberg–München
6. 12. München–Fürth–Kitzingen
7. 12. München–Nürnberg–Fürth–Vach
8. 12. München
9. 12. Pendelfahrten München–Augsburg
11. 12. München–Nürnberg u. z.
12. 12. München–Stuttgart–Ulm–München
13. 12. Mannheim–Basel–Karlsruhe–Frankfurt
15. 12. Düsseldorf
16. 12. Frankfurt–Düsseldorf
17. 12. Bonn–Koblenz
18. 12. Erlangen–Bamberg
19. 12. Donauwörth–München
20. 12. Saarbrücken–Merzig–Kaiserslautern
21. 12. Kaiserslautern–München

Der Höhepunkt dieser Fahrten war die Begegnung mit dem «Adler» am 6. Dezember 1985 in Fürth ebenso wie eine Woche zuvor in Herford sowie die Vorstellung in einer Fernsehsendung des ZDF zum 150. Geburtstag der Eisenbahn in Deutschland am 7. Dezember 1985 im Ausbesserungswerk Nürnberg.

78

79

*__80__ Teilweise wurden mit dem InterCityExperimental Fahrplanuntersuchungen vorgenommen. Nördlich von München entstand im Mai 1989 bei Paindorf die Aufnahme auf einer solchen Fahrt nach Hamburg.*

81

***81*** *In Lüttich (Belgien) traf der InterCityExperimental erstmals auf den neuen TGV-Atlantique. Noch lag der Weltrekord beim InterCityExperimental, doch es deutete sich bereits an, daß die Franzosen das «Blaue Band der Schiene» wieder zurückholen wollten (Foto: DB, BZA München).*

### *Fahrgastbefragungen*

Mitte Januar 1986 stand dann eine «Akzeptanzuntersuchung» auf dem Programm. Der ICExperimental lief jeweils eine Woche als Nachzug zu den IC 121/120 zwischen München und Frankfurt und zum IC 698/179 zwischen Frankfurt und Hannover. Kunden wurden zur Fahrt im ICExperimental eingeladen und während der Fahrt nach ihren Eindrücken befragt. Erfahren wollte die DB vor allem die Meinung der Gäste über Komfort, Design, Fahrgast-Informationssystem, Gepäckbeförderung und gastronomische Versorgung.

Die Fahrgäste äußerten sich durchweg beeindruckt von der Qualität des Zuges und seiner Ausstattung. Einige der Kommunikationseinrichtungen, wie Bildschirmtext, wurden allerdings für überflüssig erachtet. Während dieser Fahrten bewies der ICExperimental eine hohe Zuverlässigkeit. Mit den Publikumsfahrten endete die Demonstrationsphase, die, was den Aufmerksamkeitswert der DB in den Medien anbelangt, ein voller Erfolg wurde.

### *Die Auslandsfahrten*

Mehrfach traf der ICExperimental mit dem französischen TGV zusammen. Das erste Mal war dies anläßlich des Jubiläums «125 Jahre Eisenbahnverbindung Kehl–Straßburg» am 3. und 4. Mai 1986 der Fall. Die beiden Triebzüge pendelten zwischen den Städten und trafen sich zu einem Fototermin auf der Rheinbrücke.

Ein weiteres Zusammentreffen mit dem TGV gab es in Stuttgart am 17. und 18. Oktober 1987 zum 50. Geburtstag des Stuttgarter Bahnhofsgebäudes. Auf die gemeinsamen Meßfahrten mit dem TGV in Frankreich ist bereits im Kapitel «Das Versuchsprogramm» eingegangen worden. Ein erstes Treffen mit einem TGV Atlantique (SNCF) ergab sich in Lüttich in Belgien, wo der ICExperimental anläßlich des Jubiläums 150 Jahre Eisenbahn in der Provinz Lüttich am 17. Juni 1988 weilte.

Eine erste Präsentation des ICExperimental im Ausland erfolgte im Januar 1987 in der Schweiz, wo der Zug am 10. und 11. Januar eine Rundreise über Basel, Zürich und Luzern unternahm. Die Schweizer waren vor allem wegen der möglichen Verlängerung der ICExpreß-Linien von Hamburg über Basel hinaus nach Zürich besonders interessiert. In der folgenden Woche fanden nochmals Demonstrationsfahrten um Frankfurt und Köln statt.

Einen zweiten Ausflug in die Schweiz unternahm der ICExperimental zur 100-Jahr-Feier der RhB, wo er zum großen Fahrzeugtreffen am 20. Mai 1989 in Chur und bei Rundfahrten auf dem Streckennetz der SBB am 21. Mai 1989 die DB vertrat.

Auch in Österreich wurde der ICExperimental zum 150jährigen Jubiläum der Eisenbahn in Österreich vorgestellt. Am 2. Oktober 1987 war der ICExperimental in Wien zu sehen, bereits am Tag darauf kehrte er nach Nürnberg zurück.

82

***82*** *Während der Internationalen Verkehrsausstellung 1988 in Hamburg fanden täglich «Schnupperfahrten» mit dem ICExperimental nach Bremen statt. Mit dem Triebkopf 410 001 an der Spitze verläßt der ICE gerade den Ausstellungs-Bahnhof Hamburg-Sternschanze.*

83

***83*** *Auf dem dreigleisigen Abschnitt zwischen Buchholz und Rotenburg/Wümme an der Strecke Hamburg–Bremen wurde als besondere Attraktion ein planmäßig mit 200 km/h verkehrender IC durch den ICE überholt – mit 250 km/h!*

84

***84*** *Die an beiden Triebköpfen des InterCityExperimental angebrachten Landesfarben von Nordrhein-Westfalen und der Sowjetunion erinnerten noch einige Wochen an die Fahrt Michail Gorbatschows mit dem InterCityExperimental.*

***85*** *Vor der Eröffnung des ersten NBS-Teilstücks Fulda–Würzburg wurde der Abschnitt Burgsinn–Hohe Wart häufig für Meßfahrten genutzt, so auch am 30. Juni 1987, als der ICE auf dem linken Gleis in Richtung Hohe Wart unterwegs ist.* ▷

85

86

**86** *Auf einer der zahlreichen Fahrten des InterCityExperimental zwischen Minden und München wurde der Zug an einem wundervollen Maitag des Jahres 1989 bei Solnhofen im Altmühltal aufgenommen.*

### Weitere Demonstrationsfahrten

Die Unterbrechungen des Versuchsprogramms zur Auswertung der gewonnenen Daten wurden häufig für Demonstrationsfahrten des ICExperimental genutzt. Die vielen Fahrten können hier nicht alle aufgeführt werden, einige Glanzlichter unter diesen Fahrten sollen aber Erwähnung finden.

Einmalig waren die Fahrten des ICExperimental zwischen Hamburg und Bremen anläßlich der IVA in Hamburg vom 1. bis zum 12. Juni 1988, bei denen es dreimal täglich zu einer «Wettfahrt» zwischen dem ICExperimental und einem planmäßigen IC-Zug kam. Auf dem dreigleisigen Abschnitt zwischen Buchholz und Rotenburg überholte der Triebzug mit 250 km/h den planmäßig mit 200 km/h verkehrenden IC-Zug, den er zuvor in Buchholz an sich hatte vorbeifahren lassen.

Zur Eröffnung des Neubaustreckenabschnitts Würzburg–Fulda fand am 27. Mai 1988 eine umfangreiche Veranstaltung statt. Mit dem ICExperimental gelangten Bundesverkehrsminister Warnke und der DB-Vorstandsvorsitzende nach Burgsinn, wo die neue und die alte Strecke ein Stück parallel verlaufen. Mit einer Parallelfahrt von 50 622, einem Triebzug der Baureihe 601, dem ICExperimental und einem InterCity-Zug, gezogen von einer Lokomotive der Baureihe 120.1, die die vier Epochen der Zugförderung symbolisierten, wurde die neue Strecke stilvoll eingeweiht. Der ICExperimental pendelte anschließend den ganzen Tag zwischen Fulda und Würzburg.

Eine besondere Idee hatten Bundeskanzler Helmut Kohl und der französische Staatspräsident François Mitterand, die zu einem Treffen im Dezember 1989 in Basel mit den jeweiligen Paradezügen anreisten. Helmut Kohl fuhr mit dem ICExperimental von Bonn aus nach Basel, während François Mitterand es sich nicht nehmen ließ, mit dem TGV-A anzureisen, der Anfang Dezember 1989 bereits inoffiziell den Weltrekord des ICExperimental gebrochen hatte.

### Michail Gorbatschow im ICExperimental

Häufig waren Politiker und die Verkehrsminister anderer Länder Gäste im ICExperimental. Ein Höhepunkt war aber die Mitfahrt von Michail Gorbatschow im ICExperimental. Der sowjetische Staats- und Parteichef wollte während seines Staatsbesuchs in der Bundesrepublik Deutschland in Dortmund die Stahlwerke von Hoesch besuchen. Für die Fahrt von Bonn nach Dortmund am 15. Juni 1989 nutzte er die Gelegenheit, den deutschen Paradezug kennenzulernen. Mit im Zug

## Die Weltrekordfahrt

Würzburg, der 1. Mai 1988, ein angenehm sonniger Sonntagvormittag. Auf Gleis 1 des Hauptbahnhofs steht matt glänzend der weiße ICExperimental. Seine niedrige, kantenfreie Bauweise, das durchlaufende dunkle Fensterband sowie der rote Zierstreifen verleihen dem Triebzug eine beeindruckende Eleganz. Der langgestreckte Zug wirkt, als sei er zum Sprung bereit. Die Fahrgäste am Nachbarbahnsteig drehen sich um, schauen verwundert auf das ungewöhnliche Fahrzeug, das in Würzburg doch schon längst keine Ausnahmeerscheinung mehr ist, seit die ersten Abschnitte der Neubaustrecke nach Fulda befahrbar sind.

Langsam treffen die geladenen Gäste ein, darunter Bundesverkehrsminister Jürgen Warnke und Bundesforschungsminister Heinz Riesenhuber sowie der Vorstandsvorsitzende der Deutschen Bundesbahn, Dr. Rainer Maria Gohlke. Sie alle wollen die Rekordfahrt miterleben, die heute für den ICExperimental angesetzt ist. Erstmals in der Geschichte der Eisenbahn soll – die Fahrten der vergangenen Tage verraten es – die 400-km/h-Marke überschritten werden.

Der Zeiger der Bahnhofsuhr rückt langsam vor, er steht jetzt kurz vor elf Uhr. Die Fahrgäste begeben sich an Bord des Zuges. Man unterhält sich über die beiden zurückliegenden Rekordfahrten des ICExperimental, der am 26. November 1985 als erster deutscher Zug die 300-km/h-Marke zwischen Neubeckum und Bielefeld überschritt, und man erinnert sich an den 17. November 1986, als der Triebzug den Rekord für Drehstromfahrzeuge auf dem Neubaustreckenabschnitt Rohrbach–Burgsinn auf 345 km/h hochschraubte. Allerdings, und das war der Wermutstropfen dieser Fahrten, der Geschwindigkeitsweltrekord für Schienenfahrzeuge, das «Blaue Band der Schiene», lag seit 1955 ununterbrochen bei den Franzosen, die 1981 den 25 Jahre alten Rekord mit dem TGV Nummer 16 von 331 auf 381 km/h angehoben hatten. Doch heute sollte dieser Rekord fallen und erstmals auf der Welt ein Schienenfahrzeug schneller als 400 km/h sein.

Dann springt der Zeiger auf 11.00 Uhr, der Aufsichtsbeamte erteilt den Abfahrtsauftrag. Zuerst langsam, dann schneller gleitet der Triebzug über die Weichen auf die Einfädelung der Neubaustrecke zu. Kaum hat die letzte Achse die Weiche hinter sich gelassen, beginnt der Zug zu beschleunigen. Die Fahrgäste nehmen hiervon fast nichts wahr, so sanft und leicht rollt der Zug dahin. Nur die Übertragung der Geschwindigkeitsanzeige über Bildschirme in die Fahrgasträume verrät, daß bereits nach wenigen Minuten 280 km/h erreicht sind. Ruhig, ohne Schwanken und Rucken, liegt der Zug im Gleis. Nur die Tunnelein- und -ausfahrten lassen den Zug leicht beben und vermitteln einen Eindruck der Geschwindigkeit. Von der Leinachtalbrücke, an die sich fast unmittelbar die Bartels-Graben-Talbrücke anschließt, fällt der Blick auf die vorbeifliegende Landschaft. In kurzer Folge werden der Hohe Wart- und der Hanfgarten-Tunnel durchfahren und schon ist der Überholbahnhof Rohrbach erreicht. Hier beginnt die eigentliche Hochgeschwindigkeitsstrecke, die speziell für diese Fahrt präpariert wurde. Alle Signale der Strecke stehen schon seit Würzburg auf «Grün», da Rekordfahrten bei «Grüner Welle» durchgeführt werden, damit es beim Triebfahrzeugführer und den Sicherheitseinrichtungen zu keinen Irritationen kommen kann.

Um den 24 Kilometer langen Hochgeschwindigkeitsabschnitt bis nach Mottgers voll auszunutzen, beginnt der Zug exakt bei Kilometer 308 mit der Beschleunigung. Die Weichen des Überholbahnhofs wie auch zum Abzweig Nantenbach sind zusätzlich mit Handschlössern versehen, so daß eine dreifache Sicherung vorhanden ist. Nach 10 Kilometern und nicht einmal 2 Minuten ist bereits eine Geschwindigkeit von 370 km/h erreicht. Kontinuierlich klettert die Geschwindigkeitsanzeige nach oben. Jetzt befindet sich der Zug bereits im Gefälle zum Maintal hinab. Gleich darauf fährt er in den 5528 m langen Mühlbergtunnel ein, der mit 12,5 ‰ das stärkste auf der Neubaustrecke vorzufindende Gefälle aufweist. Der ICExperimental nutzt dies aus und erreicht noch im Mühlbergtunnel bei Kilometer 292,6 erstmals 400 km/h. Bislang hat der Zug vollkommen gleichmäßig beschleunigt. Mit über 400 km/h schießt der ICExperimental aus dem Tunnel auf die Mainbrücke hinaus, die in eine leichte Steigung übergeht.

Trotz der hohen Geschwindigkeit scheint der Zug mühelos dahinzugleiten. Die Gäste in den bequemen Sesseln können es kaum glauben, mit welcher Geschwindigkeit sie dahinfliegen. Nur die Prominenz hat durch eine Videoübertragung «Sicht» auf die Strecke, und die auf den Zug zurasenden Fahrleitungsmasten und Tunnelportale vermitteln einen Eindruck von der Geschwindigkeit.

Aufgrund der Steigung im Einmalbergtunnel geht die Geschwindigkeit nochmals auf 400 km/h zurück. Noch im Tunnel geht die Strecke aber wieder in ein Gefälle von 8 ‰ über. Am Ende des Tunnels erreicht der Zug schließlich in Kilometer 287,956 exakt um 11.12 Uhr die Geschwindigkeit von 406,9 km/h. Ein neuer Weltrekord! Die Sektkorken knallen, der Rekord wird noch im Zug begossen. Die Väter des ICExperimental strahlen und freuen sich über den Erfolg des Zuges. Der Geschwindigkeitsanzeiger bleibt nur kurz auf der Rekordmarke stehen, dann beginnt der Zug mit der Bremsung, da die Fahrt bereits im Überholbahnhof Mottgers enden muß, wo er schließlich um 11.22 Uhr sanft ausrollt.

waren der nordrhein-westfälische Ministerpräsident Johannes Rau und Bundesforschungsminister Heinz Riesenhuber. Die Sicherheitsvorkehrungen für diese Fahrt übertrafen alles bislang Gekannte. Neben der schon bekannten Angstlok nach dem Zug fuhr dem ICExperimental ein Vorzug voraus, der Attentate auf sich ziehen sollte. Die Fahrtroute war geheimgehalten worden, mehrere Strecken hatten zur Auswahl gestanden. Die Festlegung der Fahrtroute über Solingen und Wuppertal erfolgte erst unmittelbar vor der Fahrt. Die Strecke wurde strengstens überwacht und die Fahrt selbst von fünf Hubschraubern begleitet. Einige Wochen lang erinnerten die am Triebkopf neben dem ICE-Symbol angebrachten Landesfarben der Sowjetunion und Nordrhein-Westfalens noch an dieses Ereignis.

### *Die Vorbereitung der Weltrekordfahrt*

Die Weltrekordfahrt fand natürlich keineswegs aus dem Stegreif statt, wie manche überstolze Eisenbahner es leichtgläubigen Bewunderern gern glauben machen. Vielmehr gingen der Rekordfahrt intensive Vorbereitungen voraus, und auch an der Strecke wurden zahlreiche Arbeiten vorgenommen. Zwar war es durch die Trassierung der Strecke und die präzise Streckenerstellung durch modernste Oberbaumaschinen möglich, diese Arbeiten mit geringem Aufwand durchzuführen, doch ganz ohne Vorbereitungen ging es nicht.

So war als Voraussetzung für die Rekordfahrt eine Gesamtbelastung der Strecke zur Stabilisierung des Gleisbetts von 200 000 Leistungstonnen verlangt worden, die durch den Einsatz eines Dynamischen Gleisstabilisators vor und nach dem letzten Stopfgang bei der Gleisverlegung erreicht wurden.

Vor der Rekordfahrt selbst wurden nur zwei Schienenauszüge auf der Maintalbrücke gestopft und nachverdichtet und drei Schienenabschnitte nachgeschliffen, bei denen zuvor wegen Schleuderstellen das Gleis ausgewechselt worden war. Alle während der Rekordfahrt befahrenen Weichen wurden zusätzlich durch Handschlösser gesichert, und an verschiedenen Stellen am Gleis wurden Meßeinrichtungen angebracht, um die vom Zug ausgehenden Kräfte zu erfassen. Daneben wurden die Zungen und Herzstückspitzen der Weichen besonders gesichert. An den Brücken und Tunneln waren keine besonderen Vorkehrungen erforderlich.

Die Oberleitung war zuvor gegen einen besonders überprüften, absolut fehlerfreien Fahrdraht ausgetauscht worden. Die Fahrdrahtzugspannung wurde von 15 auf 21 kN erhöht, um einen einwandfreien Stromabnehmerlauf sicherzustellen, da der Stromabnehmer bei derartigen Geschwindigkeiten mit hohen Kräften angepreßt wird und der Fahrdrahtanhub 200 mm nicht überschreiten darf. An Weichen wurde der abzweigende Strang der Oberleitung hochgebunden. Nach Durchführung der Fahrt wurde der Fahrdraht wieder ausgetauscht.

Im Rahmen der Betriebsleittechnik wurden die LZB 80 und die INDUSI der Geschwindigkeit von über 250 km/h angepaßt. Außerdem wurde eine besondere Kommunikationsverbindung zwischen dem Triebfahrzeugführer, dem Versuchsfahrdienstleiter und dem Versuchsleiter im ICE-Meßwagen hergestellt.

### *Vorbereitungen am Fahrzeug*

Am Fahrzeug selbst mußten verschiedene Arbeiten vorgenommen werden. Zunächst wurden im Rahmen fälliger Fristarbeiten sechs Meßradsätze eingebaut, über die insbesondere die Hohlwellentemperatur der Antriebe, die Radsatzlagertemperatur, die vertikalen und horizontalen Radkräfte im Triebkopf und in den Mittelwagen kontrolliert werden sollten. Dazu kam die Überwachung der Anpreßkraft des Stromabnehmers und der Dehnung des Oberscherenholms.

Die Fliehkraftbeanspruchung der Rotoren der Fahrmotoren wurde vorsorglich überprüft, ergab aber eine ausreichende Reserve für eine weitere Drehzahlsteigerung. Die Antriebssteuerung des Triebkopfes 2 wurde auf die maximal mögliche Zugkraft eingestellt.

Am 22. April 1988 gelangte der ICExperimental nach den Vorbereitungen der Meßtechnik vom BZA Minden nach Würzburg, wo sofort mit den Hochtastfahrten ab 220 km/h begonnen wurde. Noch am selben Tag wurde die Geschwindigkeit auf 300 km/h gesteigert. Am nächsten Tag wurde ein Mittelwagen ausgestellt. Mit dem vierteiligen Zug wurden vom 23. bis 28. April 1988 Hochtastfahrten bis 400 km/h unternommen. Am 28. April 1988 wurden 387 km/h erreicht und damit der Rekord des französischen TGV überboten. Am Nachmittag wurden dann erstmals 401 km/h und am darauffolgenden Tag 404 km/h erreicht.

Am Morgen des 1. Mai hatten, von der Öffentlichkeit unbemerkt, nochmals zwei Hochtastfahrten mit 330 und 385 km/h stattgefunden.

### *Die Fahrtergebnisse*

Die Fahrt hatte gezeigt, daß der ICExperimental mit 406 km/h noch keineswegs an seiner Leistungsgrenze angelangt ist. Gleichzeitig lieferte die Fahrt einen überzeugenden Beweis für die Laufgüte des Fahrzeugs. Alle gemessenen Werte blieben unter den zulässigen Grenzwerten. Eine sofort nach der Weltrekordfahrt erfolgte Überprüfung der Strecke mit einem Gleismeßfahrzeug ergab keinerlei Veränderungen am Oberbau. Damit war auch eine ausreichende Sicherheitsreserve für den planmäßigen Verkehr mit 250 km/h nachgewiesen. Dieser Nachweis stellt neben dem Prestigegewinn den einzigen greifbaren Gewinn der mehrere Millionen Mark teuren Rekordfahrt dar.

Die Freude der Beteiligten, die Ergebnisse der Rad/Schiene-Forschung nun auch öffentlichkeitswirksam unter Beweis gestellt und wohlverdiente Früchte der langjährigen, oft durch Finanznöte erschwerten Arbeit geerntet zu haben, war nicht von langer Dauer. Bereits kurze Zeit danach wurde bekannt, daß die Franzosen auf der neuen TGV-Atlantikstrecke Paris–Bordeaux versuchen würden, diesen Rekord deutlich zu überbieten. Dies war um so ärgerlicher, weil den Konstrukteuren des InterCityExperimental bewußt war, daß sie einen Rekord des TGV von über 450 km/h nicht brechen konnten.

Ein neuer Rekord wäre nicht daran gescheitert, daß der ICExperimental nicht imstande wäre, diese Geschwindigkeit zu erreichen. Die Leistungsreserven des Fahrzeugs würden auch eine Geschwindigkeit von 500 km/h zulassen. Voraussetzung für eine solche Fahrt ist vielmehr eine Strecke mit Bogenhalbmessern, die nicht kleiner sein dürfen als 7000 m. Auf den deutschen Neubaustrecken stehen aber keine ausreichend langen Abschnitte zur Verfügung, die diese Bedingung erfüllen. Bogenhalbmesser von 5600 m, die auf den deutschen Neubaustrecken zulässig sind, wurden aus Gründen der Kostenersparnis häufig realisiert.

Tatsächlich brach ein TGV-A bereits am 5. Dezember 1989 mit 482,4 km/h den deutschen Rekord und stellte am 9. Mai 1990 mit 510,6 km/h und nur 9 Tage später mit 515,3 km/h einen neuen Weltrekord für Schienenfahrzeuge auf, der für deutsche Verhältnisse ein Traum bleiben muß.

87

# InterCityExpreß – Der Serienzug

## 1. Von der Konzeption zur Auslieferung

Nach einem mehrjährigen Versuchsprogramm mit dem InterCityExperimental nehmen die neuen Hochgeschwindigkeitszüge der DB 1991 ihren fahrplanmäßigen Betrieb auf. Der Vorläufer des InterCityExpreß hat während seiner zahlreichen Versuchs- und Demonstrationsfahrten im In- und Ausland Ansehen erlangt und seine Leistungsfähigkeit unter Beweis gestellt, nicht zuletzt durch mehrere Rekordfahrten bis hin zum damaligen Weltrekord mit 406,9 km/h im Mai 1988.

Die Entscheidung zum Bau der Serienzüge mußte noch während der Erprobungszeit des Prototypen getroffen werden, da die Inbetriebnahme der Neubaustrecken für 1991 bereits festgelegt war. Trotzdem verzögerte sich die Auftragsvergabe hauptsächlich wegen der problematischen Finanzierungsfrage mehrfach, so daß das gesamte Konstruktions- und Bauprogramm letztendlich in einen gewissen Zeitdruck geriet, der sich in den von Beginn an knapp bemessenen Lieferzeit- und Erprobungsplänen widerspiegelt.

### *Projekt Hochgeschwindigkeitsverkehr*

Ein Blick zurück: 1984 wurde eine DB-interne Arbeitsgruppe beauftragt, Konzeptionen für den Hochgeschwindigkeitsverkehr zu erstellen. Zwei Jahre zuvor hatte der soeben berufene DB-Vorstand den ursprünglich für 1993 vorgesehenen Eröffnungstermin der Neubaustrecken auf 1991 vorverlegt und gleichzeitig entschieden, die Strecken gleich mit 250 km/h in Betrieb zu nehmen. Die sogenannte 1. Betriebsstufe, die den Einsatz lokbespannter IC-Züge mit 200 km/h vorsah, war somit hinfällig. Noch Ende 1984 stellte das Projektbüro HGV (Hochgeschwindigkeitsverkehr) erste Ergebnisse seiner Arbeit vor: Entwicklung eines Triebkopfzuges für den Hochgeschwindigkeitsverkehr auf Basis des 1984 noch im Bau befindlichen Erprobungsträgers ICExperimental und die Umstellung von drei IC-Linien, die hauptsächlich die Neu- und Ausbaustrecken nutzten, auf die Höchstgeschwindigkeit von 250 km/h.

Im Dezember 1984 verabschiedete die DB ein umfangreiches Forschungsprogramm, das auch die Komponentenerprobung und die Hochgeschwindigkeitsversuche mit dem ICExperimental beinhaltete. Daneben sollten die inzwischen aufgetretenen offenen Fragen im Zusammenhang mit der Betriebsaufnahme der Neubaustrecken geklärt werden – als Beispiele seien hier die Stichworte Druckdichtigkeit, Begegnungsverkehr mit Güterzügen und Tunnelsicherheit genannt.

*__87__ Im November 1990 standen bereits mehrere Garnituren des ICExpreß mit bis zu zwölf Mittelwagen für Meßfahrten zur Verfügung, so daß auch erstmals Langstreckenfahrten durchgeführt werden konnten. Im Rahmen dieses «verschärften Betriebseinsatzes» fuhren 401 003 und 017 mehrere Wochen lang täglich von Hamburg nach Olching bei München und zurück. Die Aufnahme entstand am 11. November 1990 bei Haspelmoor.*

### *Lastenheft, Auftragsvergabe, Auslieferung*

In Fortführung des Kürzels «ICE» für den ICExperimental legte der DB-Vorstand im Sommer 1985 die Bezeichnung «InterCityExpreß» für den Serienzug fest, die auch für den späteren Mehrsystemzug «InterCityEuropa» die gleiche Abkürzung zulassen würde. Die genaue Entwicklungslinie des ICExpreß war zu diesem Zeitpunkt noch nicht geklärt; im Dezember 1985 wurde das Lastenheft vorgelegt, das die wichtigsten Leistungsdaten und Anforderungen an ein neu zu entwickelndes Fahrzeug festlegt.

Als Entwicklungsgrundlage gab es zwei Möglichkeiten: Fortentwicklung einer kommerziellen Variante aus dem ICExperimental bei Reduzierung der besonders aufwendigen technischen Komponenten oder Ertüchtigen der Drehstromlok BR 120 und der IC-Reisezugwagen für 250 km/h. Letztere Variante wurde jedoch bald fallengelassen: Energieverbrauch, Lärmemission und Verschleiß wären bei niedrigerem Komfort wesentlich höher ausgefallen als bei einem Triebkopfzug. Die Forderungen an den ICExpreß wurden u. a. wie folgt formuliert:

- Hochwertige Innengestaltung mit verbesserter Schalldämmung und Klimaanlage
- Fahrgastinformationssystem
- Breite und bequeme Einstiege
- Verbreiterung der Wagenquerschnitte für höheren Komfort
- Neues Gastronomiekonzept
- Betriebliche Behandlung des Zuges als Einheit (z. B. für die Instandhaltung)
- Höchstgeschwindigkeit 250 km/h, lauf- und bremstechnische Auslegung bis zu 280 km/h

Diese grundsätzlichen Forderungen mußten nun im Detail ausgearbeitet werden, dazu flossen noch einige Versuchsergebnisse des ICExperimental in das Lastenheft mit ein. Es folgte eine rund zweijährige Phase, in der zwischen der DB und den Herstellern über einzelne Punkte des Lastenheftes und über die entsprechenden Kosten verhandelt wurde. Im Mai 1987 bildete sich je ein Firmenkonsortium für den elektrischen (AEG, ABB, Siemens) und den mechanischen Teil (Krauss-Maffei, Krupp, Thyssen-Henschel), wobei Siemens federführend für den E-Teil und Krupp für den mechanischen Teil fungierten. Die Auftragsverhandlungen für die Triebköpfe konnten im Herbst 1987 weitgehend abgeschlossen werden, so daß sogleich die Produktion in den Werken bei Krupp/Essen, Thyssen-Henschel/Kassel und Krauss-Maffei/München eingeleitet werden konnte, allerdings noch als Vorleistung der Hersteller. Denn trotz des im September 1987 vom BZA München abgegebenen «Letter of Intend», einer prinzipiellen Absichtserklärung der DB für eine Fahrzeugbeschaffung, wurden die Finanzmittel noch wegen fehlender Wirtschaftlichkeitsnachweise vom Bundesfinanzministerium blockiert.

Diskussionspunkte blieben vor allem noch die Ausstattungs- und Komfortwünsche bei den Mittelwagen, die zudem laufend geändert wurden – und damit auch die Kosten. Hier zogen sich die Preisverhandlungen weiter in die Länge. Erst im Juli 1988 lag die Genehmigung des Bundesfinanzministeriums zur Beschaffung von 41 ICE-Garnituren vor. Nun konnte aufgrund eines Vorauftrages der DB die Produktion voll aufgenommen werden. Der endgültige Vertrag wurde erst im Februar 1989 geschlossen.

Von der ursprünglichen Vorstellung, zum Sommerfahrplan 1991 41 ICE-Garnituren zur Verfügung zu haben, mußte nun jedoch abgerückt werden. So wollte man sich 1991 zunächst auf die Einführung der ICE-Linie 6 von Hamburg über Frankfurt, Stuttgart nach München beschränken, wofür nur 23 Garnituren benötigt werden. Die Umstellung der Linie 4 (Hamburg–Würzburg–München) sollte dann nach und nach bis 1992 erfolgen. Trotzdem blieb auch in dieser Version der Fahrzeuglieferplan einschließlich der erforderlichen Erprobungszeiten zeitlich sehr eng – z. B. sollte die letzte benötigte Garnitur erst eine Woche vor Fahrplanwechsel das Ausbesserungswerk Nürnberg nach erfolgter Abnahme verlassen. Da die Fahrplanlagen der ICE-Linie 6 inzwischen – auf 250 km/h ausgelegt – auch international über Verknüpfungen und Anschlüsse fest verankert waren, gab es keine erneute Verschiebungsmöglichkeit. Und für die zu fahrenden Geschwindigkeiten von 250 km/h gab es kein Ersatzfahrzeug. Im Sommer 1990 kamen bei der DB Überlegungen auf, die ICE-Linie 6 auf die Relation Hamburg–Stuttgart zu verkürzen, um mit weniger Garnituren auszukommen. Während die Abnahme der Triebköpfe im Sommer 1990 noch im Zeitplan lag, verzögerte sich die Auslieferung der Mittelwagen um einige Wochen: Die ersten Wagen der Bauarten Avmz und Bvmz (1. und 2. Klasse) erschienen im Juli, der erste Speisewagen WSmz im November 1990.

Die erste Serie von 41 ICE-Zügen stellt einen Lieferauftrag der DB an die Industrie in Höhe von 2,1 Mrd. DM dar. Die Kosten für jeden der 82 Triebköpfe betragen etwa 8,7 Mio. DM, für die Wagen der 1. und 2. Klasse je 2,7 Mio. DM, für den Speisewagen («Bord-Restaurant») 4 Mio. und für den Wagen mit Sonderabteilen 3 Mio. DM. Weitere 19 Züge mit einem Auftragswert von etwa 900 Mio. DM werden ab 1993 zum Einsatz kommen und dann die IC-Linie von Hamburg nach Basel bedienen.

# 2. ICExpreß-Triebköpfe

Der InterCityExpreß wurde aus seinem Vorläufer, dem InterCityExperimental, abgeleitet. Er besteht als Triebkopfzug aus zwei Triebköpfen und maximal 14 Mittelwagen, die betrieblich als feste Einheit behandelt werden sollen, d. h. das Herausnehmen einzelner Wagen wird nur bei Schadensfällen im ICE-Betriebswerk oder im Ausbesserungswerk Nürnberg erfolgen. Abgestimmt auf das zu erwartende Verkehrsaufkommen werden die ICE-Züge auf der Linie 6 (Hamburg–Stuttgart–München) mit 13 Mittelwagen, diejenigen auf der Linie 4 (Hamburg–Würzburg–München) mit 11 Mittelwagen gebildet. Die planmäßige Höchstgeschwindigkeit auf den Schnellfahrstrecken liegt bei 250 km/h, im Verspätungsfall können jedoch auch bis zu 280 km/h gefahren werden.

### *Entwicklung aus dem ICExperimental*

Das Konzept des Vorläuferzuges ICExperimental wurde bei den Serien-Triebköpfen weitgehend beibehalten und nur in einigen Punkten den geänderten Anforderungen angepaßt.

Ausgehend von 14 Mittelwagen und einer Höchstgeschwindigkeit von 280 km/h (zunächst waren 250 km/h geplant) mußte die Dauerleistung des Triebzuges auf 2 × 4,8 MW angehoben werden. Alle Bauteile waren – anders als beim ICExperimental – auf Dauerbelastung zu dimensionieren, wodurch bei Trafo, Stromrichter und Fahrmotoren eine Gewichtszunahme von 2,8 t zu verzeichnen war. Neue Bauteile der Leistungselektronik (GTO-Stromrichter) finden in der zweiten ICE-Bauserie Verwendung.

Neu sind weiterhin die (schon beim Vorläufer-Triebkopf 410 002 erprobte) Digitaltechnik für die Antriebssteuerung, der vereinfachte Übergang zum Mittelwagen, der vergrößerte druckdichte und vollklimatisierte Führerstand und das komplexe Diagnose-System des Triebzuges, das eine Schadensvormeldung an die Werkstatt über Datenfernübertragung ermöglicht.

### *Außengestaltung*

Die Aerodynamik bestimmte wesentlich die äußere Gestalt der Triebköpfe; Ziel war, sowohl den Leistungsbedarf durch geringeren Luftwiderstand als auch die Schallabstrahlung bei hohen Geschwindigkeiten zu minimieren. Querschnitt und Kopfform wurden daher gegenüber dem ICExperimental noch leicht verändert.

Im Vergleich zum Experimental-Triebkopf fällt auf, daß der Expreß-Triebkopf schlanker wirkt und dichter über den Schienen zu liegen scheint, was u. a. durch kleinere Radien der Rundungen im Bereich der Triebkopfspitze erreicht wurde. Zusammen mit dem nunmehr markanter an der Seitenwand hervortretenden Knick und dem darunterliegenden zweifarbigen Streifen in den IC-Farben «DB-Rot» und «Pink», der verjüngt auch um die Bugspitze des Triebkopfes herum verläuft, wird ein gestraffter und gefälliger Gesamteindruck erzielt, der vor allem die Geschwindigkeit des Fahrzeugs unterstreicht.

Auffällig sind an der Front der «Kühlergrill» mit den darin integrierten Scheinwerfern sowie der in 128 cm Größe an der Seitenwand prangende Produktname «ICE» in hellem Grau auf der Grundfarbe «Grauweiß». Der auf der linken Seite angebrachte Lufteinlaß für die Führerraumklimatisierung wird von dem umlaufenden «DB-roten» Streifen kaschiert.

Einen weiteren Unterschied zum ICExperimental stellen die beidseitig in Längsrichtung nach hinten versetzten Türen dar, von denen man durch einen Teil des Maschinenraums und eine weitere Tür in den druckdichten und um 50 cm verlängerten Führerstand gelangt.

### *Mechanischer Teil*

Der Fahrzeugkasten der Triebköpfe wird als selbsttragende geschweißte Konstruktion in Stahlleichtbauweise ausgeführt. Im Gegensatz zur Höckerplattenbauweise beim ICExperimental und der Ellok-Baureihe 120 werden beim ICE-Serientriebkopf glatte Bleche mit Profilversteifungen verwendet. Zur Gewichtseinsparung und wegen ihrer Form sind die Seitenschürzen und die Bugspitze, unter der sich die Notkupplung zum Abschleppen befindet, aus glasfaserverstärktem Kunststoff (GFK) gefertigt. Modernste Berechnungsverfahren bei der Festigkeitsauslegung (Finite-Elemente-Methode) ermöglichten beim Fahrzeugkasten insgesamt eine Gewichtseinsparung von etwa 15 % gegenüber herkömmlichen elektrischen Lokomotiven.

Die für den ICExperimental neuentwickelten Drehgestelle wurden nahezu unverändert übernommen; nur die Zahl der Bremsscheiben pro Radsatz wurde von drei auf zwei verringert, da durch die Mittelwagen genügend Bremsleistung zur Verfügung gestellt werden kann. Zur Schonung des Oberbaus kommt auch hier das «UmAn»-Prinzip mit möglichst geringen unabgefederten Massen zur Anwendung: unabhängig von den Bewegungen der Drehgestelle sind Fahrmotor, Getriebe und die Bremshohlwelle in einem besonderen Rahmen direkt am Untergestell des Fahrzeugkastens aufgehängt. Die reduzierten Spurführungskräfte ermöglichten die Zulas-

88

Europa
THYSSEN
Transrapid
THYSSEN
THYSSEN
High Tech Made in Germany
Besuchen
Sie unsere
Filmvorführung

89

*__88__ Zusammentreffen mit der «Konkurrenz» Transrapid: Triebkopf 401 017 am Stand von Thyssen-Henschel auf der Hannover-Messe Industrie 1990.*

*__89__ Der ebenfalls auf der Hannover-Messe 1990 gezeigte Triebkopf 401 016 wurde am 10. Mai 1990 per Straßentransporter vom Krupp-Messestand wieder zurück zum Messebahnhof gebracht, wo er auf die Verladung durch einen Autokran wartete.*

90

*__90__ Die Überführungsfahrten von München nach Opladen nahmen alle den Weg über den Nordring in Richtung Augsburg. Da eine Abzweigung von der Strecke München –Ingolstadt in dieser Richtung auf den Nordring fehlt, fuhren die Züge von München-Allach bis nach Ludwigsfeld rückwärts. Um eine zusätzliche Rangierfahrt zur Abholung des bei einer Rückwärtsfahrt erforderlichen Rangierarbeiters einzusparen, schob eine Köf das Gespann in den Bahnhof Ludwigsfeld. Am 5. November 1990 hatte die 333 031 die Ehre, die Zuglok 111 003 und den nagelneuen Triebkopf 401 052 nach Ludwigsfeld zu bringen.*

91

*Die beiden ersten ICE-Triebköpfe mit GTO-Stromrichtern (401 051/551) wurden mit «Dummy»-Wagen im September 1990 auf der NBS Fulda–Würzburg ausgiebigen Prüfungen unterzogen. Das Bild zeigt den Triebkopf 401 551 im Betriebsbahnhof Burgsinn, wo der Zug auf die nächste Meßfahrt wartet.*

sung des 20-t-Wertes für die statische Achslast. Vergleichsmeßfahrten des ICExperimental mit dem TGV auf der Strecke Paris–Lyon zeigten, daß trotz der um 3 t höheren statischen Radsatzlast des ICExperimental die statischen und dynamischen Gleisbeanspruchungen für beide Züge gleich waren.

Jeder ICExpreß-Triebkopf besitzt zwei unabhängige, auf Mikroprozessorbasis gesteuerte Bremssysteme: im Regelfall wird die elektrische Netzbremse, die Energie an die Fahrleitung zurückgibt, eingesetzt; nur bei zusätzlichem Bremskraftbedarf und beim Halten kommt die mechanische Bremse in Form einer pneumatischen Scheibenbremse hinzu. Die beim ICExperimental erprobte Wirbelstrombremse wird wegen der noch nicht endgültig geklärten Probleme (Beeinflussung von Signalanlagen und Schienenerwärmung) beim Serien-Triebkopf zunächst noch nicht eingebaut.

Der anspruchsvolle außenhautbündige Übergang zwischen Triebkopf und Mittelwagen, wie er beim ICExperimental vorhanden war, wurde aus Kostengründen beim Serien-Triebkopf zugunsten eines Doppelwellenbalges aufgegeben. Zur Verbesserung der Aerodynamik werden bei den Übergängen an den Wagenenden Gummiprofile montiert, die eine Strömungslücke zwischen den Fahrzeugkästen vermeiden.

Die Stromabnehmer des Prototyps wurden für den Serien-ICE weiterentwickelt: konsequenter Leichtbau mit einzeln federnder Aufhängung der Schleifstücke und eine auf die Aerodynamik abgestimmte Formgebung des Einholm-Stromabnehmers DSA 350 gewährleisten hervorragende Eigenschaften bis hin zu höchsten Geschwindigkeiten. Ein zweiter Stromabnehmer mit schmaler Wippe für den Betrieb in der Schweiz wird bei einigen Triebköpfen der ersten Serie versuchsweise sowie bei allen Triebköpfen der zweiten Serie (19 Züge) montiert. Auf eine durchgehende Hochspannungsleitung durch den Zug wurde beim ICExpreß verzichtet, da Versuchsfahrten ergeben hatten, daß bei mindestens sieben Mittelwagen die Stromabnehmer beider Triebköpfe angelegt werden dürfen, ohne bei der Fahrleitung Schwingungsprobleme hervorzurufen.

Die frontseitige Notkupplung entspricht der des ICExperimental; die Mittelpufferkupplung wurde als halbautomatische Kupplung ausgeführt, bei der sich Lichtwellenleiter und Luftleitungen automatisch kuppeln, die mechanische Verbindung jedoch mittels Schraubbolzen hergestellt werden muß.

92

93

94

***92*** *Zu Beginn der Endmontage hat der ICE noch kein Innenleben: Blick in den «Maschinenraum» eines Triebkopfes bei Krupp.*

***93*** *Ein Drehgestell samt Motor- und Getriebeausrüstung: In wenigen Tagen wird es zusammen mit einem zweiten die Antriebseinheit eines Triebkopfs bilden.*

***94*** *Die Notkupplung des ICE kann erst nach Abnehmen der Fronthaube aus glasfaserverstärktem Kunststoff (GFK) erreicht werden. Sie dient nur zum Abschleppen und zum Rangieren eines antriebslosen Triebkopfs.*

### *Elektrischer Teil*

Die ICE-Triebköpfe besitzen eine moderne elektrische Antriebsausrüstung mit Drehstrom-Asynchronfahrmotoren, deren Leistung gegenüber dem ICExperimental leicht gesteigert wurde. Aus aerodynamischen Gründen wurde die Hochspannungsausrüstung in den Maschinenraum verlegt. Dazu gehören der neue Vakuum-Leistungsschalter mit Motorantrieb anstelle des bisher üblichen Druckluft-Schnellschalters sowie der hochspannungsseitig angeordnete Netzfilter, der die von den Netzstromrichtern hervorgerufenen sogenannten Oberschwingungs-Rückwirkungen auf das Netz vermindert.

Der ölgekühlte Haupttransformator wurde unterflur in Fahrzeugmitte angeordnet. Er wandelt die Eingangsspannung von 15 kV über vier Traktionswicklungen auf 1430 V um, über zwei Wicklungen zur Versorgung der Hilfsbetriebe auf 200 und 885 V sowie einmal für die Zugsammelschiene auf 1000 V. Je eine Traktionswicklung speist einen Eingangsstromrichter, einen sogenannten Vierquadrantensteller, der die Spannung von 16 ⅔ Hz gleichrichtet. Jeweils zwei Vierquadrantenstellern ist ein Zwischenspannungskreis mit konstanten 2800 V nachgeordnet, an den wiederum zwei Wechselrichter angeschlossen sind, die den Drehstrom mit variabler Frequenz und Spannung zur Versorgung der Fahrmotoren erzeugen.

Ein Teil der ersten ICE-Triebkopfserie (401 051–071/551–571) wird mit neuen Komponenten des Drehstromantriebs, Wechselrichtern mit sogenannten GTO-Thyristoren (GTO = gate-turn-off), ausgerüstet. Seit Mitte der achtziger Jahre wurden leistungsfähige Halbleiterelemente zur Anwendungsreife entwickelt, wie sie für die Strom- und Spannungsbereiche der Drehstromantriebstechnik benötigt werden. Wie jeder andere Thyristor wird auch ein GTO-Thyristor durch einen Steuerstromimpuls eingeschaltet; nur das Abschalten erfolgt nicht wie bisher durch eine separate Löscheinrichtung, sondern ebenfalls durch einen Stromimpuls. Da GTO-Thyristoren wegen der fehlenden Löscheinrichtung deutliche Gewichtsvorteile haben, sind die GTO-Triebköpfe ca. 2,7 t leichter als die Triebköpfe mit konventionellen Stromrichtern.

Die 885-V-Wicklung des Transformators speist drei sogenannte Hilfsbetriebe-Umrichter, von denen zwei die Fahrmo-

95

torlüfter und die Ölkühlerlüfter für das Trafo- und Stromrichteröl versorgen. Bei den GTO-Triebköpfen entfallen die Stromrichter-Ölkreisläufe, da die GTO-Module nach dem «Siedebadverfahren» in einem geschlossenen System mit dem Kühlmittel Freon gekühlt werden. Der dritte Hilfsbetriebe-Umrichter (HBU) liefert die Energie für die Trafo-Ölpumpen, die Lüfter der HBU-Schränke und der Stromrichterschränke sowie den Hauptluftpresser.

Neben der eigenen 110-V-Fahrzeugbatterie verfügt der ICE über eine Batteriesammelschiene, die durch den gesamten Zugverband verläuft und die Versorgung der wichtigsten Anlagen auch bei Ausfall einer Batterie ermöglicht. Je ein Triebkopf des Zuges speist eine der beiden 1000-V-Zugsammelschienen, von denen die einzelnen Systeme in den Mittelwagen wie Klimaanlage, Beleuchtung usw. versorgt werden.

Die wesentlichen technischen Daten sind aus Tabelle 5 zu entnehmen. Für die Triebköpfe wurden folgende Fahrzeugnummern vergeben:

| | |
|---|---|
| 401 001/501–020/520 | Thyristor-Stromrichter mit Ölkühlung |
| 401 051/551–071/571 | GTO-Stromrichter mit Siedebadkühlung |
| 401 072/572–090/590 | 2. Serie GTO-Triebköpfe |

| **Technische Daten** | |
|---|---|
| Spurweite | 1 435 mm |
| Radsatzanordnung | Bo'Bo' |
| Länge | 20,56 m |
| Breite | 3,07 m |
| Höhe | 3,84 m |
| Dienstgewicht | 80 t |
| Stromsystem | 15 kV, $16\frac{2}{3}$ Hz |
| Anfahrzugkraft | 200 kN |
| Dauerleistung | 4800 kW |
| Höchstgeschwindigkeit | 280 km/h |
| Baujahre | 1989–1991 |

*Tabelle 5: Technische Daten der ICExpreß-Triebköpfe*

## *Antriebssteuerung*

Das Zugkraft-Geschwindigkeits-Diagramm (Z/V-Diagramm) gibt die Leistungsfähigkeit des ICE wieder; der erste Bereich der Kurve verläuft geradlinig und ist reibungsabhängig; d. h. er stellt die im niedrigen Geschwindigkeitsbereich auf die Schienen übertragbare Zugkraft dar. Der zweite Teil des Z/V-Diagramms wird von der Motorleistung bestimmt; er verläuft hyperbelförmig und mit zunehmender Geschwindigkeit ab-

96

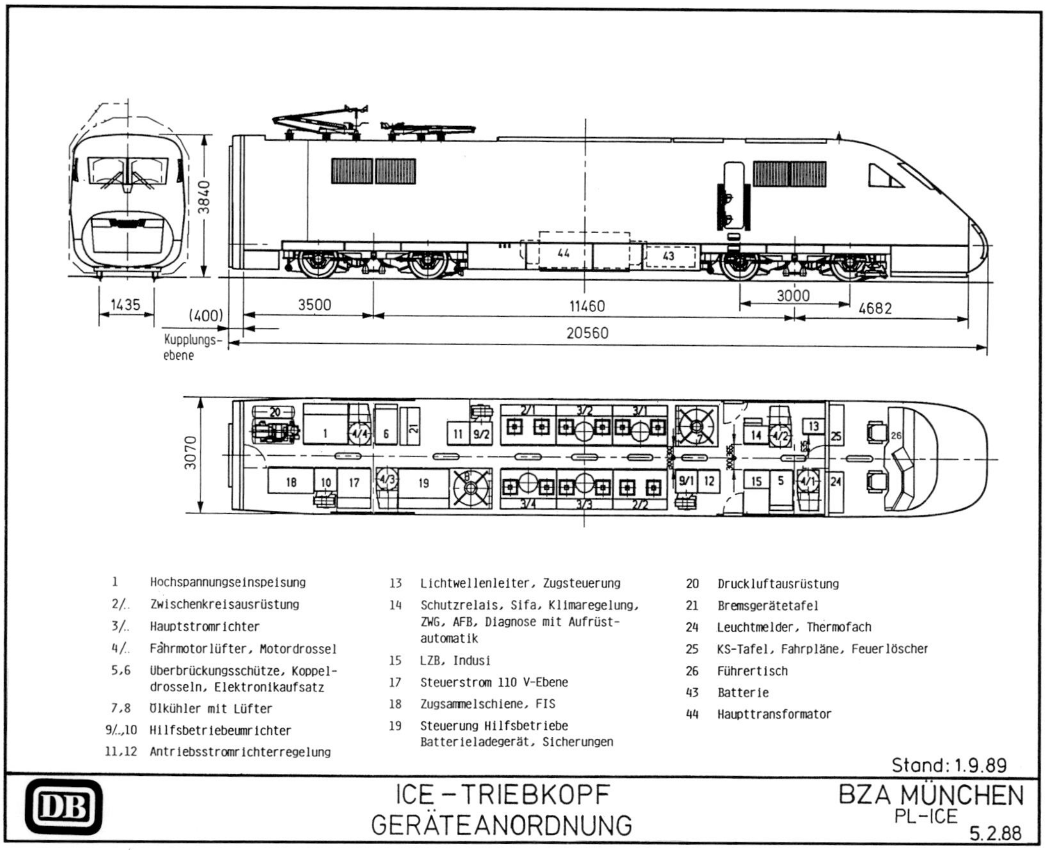


***95*** *Nach der Güteprüfung werden diese beiden Triebköpfe (401 013/513) in Kürze das Herstellerwerk in Essen verlassen, um zur Teilendprüfung nach Opladen überführt zu werden (28. März 1990).*

***96*** *Skizze des Triebkopfs ICExpreß (Skizze: DB, BZA München).*

97

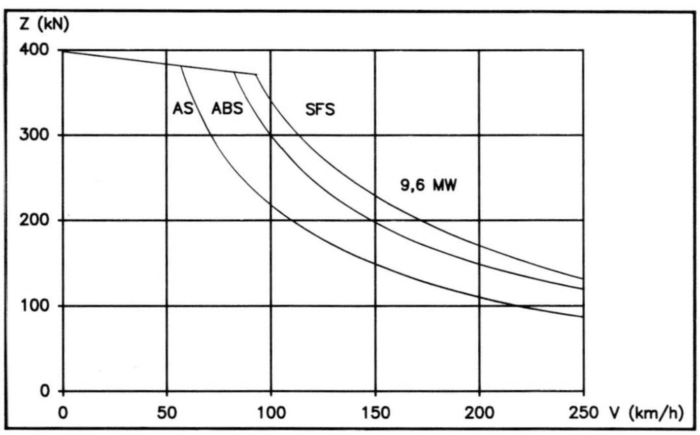


***97*** *Zugkraft-/Geschwindigkeits-Diagramm des ICE.*

sinkend. Allerdings ist der Zugkraftverlauf in diesem Geschwindigkeitsbereich (90–280 km/h) von der Netzstromaufnahme abhängig. Dieser sogenannte Oberstrom ist je nach Strecke (d. h. nach Auslegung von Fahrleitungen und Unterwerken) begrenzt: für die Schnellfahrstrecken beträgt er 1000 A, für Ausbaustrecken 800 A und für das übrige «Altnetz» 600 A. Bei niedrigerem Oberstrom sind die Leistung und entsprechend die Zugkraft niedriger.

Die Steuerung und Überwachung aller Funktionen des ICExpreß erfolgt durch mehrere elektronische Systeme, die in einer bestimmten Hierarchie aufgebaut sind. Beide Triebköpfe sind durch zwei Lichtwellenleiter datentechnisch miteinander verbunden. Von den in jedem Triebkopf vorhandenen beiden Zugsteuergeräten (ZSG) ist jeweils eines aktiv, während das andere als Reserve dient. Das ZSG des führenden Triebkopfs ist allen anderen Systemen übergeordnet.

Die vom Triebfahrzeugführer vorgegebenen Fahr- oder Bremsbefehle werden von der Zugsteuerung an die Antriebssteuergeräte weitergeleitet, die die Steuerimpulse für die Thyristoren in den Stromrichtern erzeugen. Gleichzeitig sorgt die Maschinenregelung dafür, daß die Motoren jeder Antriebsanlage (d. h. jedes Drehgestells) optimal angesteuert werden.

Weitere elektronische Systeme sind für die Bremssteuerung, den Gleitschutz, die Weg- und Geschwindigkeitsmessung sowie für das Diagnosesystem zuständig. Letzteres sammelt Diagnose- und Störungsmeldungen aller Fahrzeuge, zeigt sie ggf. dem Triebfahrzeugführer an oder speichert sie für den Abruf durch den Werkstattdienst. Zwei eigene Datenstationen koordinieren den Datenaustausch über die beiden Lichtwellenleiterstrecken, die jeweils aus zwei Glasfaserkabeln mit 3,2 mm Durchmesser zum Senden und Empfangen bestehen. Eine Leitung verbindet direkt die Triebköpfe, an die andere sind die Zentraleinheiten der Mittelwagen angeschlossen.

Als wesentliche Neuerung im Führerstand, der aus dem Einheitsführerstand der Baureihen 111 und 120 abgeleitet wurde, sind zwei Bildschirme im Sichtbereich des Triebfahrzeugführers zu nennen. Diese Displays sind links und rechts des «Modularen Führerraumanzeigegeräts» (MFA) für die LZB installiert und dienen zur Anzeige von Betriebszuständen und Störungen. Standardmäßig werden die Fahrdrahtspannung und der Druck in der Hauptluftleitung angezeigt. Über Funktionstasten kann der Triebfahrzeugführer jedoch weitere Informationen abrufen.

Wenn der Zug nach einem Einsatz abgestellt wird, bleiben etliche Systeme in Betrieb, d. h. der Zug wird «aufgerüstet» abgestellt. Der Triebfahrzeugführer gibt lediglich am linken Display den nächsten Einsatz (Datum und Zugnummer) ein. Während der Ruhezeit schalten sich bestimmte Verbraucher ab. Die Batterieladegeräte sind jedoch eingeschaltet, das Brauch- und Abwasser wird frostfrei gehalten, und durch die Vorklimatisierung wird die gewünschte Raumtemperatur für die nächste Zugfahrt eingehalten. Rechtzeitig vor dem Einsatz wird automatisch eine Bremsprobe durchgeführt, deren Ergebnis dem Triebfahrzeugführer auf dem Display angezeigt wird. Gesteuert und überwacht werden diese Funktionen von dem Rechnersystem DAVID (Diagnose-, Aufrüst- und Vorbereitungsdienst mit integrierter Displaysteuerung).

Zwei weitere Unterschiede zu bisherigen Triebfahrzeugen gibt es im ICE-Führerstand: für die Bremse ist nur noch ein Bedienhebel vorhanden, mit dem Bremsbefehle an die Bremssteuerung gegeben werden, die wiederum je nach Situation die elektrische oder die Druckluftbremse anspricht. Außerdem werden verschiedene bisher übliche akustische Signale im Führerstand durch eine synthetische Sprachausgabe ersetzt, die den Triebfahrzeugführer mit Worten wie «Notbremse», «Zwangsbremsung», «Sifa», «Störung» über das Ansprechen vorhandener Sicherheitseinrichtungen informiert.

### *Bauablauf*

Der Bau der Triebköpfe durch die Konsortien für den mechanischen Teil (Krauss-Maffei, Krupp, Thyssen-Henschel) und für den elektrischen Teil (ABB, AEG, Siemens) setzt die jahrelange Zusammenarbeit der deutschen Lokomotivhersteller fort. Um eine möglichst wirtschaftliche Produktion durch höhere Stückzahlen zu erreichen, wurde die Fertigung der einzelnen Komponenten arbeitsteilig durchgeführt, d. h. jeder Hersteller fertigte bestimmte Bauteile für die gesamte Serie und lieferte diese zum Einbau an die anderen Lokfirmen. Die Endmontage der ersten 82 Triebköpfe erfolgte zu fast gleichen Teilen in den Werken bei Krupp (28 Triebköpfe), Krauss-Maffei (27) und Thyssen-Henschel (27). Bei Auslieferung aller 60 Triebzüge entfallen auf jeden Hersteller 40 Triebköpfe (siehe Tabelle 6).

Die Fertigung der Baugruppen wurde wie folgt aufgeteilt:

| | |
|---|---|
| Krauss-Maffei: | Rohbauten der Führerhäuser, Zusammenbau der Rohbaukästen, Führertische, Antriebsteile |
| Krupp: | Untergestelle (Rahmen), Gerüste, Bremstraversen, Bremshohlwellen, Radsätze |
| Thyssen-Henschel: | Seitenwände, Dächer, Drehgestellrahmen, Montage der Drehgestelle |

Weniger ausgeprägt war die Arbeitsteilung beim elektrischen Teil: Die Stromrichter werden von allen drei Herstellern ABB, AEG und Siemens geliefert, die Fahrmotoren von AEG und Siemens, die Transformatoren von ABB und Siemens. Die Endmontage der Triebköpfe verteilt sich wie in Tabelle 6 angegeben auf die einzelnen Hersteller.

| **Krauss-Maffei/ Siemens** | | **Krupp/AEG** | | **Thyssen-Henschel/ ABB** | |
|---|---|---|---|---|---|
| 001/501 | 19974/977 | 002/502 | 5611/612 | 003/503 | 32922/923 |
| 051/551 | 19975/976 | 004/504 | 5613/614 | 005/505 | 32924/925 |
| 006/506 | 19978/979 | 007/507 | 5615/616 | 008/508 | 32926/927 |
| 009/509 | 19980/981 | 010/510 | 5617/618 | 011/511 | 32928/929 |
| 012/512 | 19982/983 | 013/513 | 5619/620 | 014/514 | 32930/931 |
| 015/515 | 19984/985 | 016/516 | 5621/622 | 017/517 | 32932/933 |
| 018/518 | 19986/987 | 019/519 | 5623/624 | 020/520 | 32934/935 |
| 052/552 | 19988/989 | 053/553 | 5625/626 | 054/554 | 32936/937 |
| 055/555 | 19990/991 | 056/556 | 5627/628 | 057/557 | 32938/939 |
| 058/558 | 19992/993 | 059/559 | 5629/630 | 060/560 | 32940/941 |
| 061/561 | 19994/995 | 062/562 | 5631/632 | 063/563 | 32942/943 |
| 064/564 | 19996/997 | 065/565 | 5633/634 | 066/566 | 32944/945 |
| 067/567 | 19998/999 | 068/568 | 5635/636 | 069/569 | 32946/947 |
| 070 | 20000 | 071/571 | 5637/638 | 570 | 32948 |
| 072/572 | 20023/024 | 074/574 | 5639/640 | 073/573 | 33000/32991 |
| 075/575 | 20025/026 | 077/577 | 5641/642 | 076/576 | 32992/993 |
| 078/578 | 20027/028 | 080/580 | 5643/644 | 079/579 | 32994/995 |
| 081/581 | 20029/030 | 083/583 | 5645/646 | 082/582 | 32996/997 |
| 084/584 | 20031/032 | 086/586 | 5647/648 | 085/585 | 32998/999 |
| 087/587 | 20033/034 | 089/589 | 5649/650 | 088/588 | 33001/002 |
| 090 | 20035 | | | 590 | 33003 |

*Tabelle 6: Hersteller sowie Fahrzeug- und Fabriknummern der ICE-Triebköpfe (ab 401 072/572 Planung, Stand 8.90)*

***98*** *Der Anfang aller ICExpreß-Triebköpfe: Bau der Untergestelle bei Krupp.*

***99–102*** *Die nächsten Aufnahmen zeigen die Fertigung der Wagenrohbaukästen und der Führerstände bei Krauss-Maffei in München-Allach. Die Leichtbauweise der Triebköpfe ist gut zu erkennen. Schon während der Montage des mechanischen Teils begannen die Elektrofirmen mit der elektrischen Ausrüstung der Fahrzeuge. Der Blick von oben auf die Fahrzeuge läßt die abnehmbaren Dachteile, durch die der Einbau der Ausrüstungselemente erfolgen mußte, gut erkennen.*

98

99

101

100

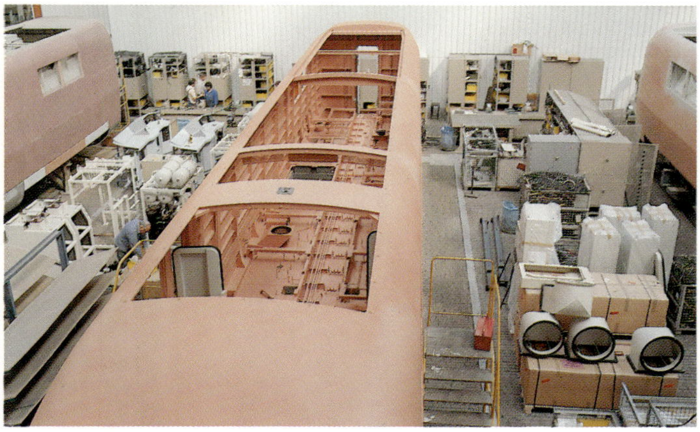

102

***103*** *Durchschnittlich alle drei Wochen stellte Krauss-Maffei einen neuen Triebkopf fertig. Im Mai 1990 befanden sich insgesamt neun Triebköpfe bei Krauss-Maffei in der Endmontage, darunter 401 058, 401 558, 401 552, 401 055 und 401 061.*

Der Bau eines einzelnen Triebkopfs erstreckt sich in der «eingespielten» Fertigung über etwa 18 bis 20 Monate; dieser Zeitraum war in der Anfangsphase naturgemäß noch einige Monate länger. Zahlreiche nachträgliche Änderungswünsche seitens der DB führten aber auch in der laufenden Serienproduktion zu einzelnen Verzögerungen in der Arbeitsabfolge.

Am Anfang der verschiedenen, z.T. parallel verlaufenden Fertigungsgänge stand die Arbeitsvorbereitung mit Erstellen der Arbeitspläne sowie der Personal- und Materialdisposition. Nach dem Zuschnitt der Bleche und Profile (ca. fünf Wochen) begann die Fertigung einzelner Baugruppen (Lang- und Querträger, Kupplungsquerträger, Gerüstuntersätze etc.), wofür etwa fünf bis sechs Wochen veranschlagt wurden. Rund drei Monate wurden dann für den Zusammenbau der Baugruppen benötigt, bis das Untergestell bei Krupp fertig zum Versand an Krauss-Maffei bereitstand. Etwa zeitgleich mit Beginn der Baugruppenfertigung bei Krupp waren inzwischen die Seitenwände bei Thyssen-Henschel und die Führerhäuser bei Krauss-Maffei hergestellt worden.

Die von Krupp gefertigten Untergestelle wurden dann zusammen mit den Seitenwänden und Dächern (von Thyssen-Henschel) bei Krauss-Maffei in München mit den Führerhäusern ergänzt und in etwa sechs Wochen zu kompletten Rohbaukästen zusammengebaut. Durchschnittlich jede Woche wurde ein solcher Rohbau fertiggestellt, um dann im Wechsel zur Endmontage nach Kassel oder Essen auf die Reise geschickt zu werden oder im Werk von Krauss-Maffei zu verbleiben. Danach wurde der mechanische Teil in etwa zwei Monaten komplettiert: Innenanstrich und Schallschluckmaßnahmen, Verlegung von Rohren und Kabelkanälen, Bremsanlage, Vorbereitung für den Innenausbau des Führerraums und den Einbau des Führertisches.

Die E-Firmen nahmen anschließend in etwa drei Monaten die elektrische Ausrüstung des Triebkopfs vor (Kabelverlegung, Geräteeinbau, Transformator, Stromrichter, Führertischgeräte, Stromabnehmer etc.). Erst danach erfolgte das Aufsetzen auf die Drehgestelle sowie die weitere Komplettierung (Restarbeiten am mechanischen Teil, Scheibeneinbau, endgültiger Führerraumausbau, Führertisch, Fahrersitze etc.). Nach der Außenlackierung folgte die etwa vierwöchige Leitungsprüfung durch die E-Firmen und schließlich die Übergabe an die DB (Ausbesserungswerk Opladen).

Nach den langwierigen Auftrags- und Preisverhandlungen begann die Produktion erster Bauteile im Spätherbst 1987. Der erste bei Krauss-Maffei fertiggestellte Rohbaukasten wurde im November 1988 nach Essen zur Firma Krupp überführt, wo Mitarbeiter des BZA Minden die Festigkeitsprüfungen durchführten. Nach deren erfolgreichem Abschluß begann der ursprünglich geplante Herstellungstakt mit der wöchentlichen Fertigstellung eines Triebkopf-Rohbaus bei Krauss-Maffei. Der erste vollständig montierte Triebkopf verließ Anfang September 1989 die Endfertigung bei Krupp (401 002), der offizielle «Roll-Out» des ersten Triebkopfs 401 001 erfolgte am 26. September 1989 bei Krauss-Maffei in München-Allach. Entsprechend dem genannten 3-Wochen-Takt verließ anschließend wöchentlich ein Triebkopf eines der drei Herstellerwerke, um zur Teilendprüfung nach Opladen überführt zu werden.

104

105

106

***104–106*** *Ein Drittel der ICE-Triebköpfe wird bei Krupp in Essen hergestellt. Die Bilder zeigen die Endmontage mehrerer Triebköpfe bei Krupp im März 1990.*

# 3. ICExpreß-Mittelwagen

Während die ICExpreß-Triebköpfe mit einigen Veränderungen weitgehend aus den ICExperimental-Triebköpfen abgeleitet worden sind, kann man bei den Mittelwagen von Neuentwicklungen sprechen, da sie nur noch wenige Gemeinsamkeiten mit den drei Prototyp-Mittelwagen aufweisen. Trotzdem stützen sich einige Entwicklungen auf die Erfahrungen mit den drei ICExperimental-Mittelwagen und auch den 2. Klasse-IC-Wagen der Bauart Bvmz 185.

### *Bauarten und Lieferprogramm*

Wie bei den herkömmlichen IC-Zügen gibt es auch beim ICE eine Blockzugbildung: zwischen den Wagengruppen der 1. Klasse und der 2. Klasse laufen der Speisewagen sowie ein 2. Klasse-Wagen mit Sondereinrichtungen. Somit ergeben sich, abgesehen von Untervarianten, vier verschiedene Wagenbauarten:

Baureihe 801: 1. Klasse-Wagen (Avmz),
Baureihe 802: 2. Klasse-Wagen (Bvmz),
Baureihe 803: 2. Klasse-Wagen mit Sondereinrichtungen (BSmz),
Baureihe 804: Servicewagen (WSmz).

Als Hersteller der Mittelwagen sind unter Federführung von LHB beteiligt: DUEWAG in Krefeld, Linke-Hofmann-Busch (LHB) in Salzgitter, Messerschmitt-Bölkow-Blohm (MBB) in Donauwörth und Waggon-Union (WU) in Berlin. Diese Firmen schlossen sich für den Mechanteil zur «Arbeitsgemeinschaft Mittelwagen ICExpreß» (ARGE) zusammen, die Ausstattungsfirmen unter Federführung von AEG Berlin zum «Konsortium Elektro- und Klimatechnik» (KEK). Dem KEK gehören folgende Firmen an: Asea Brown Boveri, GEZ (Gesellschaft für elektrische Zugausrüstung), Hagenuk, Krupp, Luwa, Pintsch-Bamag und Schaltbau. Daneben zeichnet MAN-Technologie für das Fahrgastinformationssystem (FIS) verantwortlich. Die Mittelwagen von MBB werden in Kooperation mit MAN in Nürnberg gebaut.

Das Lieferprogramm für die ersten 41 Triebzüge umfaßt insgesamt 492 Mittelwagen, die sich gemäß Tabelle 7 auf die einzelnen Hersteller und Bauarten aufteilen.

Die vier Hauptbauarten der Mittelwagen werden je nach Auslegung (Nichtraucher, Raucher), Ausstattung (Telefon, Videoprogramme auf Flachbildschirmen) und Grundfarbe in verschiedene Unterbauarten gegliedert. Die Grundfarbe bei Teppichen und Sitzpolstern charakterisiert nach Vorstellung der Designer den grundsätzlichen Farbeindruck des Wagens. Verschiedene Farben innerhalb des Zugverbandes sollen der Orientierung der Reisenden dienen.

Die Unterbauarten mit ihren Unterscheidungsmerkmalen und den belegten Wagennummerreihen sind in Tabelle 8 dargestellt.

| Bauart | DUEWAG | LHB | MBB | MAN | WU | Summe |
|---|---|---|---|---|---|---|
| 801.0 | 64 | | | | 18 | 82 |
| 801.4 | | | | | 23 | 23 |
| 801.8 | | | | | 41 | 41 |
| 802.0 | 18 | 64 | | | | 82 |
| 802.3 | | 59 | 9 | 32 | | 100 |
| 802.6 | | | 41 | | | 41 |
| 802.8 | | | 23 | 18 | | 41 |
| 803.0 | 41 | | | | | 41 |
| 804.0 | | | | | 41 | 41 |
| Summe | 123 | 123 | 73 | 50 | 123 | 492 |

*Tabelle 7: Lieferprogramm der Mittelwagen für die ersten 41 ICE-Garnituren*

| Bauart | Wagennummer | Hersteller | Farbe | N/R | T/V |
|---|---|---|---|---|---|
| 801.0 | 801 001-064 | DUEWAG | blau | N | – |
| | 801 065-082 | WU | blau | N | – |
| 801.4 | 801 401-423 | WU | rot | N | – |
| 801.8 | 801 801-841 | WU | rot | R | T+V |
| 802.0 | 802 001-018 | DUEWAG | orange | N | – |
| | 802 019-082 | LHB | orange | N | – |
| 802.3 | 802 301-359 | LHB | grün | N | – |
| | 802 360-368 | MBB | grün | N | – |
| | 802 369-400 | MAN | grün | N | – |
| 802.6 | 802 601-641 | MBB | blau | R | – |
| 802.8 | 802 801-823 | MBB | blau | R | V |
| | 802 824-841 | MAN | blau | R | V |
| 803.0 | 803 001-041 | DUEWAG | orange | N | T |
| 804.0 | 804 001-041 | WU | rosa | N/R | – |
| N = Nichtraucher, R = Raucher, T = Telefon, V = Video | | | | | |

*Tabelle 8: Unterbauarten der ICE-Mittelwagen (41 Garnituren)*

*107 Äußerlich sind die Mittelwagen des ICExpreß kaum voneinander zu unterscheiden. Erst der Blick auf die Wagennummer und die Piktogramme weisen den 801 012 als Erster-Klasse-Nichtraucherwagen aus.*

### Mechanischer Teil

Die Länge der Mittelwagen wurde gegenüber den ICExperimental-Mittelwagen auf die Standardlänge von 26,4 m vergrößert. Bei dieser Wagenlänge konnte die maximale Wagenbreite auf 3,02 m festgesetzt werden (20 cm mehr als bei herkömmlichen IC-Wagen), wodurch der Sitzkomfort vor allem in der 2. Klasse verbessert wurde. Die Einsetzbarkeit der Züge blieb trotz des Fahrzeugumgrenzungsprofils für das DB-Netz und die meisten Strecken in Österreich und in der Schweiz erhalten. Die breiteren Wagen werden jedoch auch in Holland und Skandinavien akzeptiert. Eine echte Einsatzbeschränkung ist durch die elektrische Energieversorgung gegeben. Dies konnte aber hingenommen werden, da sich für internationale Relationen ohnehin der Mehrsystem-ICE in Entwicklung befindet.

Die Dachhöhe liegt einheitlich bei Triebköpfen und Mittelwagen bei 3,84 m, ausgenommen der Speisewagen, der ein auf 4,29 m erhöhtes Dach erhielt. Am späteren Gesamtgewicht eines Mittelwagens mit 50 bis 55 t Leergewicht trägt der Wagenkastenrohbau mit ca. 8,5 t relativ wenig bei. Der Grund liegt in der gewichtssparenden Aluminiumbauweise unter Verwendung von Großstrangpreßprofilen. Aus Korrosionsschutzgründen werden für Profile Aluminium-Magnesium-Silizium-Legierungen (AlMgSi 0,7) und für Bleche Aluminium-Magnesium-Mangan-Legierungen (ALMg4,5 Mn) verwendet. Die Profile und Bleche werden nach Zusammensetzen einzelner Baugruppen zu einer selbsttragenden Leichtbaustruktur verschweißt. Das Untergestell besteht aus einer Bodenplatte mit Hohlkammerprofilen und angeformten Tragschienen für Unterflurausrüstungen und den Fußboden. Daran wird die Bodenwanne angeschraubt, in der verschiedene Ausrüstungsteile wie Abwasser- und Frischwasserbehälter, Batteriekästen, Hochspannungsgerätekasten, Energieversorgungsblock, Druckluft-Bremsgerät mit Druckluft-Vorratsbehälter und das Verdichter-Verflüssiger-Aggregat der Klimaanlage strömungsgünstig untergebracht sind. Der gesamte Rohbau ist zum Schutz gegen aerodynamische Druckstöße dichtgeschweißt.

Die Mittelwagen werden durch eine Zentralkupplung verbunden, über die die Druckluftleitungen, die Lichtwellenleiter für die Zugsteuerung, die Koaxialleitungen für das Fahrgastinformationssystem sowie die Zugsammelschiene geführt werden. Die Wagenübergänge sind – für den Fahrgast bequem – in den Maßen 1,1 × 2,05 m ausgeführt und bestehen aus druckdichten Doppelwellenbalgen. Aus aerodynamischen und optischen Gründen sind an den Wagenenden Windleitprofile aus eingefärbtem Gummi angebracht, die den Spalt zwischen den Wagen verringern. Gegenüber dem aufwendigen Übergang des ICExperimental ist diese Lösung um etwa ein Drittel kostengünstiger.

Das durchlaufende Fensterband besteht aus Sicht- und Blindfenstern, hinter denen sich die Fensterstiele verbergen. Die Sichtfenster sind isolierverglast, in Aluminiumrahmen eingebaut und mit den Wagenkästen verschraubt. Als Einstiegstüren werden Schwenkschiebetüren in druckdichter Ausführung verwendet, die mit einem elektropneumatischen Türantrieb ausgestattet sind, der über Druckknöpfe von den Fahrgästen aktiviert werden kann. Der Großraumteil der Sitzwagen ist gegenüber der Einstiegszone durch eine Doppelschiebetür, gegenüber dem Abteilbereich durch eine einflügelige Tür abgetrennt.

Die Drehgestelle der Bauart Minden-Deutz MD 530 mit Stahlfederung stellen eine modifizierte Form der Drehgestelle des ICExperimental dar; sie verfügen ebenso über eine doppelte Drehhemmung, sind jedoch schmaler gebaut, damit seitlich aus optischen Gründen kleine Schürzen angebracht werden können. Ebenfalls weitgehend vom Prototyp und von den IC-Abteilwagen Bvmz 185 wurde das elektro-pneumatische Bremssystem (ep-Bremse) übernommen, hier allerdings mit vier innenbelüfteten Bremsscheiben je Wagenachse. Als Zusatzschnellbremse wirkt die Magnetschienenbremse, die später, nach Lösung der noch offenen technischen Fragen, gegen eine Wirbelstrombremse ausgetauscht werden könnte.

Die wesentlichen Abmessungen und technischen Daten der in vielen Teilen prinzipiell gleichen vier Wagenbauarten sind Tabelle 9 zu entnehmen.

| **Wagenbauart** | **Avmz 801** | **Bvmz 802** | **BSmz 803** | **WSmz 804** |
|---|---|---|---|---|
| Spurweite | 1 435 mm | 1 435 mm | 1 435 mm | 1 435 mm |
| Radsatzanordnung | 2' 2' | 2' 2' | 2' 2' | 2' 2' |
| Höchstgeschwindigkeit | 280 km/h | 280 km/h | 280 km/h | 280 km/h |
| Gesamtlänge | 26,40 m | 26,40 m | 26,40 m | 26,40 m |
| Drehgestellmittenabstand | 19,00 m | 19,00 m | 19,00 m | 19,00 m |
| Radsatzstand | 2,50 m | 2,50 m | 2,50 m | 2,50 m |
| max. Breite | 3,02 m | 3,02 m | 3,02 m | 3,02 m |
| Dachscheitelhöhe | 3,84 m | 3,84 m | 3,84 m | 4,295 m |
| Sitzplätze 1. Klasse | 48 | – | – | Rest.: 24 |
| Sitzplätze 2. Klasse | – | 66 | 39 | Treff: 16 |
| Leergewicht | 50,5 t | 51,7 t | 50,6 t | 55,0 t |
| Besetztgewicht | 55,2 t | 57,8 t | 55,5 t | 61,9 t |

*Tabelle 9: Technische Daten der ICExpreß-Mittelwagen*

### *Elektrischer Teil*

Die Energieversorgung der Mittelwagen erfolgt über zwei getrennte, je von einem Triebkopf gespeiste Zugsammelschienen im Standard 1000 V/16 ⅔ Hz, von denen die Hauptheizung unmittelbar versorgt wird. Die übrigen Verbraucher sind über einen Transformator mit 230/460 V angeschlossen.

In zwei Schaltschränken im Wageninnern sind die Komponenten für Energieversorgung, Überwachung und Steuerung wichtiger Funktionen des Wagens, wie z. B. Klimaanlage und Beleuchtung, aber auch der Diagnosetechnik untergebracht. Andere wichtige mechanische Systeme wie Einstiegstüren und WC-Anlage verfügen über eigene Steuertafeln. Durch eine Sicherheitsschaltung können die Türen oberhalb einer Geschwindigkeit von 5 km/h nicht mehr geöffnet werden; bei einem Halt können sie nur durch eine vorherige seitenabhängige Freigabe vom Triebkopf aus geöffnet werden. In Gefahrensituationen ist jedoch eine Türöffnung über einen Notschalter und bei Bedarf auch mittels Handbetätigung möglich.

Die Klimaanlage soll den Fahrgästen einen angenehmen Aufenthalt im Wagen ermöglichen. Dafür sorgen die Ausblasung von Frischluft an der Decke, die Fußbodenheizung und eine Konvektionsheizung im Seitenwandbereich. Bei Außenlufttemperaturen von – 20 bis + 32 Grad Celsius wird eine gleichmäßige Innentemperatur von 22 Grad Celsius (± 2 Grad) erreicht. Vor Druckstößen während einer Tunnelfahrt schützen Druckschutzventile sowie Zu- und Abluftventilatoren in druckgeschützter Ausführung. Außenluft wird am Dach angesaugt, Abluft unter dem Wagen abgegeben.

In jedem Wagen befindet sich ein eigenes Diagnosesystem, das Störungen aller wichtigen Komponenten möglichst frühzeitig erkennt und meldet. Kernstück ist die Zentraleinheit für die Bearbeitung aller Diagnose- und Funktionsdaten. Das Diagnosesystem ist dreistufig aufgebaut: die wichtigsten Subsysteme wie Bremsen, Türsteuerung oder Klimaanlage verfügen über eine Eigendiagnose, deren Daten der Fahrzeugzentrale ZEUS (Zentrale Einrichtung zur Überwachung und Steuerung) zur Verfügung gestellt werden. Über ein Display mit Tastatur können Zugbegleiter, Wagenmeister und Instandhaltungspersonal mit ZEUS Kontakt aufnehmen. Je nach Wichtigkeit der Diagnosemeldungen werden diese über den Lichtwellenleiter an die Zugzentrale oder den führenden Triebkopf weitergeleitet, über Leuchtmelder angezeigt oder zunächst nur abgespeichert.

108

***108*** *Die beiden ersten Mittelwagen von LHB wurden schon kurz nach Fertigstellung des Rohbaus lakkiert, um den DB-Designern als 1:1-Anschauungsobjekte zu dienen (Foto: Linke-Hofmann-Busch).*

109

***109*** *Gegenüber dem ICExperimental wurde beim ICExpreß eine kostengünstigere Version des Wagenübergangs gewählt.*

110

***110*** *Bereits der Funktionsprüfung werden diese fertiggestellten 2.-Klasse-Mittelwagen bei LHB unterzogen.*

## *Innengestaltung*

Auch bei der Innengestaltung der ICE-Mittelwagen wurden neue Wege gegangen; an Stelle der bisher üblichen reinen Großraum- oder Abteilwagen wird der Grundriß jedes Mittelwagens aus drei verschiedenen Modulen zusammengesetzt: dem Abteilbereich (Modul A), dem Großraum mit Reihenbestuhlung (Modul B) und dem Großraum mit Gegenüber-Sitzanordnung und Tischen (Modul C). Diese Dreiteilung erleichtert es dem Reisenden, in jedem Wagen einen Sitzplatz in einem Bereich nach seinen Wünschen zu finden. Die kleineren und überschaubaren Bereiche schaffen daneben ein angenehmes Raumklima. Neu ist die Einteilung der Wagen in reine Nichtraucher- und Raucherwagen, was seinen Grund in der Luftführung der Klimaanlage findet.

Die Großraummodule B und C sind in beiden Wagenklassen austauschbar konstruiert, um auf geänderte Kundenwünsche kurzfristig reagieren zu können. Optisch getrennt sind die beiden Großraumabteile durch einen Garderobenbereich. In der 2. Wagenklasse sind an einem Wagenende zwei WC-Räume, in der 1. Klasse ein WC-Raum angeordnet. Wie schon bei den umgebauten druckertüchtigten IC-Wagen sind die Toiletten in den ICE-Mittelwagen als geschlossene Systeme konzipiert, die in den Zugendbahnhöfen entsorgt werden. Beleuchtete Vitrinen für Werbezwecke befinden sich in den Eingangsbereichen am Abteilmodul. Dort sind auch abschließbare Gepäckfächer mit Pfand-Schlüssel-System zur Unterbringung von Gepäck zu finden.

Auch das Sitzsystem wurde neu entwickelt. Die komfortablen Polster-Sitze mit Kopfkissen erhalten Rückenlehnen- und Sitztiefen-Verstellung. In der Armlehne ist eine kleine Tischplatte herausklappbar montiert; das Audio-Modul in der Armlehne enthält eine Kopfhörerbuchse, Programmwahltasten und eine Lautstärkenregulierung. Damit kann der Reisende zwischen drei Rundfunk-, drei Bord- und zwei Video-Programmen (Audio-Teil) in Stereoqualität wählen.

Zunächst werden in je einem Wagen der 1. und 2. Klasse innerhalb eines Zuges Videomodule in 5-Zoll-LCD-Technik in die Rückenlehnen der drehbaren Großraumsitze eingebaut. Je eine Telefonzelle ist in einem 1. Klasse-Wagen und im 2. Klasse-Wagen mit Sondereinrichtungen (BSmz 803) zu finden. Ein weiteres (schnurloses) Telefon steht im Konferenzabteil des BS-Wagens zur Verfügung.

Audio- und Videomodule gehören zum umfassenden Fahrgastinformationssystem (FIS), das darüber hinaus Wagenanzeigen über Zuglauf und Reservierungen, ein Schaffner-Rufsystem, die Beschallungsanlage mit digitalem Durchsagegerät, den Europäischen Funkruf und ein zuginternes Kabeltextsystem beinhaltet.

111

***111*** *Komfort sollen auch die Reisenden in der 2. Klasse des ICExpreß finden: Blick in den Großraumbereich eines Wagens der Bauart Bvmz 802 (Foto: Linke-Hofmann-Busch).*

### *1. Klasse-Wagen Avmz 801*

Die Innengestaltung des 1. Klasse-Sitzwagens ist wie in der 2. Klasse in die drei Module gegliedert, allerdings mit großzügigerer Platzbemessung. So gibt es im Großraumteil pro Sitzreihe nur drei Sitze, in den Abteilen jeweils fünf Sitze bei deutlich größerem Sitzabstand als in der 2. Klasse. Am Eingangsbereich des Wagenendes 1 befinden sich Glasvitrinen, das WC und – bei der Variante Avmz 801.8 – eine Telefonzelle. Es folgen drei Abteile mit je drei Sitzen an der einen Abteilwand und zwei Sitzen mit dazwischenliegendem Tisch gegenüber. Dieser fehlt im mittleren Abteil, da hier ein vom Seitengang zugänglicher Schrank für Gepäckschließfächer ins Abteil ragt.

Durch eine automatische Glastür gelangt man in den Großraumbereich mit Reihenbestuhlung, in dem 16 drehbare Doppel- bzw. Einzelsitze vorhanden sind. Der anschließende Großraumbereich mit Vis-à-vis-Sitzen ist durch einen Garderobenschrank abgetrennt. Gepäckablagen sind in den Abteilen an den Querwänden, im Großraumbereich an beiden Seiten in Längsrichtung montiert. Jeder Platz ist mit einer Leseleuchte ausgestattet, die in die Gepäckablage integriert ist. Die Beleuchtung erfolgt indirekt durch Leuchtstoffröhren hinter den Gepäckablagen. Die Bauart Avmz 801 wird in die Nichtraucherwagen Avmz 801.0 und 801.4 (Innenfarbe blau bzw. rot) und in den Raucherwagen Avmz 801.8 (rot) mit Telefon und Video unterteilt.

112

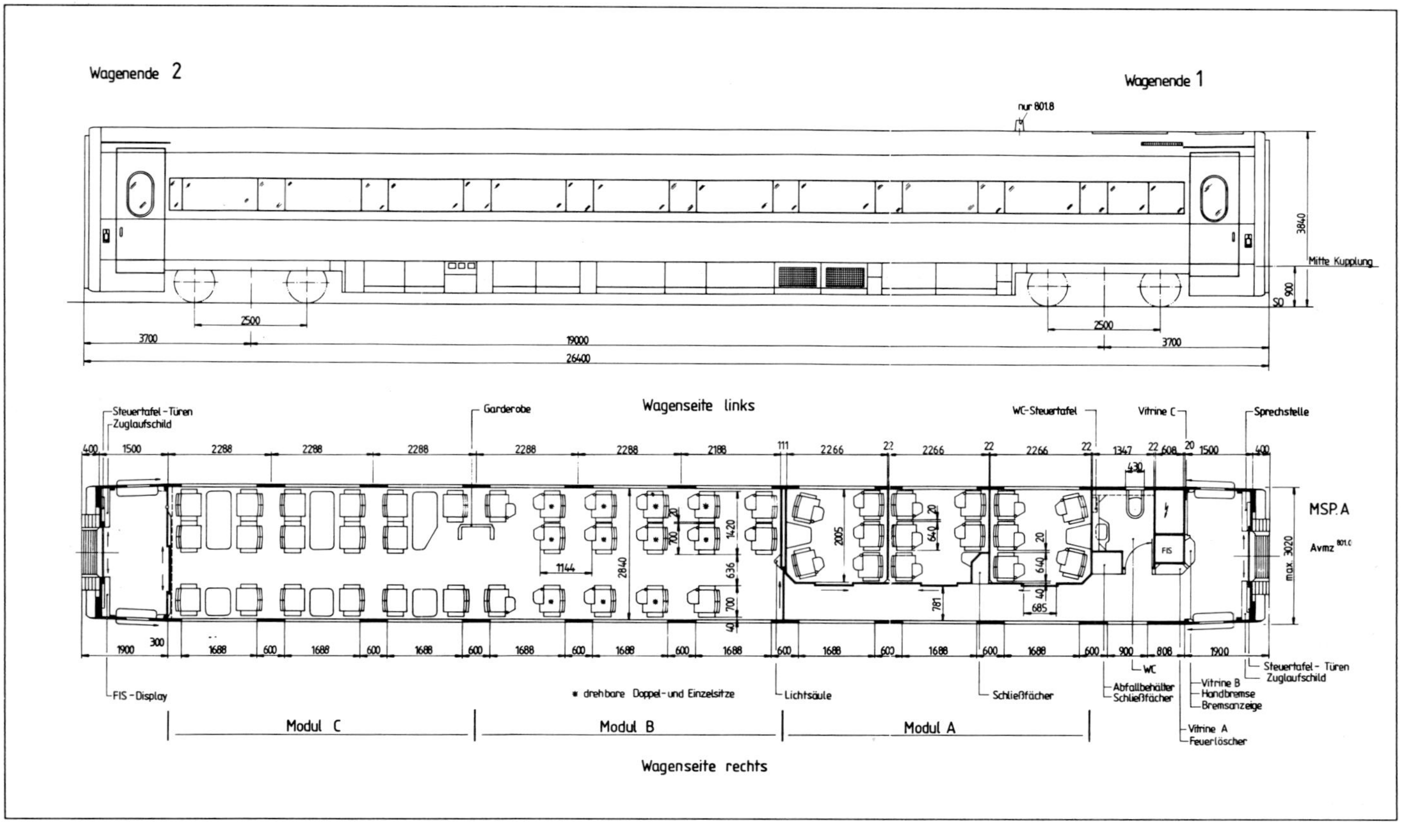


113

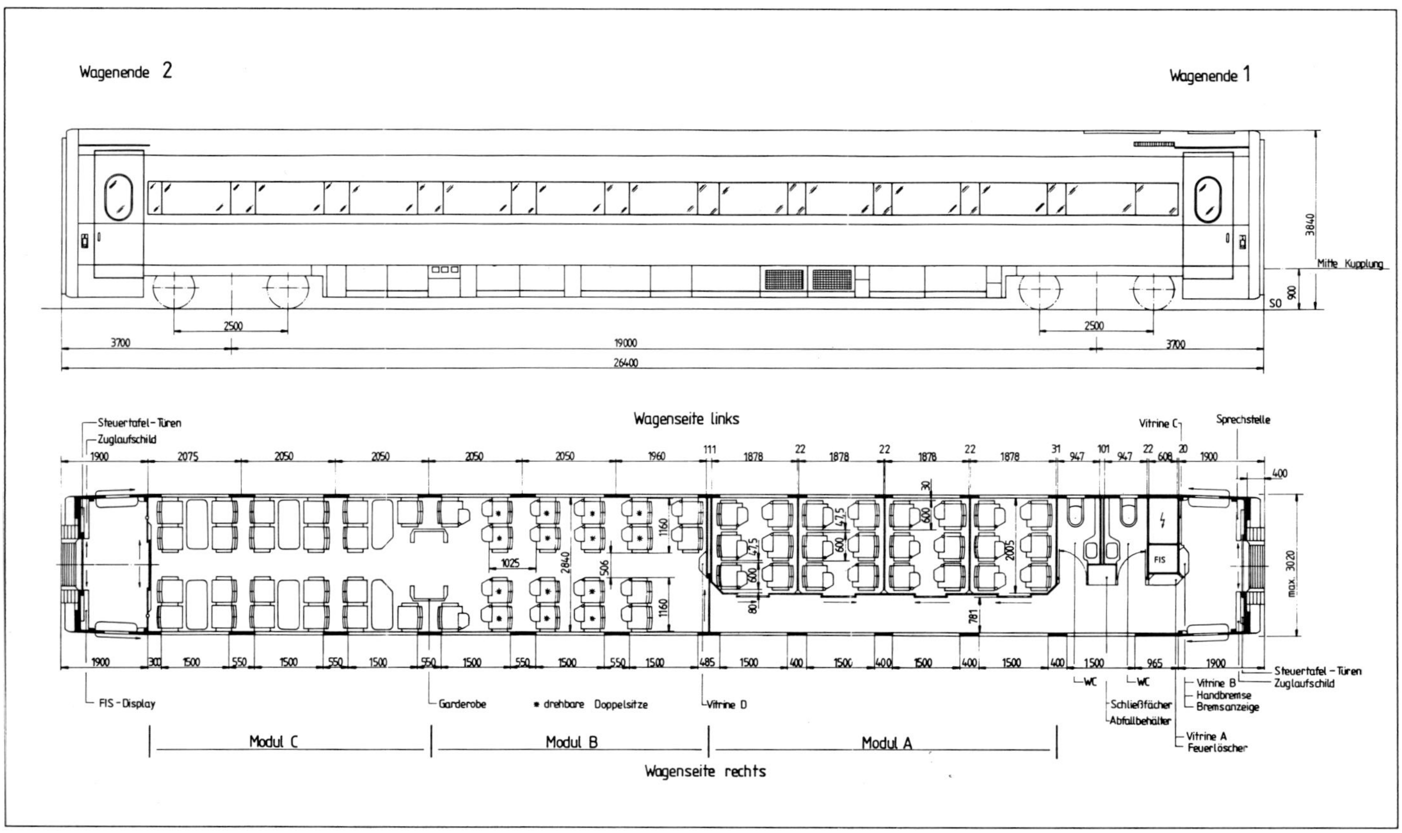


***112*** *Skizze des Mittelwagens 1. Klasse Bauart Avmz 801 (Skizze: Linke-Hofmann-Busch).*

***113*** *Skizze des Mittelwagens 2. Klasse Bauart Bvmz 802 (Skizze: Linke-Hofmann-Busch).*

114

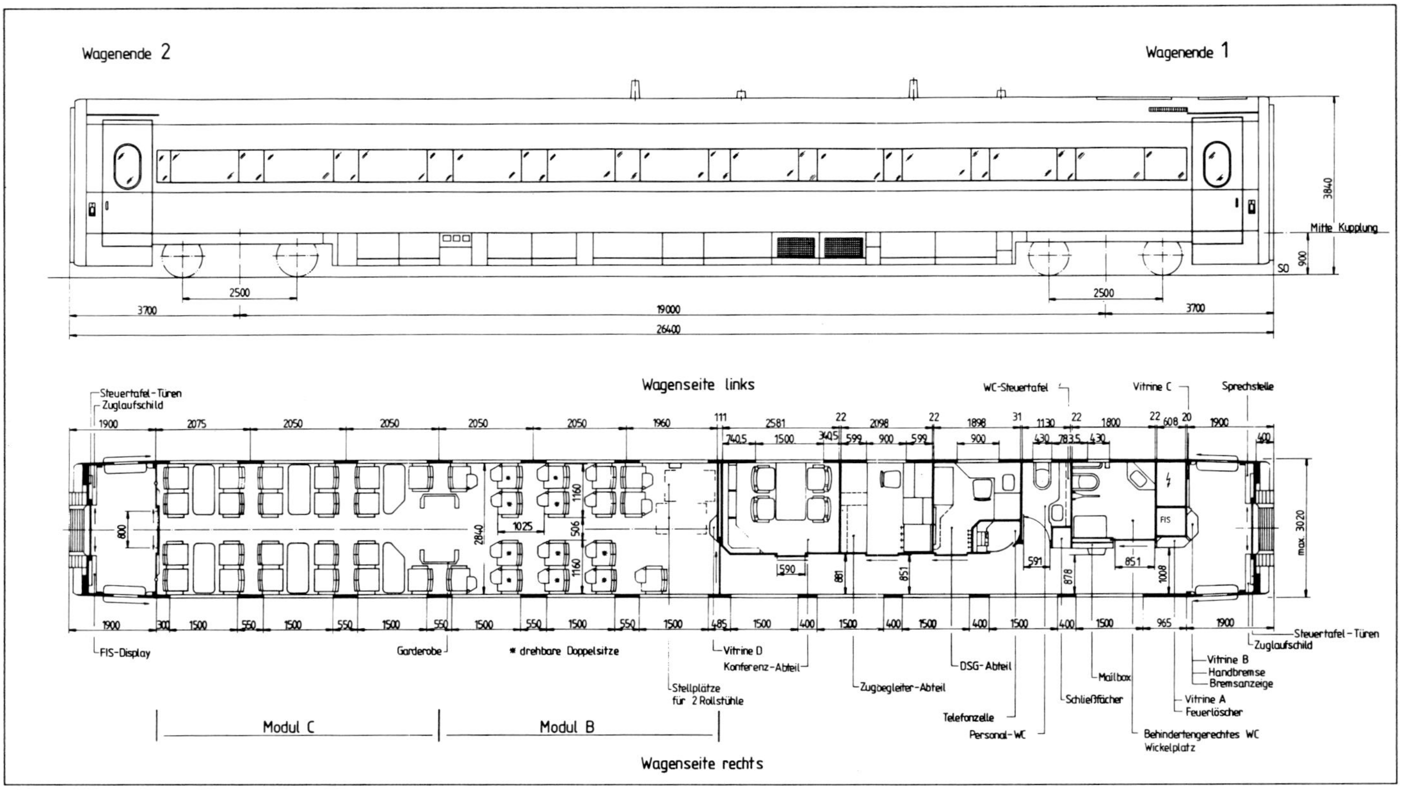


115

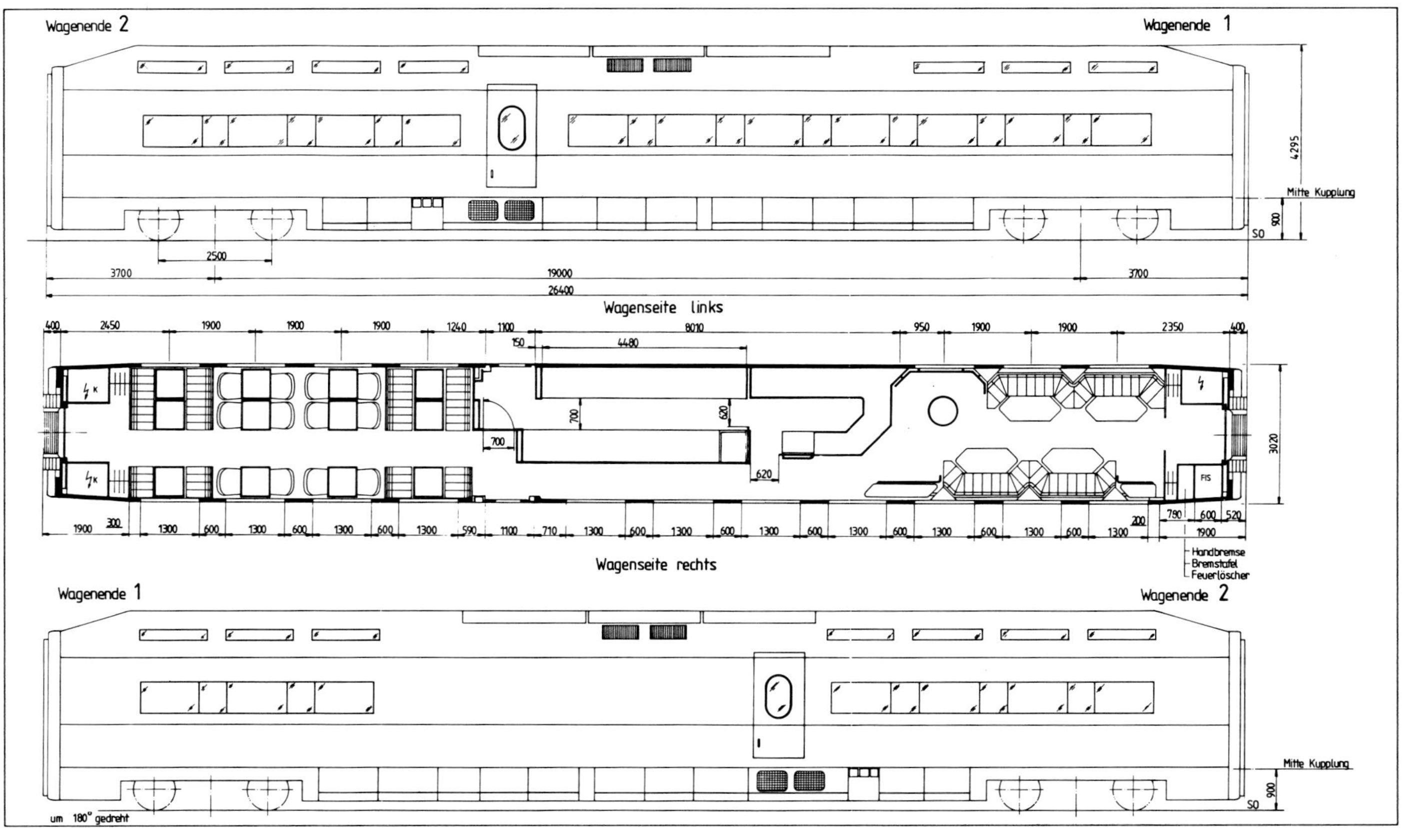


***114*** *Skizze des Mittelwagens 2. Klasse mit Sondereinrichtungen Bauart BSmz 803 (Skizze: Linke-Hofmann-Busch).*

***115*** *Skizze des Servicewagens Bauart WSmz 804 (Skizze: Linke-Hofmann-Busch).*

### *2. Klasse-Wagen Bvmz 802*

Der 2. Klasse-Wagen ist dem 1. Klasse-Wagen mit seiner Unterteilung in zwei Großraumbereiche und einen Abteilbereich prinzipiell gleich. Statt drei sind hier jedoch vier Abteile mit jeweils sechs Plätzen eingebaut. Der Eingangsbereich ist abgesehen vom zweiten WC entsprechend dem der 1. Klasse-Wagen ausgeführt. Im Großraumteil sind pro Reihe vier Sitzplätze vorhanden. Die beiden Großraumbereiche mit Vis-à-vis-Sitzanordnung und Reihenbestuhlung sind durch links und rechts vom Mittelgang stehende Garderobenschränke mit Abfallbehältern getrennt.

Von Wagen zu Wagen wechseln insgesamt drei Farbkombinationen: orange und grün im Nichtraucherbereich, blau im Raucherbereich. Die Wagen der Bauart 802.8 sind mit Videobildschirmen in den Sitzrückenlehnen ausgestattet. Nichtraucherwagen sind die Bauarten Bvmz 802.0 und 802.3, Raucherwagen die Bauarten 802.6 und 802.8.

### *2. Klasse-Wagen mit Sonderabteilen BSmz 803*

Die in herkömmlichen InterCity-Zügen im Zugverband verstreut liegenden und teilweise unzureichend untergebrachten Sonderabteile für Serviceeinrichtungen werden beim ICExpreß erstmals in einem Wagen, dem 2. Klasse-Wagen mit Sonderabteilen BSmz 803, zusammengefaßt, der in jedem ICExpreß im Anschluß an den Speisewagen eingestellt ist. Zusammen mit dem Speisewagen bildet er die Mitte des Zuges.

Der Grundriß ist ähnlich wie beim 2. Klasse-Wagen Bvmz 802 gestaltet. An Stelle des Abteilmoduls sind die Sonderabteile untergebracht. Dieses Wagenende soll immer der Bistro-Seite des Speisewagens zugekehrt sein. Im Anschluß an den üblichen Eingangsbereich mit Vitrinen und Schaltschränken befindet sich ein sehr geräumiges behindertengerechtes WC, das über eine 85 cm breite Schiebetür erreichbar ist. Als zusätzliche Serviceeinrichtung ist in diesem Raum ein klappbares Wickelbrett installiert. Daneben befindet sich ein separates WC für das DSG-Personal.

Es folgt die Telefonzelle des 2. Klasse-Zugteils, die wie auch in der 1. Klasse als Kartentelefon ausgeführt ist. Dahinter befindet sich das DSG-Abteil (Minibar-Depot); es ist ausgestattet mit Kühlschrank, Heißwassergerät, Waschbecken, Abfallbehälter, Schränken, Garderobe, Spiegel, Tisch und Stuhl.

Das folgende Zugbegleiterabteil stellt die Zentrale des Zuges dar: neben einem büroartigen Arbeitsplatz für den Zugführer («ICE-Chef») stehen für die Zugbegleiter Wertfächer, Garderobe, Sitzbank und Regale zur Verfügung. Von hier erfolgt die zentrale Steuerung und Überwachung des Fahrgastinformationssystems mit Zug-Information, Audio- und Video-Unterhaltung oder Personenruf.

Das letzte Abteil kann als Konferenzabteil von Reisenden gemietet werden. Neben einem Konferenztisch mit vier Stühlen sind eine Garderobe, Gepäckablagen und eine Arbeitsfläche vorhanden. Als Arbeitsmittel werden Schreibmaschine, Kopiergerät, Telefax-Gerät und ein schnurloses Telefon zur Verfügung gestellt.

Der folgende Großraumbereich ist wie der in der 2. Klasse aufgebaut. Allerdings wurde unter Verzicht auf drei Sitze eine zusätzliche Stellfläche für zwei Rollstühle geschaffen.

### *Servicewagen WSmz 804*

Der ICE-Servicewagen WSmz 804 bildet zusammen mit dem 2. Klasse-Wagen mit Sonderabteilen BSmz 803 den «Zugkern». Hier sind alle gastronomischen Einrichtungen des ICE untergebracht. Der Speisewagen gliedert sich in den Restaurant- und den Bistro-Teil («Bord-Treff»), die durch den Küchenbereich getrennt sind. Der Bistro-Teil ist dem BSmz und somit der 2. Wagenklasse zugewandt. Daneben wird im gesamten Zug der «Service am Platz» angeboten, in der 1. Klasse mit einem Auszug aus dem Programm des Speisewagens, in der 2. Klasse durch eine neuentwickelte Minibar. Dieses Konzept hat sich bereits bei den seit 1988 eingesetzten «Bord-Restaurant»-Wagen auf der IC-Linie Hamburg–München erfolgreich bewährt.

Im Restaurant werden in einer stilvollen Atmosphäre bei hohem Qualitätsanspruch Hauptmahlzeiten mit verschiedenen Beilagen durch Kellnerbedienung angeboten. Die Bestandteile der Mahlzeiten lassen sich nach Wunsch individuell zusammenstellen. Neben Suppen und Vorspeisen gehören Fleisch-, Pfannen- und Fischgerichte, sechs verschiedene Beilagen, Salate, Nachspeisen und Vollwertgerichte zum umfangreichen Programm. Die Getränkekarte bietet zehn alkoholfreie Getränke, Bier vom Faß sowie diverse Sorten Spirituosen, Wein, Sekt und Champagner. Insgesamt bietet dieses First-Class-Restaurant 24 Sitzplätze auf gepolsterten Sitzbänken und Sesseln. Die hohe Decke mit zusätzlichen Dachfenstern, Echtholz-Verkleidungen und eine harmonische Farbabstimmung bei indirekter Beleuchtung tragen zum angenehmen Raumklima bei.

Der Bistro-Bereich dient als Treffpunkt mit Kneipenatmosphäre. Hier werden kleine Gerichte wie Suppen, Salate, Snacks oder Backwaren neben den Getränken bei Selbstbedienung angeboten. Im Gegensatz zum Restaurantbereich ist im Bistro das Rauchen erlaubt. Insgesamt sind 16 Sitz- und 8 Stehplätze vorhanden. Warme Speisen werden im ICE nach dem «cuisson-sous-vide»-(CSV) Verfahren hergestellt. Die zentral portionsweise vorbereiteten Produkte werden in Heißluftgeräten mit Wasserdampf (Steamer) regeneriert. Daneben bietet die Küchenausrüstung die Möglichkeiten konventioneller Fertigungsmethoden wie Kochen, Braten, Grillen oder die Verarbeitung von Tiefkühlprodukten mittels Mikrowellenherd.

Wegen seiner ausschließlichen Funktion als Servicewagen hat der WSmz keine Außentüren. An den Wagenenden sind Schaltschränke und Garderoben untergebracht. Der Bistroteil ist durch die Theke von der etwa 8 m langen Küche abgetrennt. Reisende können über einen Seitengang in den anderen Wagenteil gelangen. Beidseitige 900 mm breite Ladetüren dienen der Ver- und Entsorgung der Küche mit speziellen Trolleys und tragbaren Containern. Im Restaurantbereich mit 24 Plätzen sind je 12 als Sitzbänke und lose Stühle ausgeführt. Der folgende 1. Klasse-Wagen ist mit seinem Großraummodul mit Tischen und Vis-à-vis-Anordnung dem Speisewagen zugewandt, so daß hier bei Bedarf auch Mahlzeiten serviert werden können.

Das erhöhte Dach des Speisewagens soll einerseits optisch den Zugverband auflockern, dient jedoch andererseits auch teilweise zur Unterbringung der umfangreichen technischen Ausrüstung des Wagens, z. B. befinden sich die Großgeräte der Klimaanlage im Dach über der Küche.

### *Bauablauf*

Während die ICE-Triebköpfe in Verbundfertigung der drei Hersteller Krupp, Thyssen-Henschel und Krauss-Maffei gebaut werden, erfolgt die Fertigung der Mittelwagen im wesentlichen ohne Großteiltausch von Anfang bis Ende in jeweils einem Werk. Eine Ausnahme bilden die Mittelwagen von MBB und MAN. Während MBB die Untergestelle herstellt, ist MAN für den Rest der Rohbauten verantwortlich. Ein Teil der Rohbauten wiederum wird dann bei MBB ausgerüstet. Hier findet also eine Verbundfertigung ähnlich wie bei den Triebköpfen statt.

Nicht alle Bauteile der Wagen werden jedoch von jedem Hersteller selbst gefertigt. Beispielsweise werden die von Waggon Union Siegen entwickelten Drehgestelle in Siegen, bei MaK in Kiel und bei LHB in Salzgitter gebaut. Auch die Sitze wurden als sogenannte «Beistellteile» von der Firma Grammer in Amberg entwickelt und gebaut. DUEWAG fertigt bestimmte Polyesterteile des Innenausbaus und liefert sie an die ARGE, d. h. an die übrigen Hersteller, LHB stellt Innenausbauteile der Toiletten her, die von der gesamten ARGE verwendet werden.

Wie der Bauablauf eines Mittelwagens aussieht, soll im folgenden am Beispiel des Baus eines 2. Klasse-Wagens bei Linke-Hofmann-Busch prinzipiell dargestellt werden.

Eigentlich beginnt der Wagenbau bereits bei der Lieferung der Großstrangpreßprofile und Bleche aus hochwertigen Aluminiumlegierungen. In der Zuschnitthalle werden die Profile – jeweils in «Serienproduktion» für etwa 10–15 Wagen – auf die richtige Länge gebracht und für den Zusammenbau vorbereitet, d. h. mit Aussparungen und Anbauteilen versehen. Das größte Profil, das derzeit in einem Stück von der Aluminiumindustrie geliefert wird, ist das untere Seitenwandprofil mit 22,6 m Länge und 800 mm Breite. Besonders aufwendig ist wegen der umfangreichen Fräsarbeiten der Zuschnitt der ebenfalls 22,6 m langen Hauptlangträger.

Die vorbereiteten Profile werden dann in die Rohbauhalle gebracht, in der zunächst die einzelnen Baugruppen wie Untergestell, Dach, Seiten- und Stirnwände zusammengesetzt und verschweißt werden, bevor aus diesen Hauptbauteilen auf einem der vier «Aufbaustände» der Rohbauwagenkasten entsteht.

Das Untergestell besteht aus den beiden Hauptlangträgern, den Hauptquerträgern, die über den Drehgestellen angeordnet sind, sowie aus den Vorbau-Kopfstücken an den Wagenenden. In diesen «Rahmen» wird die Bodenplatte eingelegt und verschweißt; danach werden noch verschiedene Anschweißteile für die spätere Montage der Ausrüstung montiert. Die Bodenplatte besteht in Längsrichtung aus drei Teilen (Mittelstück und zwei Endstücke) und ist – in Querrichtung gesehen – aus fünf Profilen hergestellt.

Auf einer weiteren Vorrichtung wird das Dach vorbereitet: zunächst werden die Seitenprofile mit den Endstücken zusammengefügt, danach werden die Dachspriegel (quer zur Wagenachse) eingelegt und schließlich die Dachplatte aufgelegt und verschweißt. Die Seitenwände bestehen aus dem unteren und oberen Seitenwandprofil und den dazwischen eingebauten Fensterstielen. Die Stirnwände bilden später die Wagenenden mit dem Fahrgastdurchgang. Der gesamte Ablauf – von der Vorfertigung der Baugruppen bis zur Fertigstellung des Wagenkastenrohbaus – nimmt etwa acht Wochen in Anspruch. Anschließend wird der Rohbau in der roboterbestückten Sandstrahlanlage bearbeitet, um den Wagenkasten zu reinigen und die Oberfläche als Haftgrund für den Anstrich aufzurauhen.

Es folgt eine Grundierung, die bis zum endgültigen Anstrich an der rosa Farbe zu erkennen ist. Nun wird der Wagen von innen mit auf Wasserbasis aufgebauten, d. h. umweltfreundlichen Emulsionen spritzisoliert und auf der Unterseite mit einer Isolierung auf Bitumenbasis versehen.

Nach drei Tagen im Trockenraum gelangt der Wagenkasten in die Endmontage. In der Fertigungshalle wird im 2-Schicht-Betrieb und nach Taktverfahren gearbeitet. Während der Serienproduktion wird ein 2-Tages-Takt erreicht, d. h. alle zwei Werktage verläßt ein fertiggestellter Wagen die Halle, und ein Rohbau wird in die Endfertigung eingestellt. Je nach Arbeitsanteil rücken die Wagenkästen auch etwa alle zwei Tage zum nächsten Ausrüstungsstand vor.

116

117

***116/117*** *Nach ihrer Vorfertigung werden die Hauptbaugruppen Untergestell, Seiten- und Stirnwände und Dach zum Wagenkastenrohbau zusammengesetzt. Mit einem Schweißautomaten werden vorher die einzelnen Profile und Bleche verbunden (Fotos: Linke-Hofmann-Busch).*

118

***118*** *Am Anfang der Mittelwagen-Endmontage stehen die Isolierung des Wagens und der Einbau des Holzfußbodens (Foto: Linke-Hofmann-Busch).*

*__119/120__ Der Teppichboden wird außerhalb des Wagens zugeschnitten, während im Fahrzeug bereits die elektrischen Anlagen installiert werden.*

119

120

Die Endmontage beginnt mit einer Isolierung aus PVC-Material auf der Bodenplatte und dem Einbau des Fußbodens. Die Holzfußbodenplatten werden frühzeitig eingebaut, um für die weiteren Arbeiten eine ebene Arbeitsfläche bereitzustellen. Danach werden die Seiten- und Stirnwände und das Dach mit Mineralfasermatten isoliert und die ersten Rohre für Kabel und Klimatechnik montiert. Auch die Elektriker arbeiten parallel dazu erstmals am Wagen und verkabeln die Zugsammelschiene.

Nach und nach folgt dann der Einbau der Großteile im und unter dem Wagenkasten (Schaltschränke, Trafo und die übrige Elektrik, Klimaanlage, Heizung, Trennwände) sowie der vorbereiteten Fenster. Dabei erfolgt eine enge Zusammenarbeit der Mitarbeiter der ARGE und der im KEK zusammengeschlossenen Firmen. Danach können im Wageninneren die Seitenwand- und Deckenverkleidungen montiert werden, gefolgt von zahlreichen Einbauteilen. Parallel dazu wird die Verkabelung aller Geräte durchgeführt, die sich pro Wagen immerhin auf etwa 43 km Länge aufsummiert. Die Bestuhlung kann erst zum Schluß von einem Wagenende aus eingebaut werden – beginnend mit dem Abteilbereich. Danach wird der Wagen in den ICE-Farben Lichtgrau mit Zierstreifen in Rot/Pink lackiert und nach dem Trocknen wieder in die Endmontagehalle gebracht, um ihn auf die Drehgestelle aufzusetzen und mit der Abschlußprüfung zu beginnen. Dabei werden einzelne Einrichtungen wie Türen, WC oder Beleuchtung auf ihre Funktionsfähigkeit untersucht.

Anschließend verbringt der Wagen etwa drei Wochen in einer Prüfhalle, in der alle elektrischen Geräte und die Klimaanlage in Betrieb genommen und geprüft werden. Danach stehen noch einmal zwei Wochen für Nachbesserungen und Restarbeiten zur Verfügung, bis der Wagen – vorläufig abgenommen – nach einer Reinigung der DB zum Abholen bereitgestellt wird. Gemäß dem Fertigungstakt verläßt alle zwei Werktage ein 2. Klasse-Mittelwagen Bvmz 802 die Werkhallen von Linke-Hofmann-Busch; abgeholt werden die Wagen meist in Gruppen von zwei bis drei Wagen, die zur Endabnahme zum DB-Ausbesserungswerk nach Nürnberg überführt werden. Für diese Fahrt stehen Übergangs- oder Schutzwagen (ausgemusterte ehemalige Reisezugwagen) zur Verfügung, die auf einer Seite die normale Schraubenkupplung, auf der anderen Seite die ICE-Mittelpufferkupplung tragen.

Für die gesamte Bauzeit eines Mittelwagens werden während der laufenden Serienfertigung etwa 6 Monate veranschlagt; dieser Zeitraum war naturgemäß in der Anfangsphase etwas länger, solange noch nicht alle einzelnen Produktionsabläufe aufeinander abgestimmt waren. Die ersten Mittelwagen verließen im Juli und August 1990 die Werke in Donauwörth, Krefeld und Salzgitter, um sogleich den DB-Versuchsanstalten zur Erprobung und für die Zulassungsprüfungen zur Verfügung gestellt zu werden. Am 11. September 1990 erfolgte bei LHB in Salzgitter der offizielle «Roll-Out» der ersten Wagen (1 Avmz, 1 Bvmz, 1 BSmz). Seit Oktober 1990 läuft die nunmehr weitgehend eingespielte Produktion der 492 Wagen für die ersten 41 ICE-Garnituren «auf vollen Touren». Nur der erste Speisewagen WSmz 804 von Waggon Union ließ noch bis Ende November 1990 auf sich warten. Nach Abschluß dieses Lieferprogramms, voraussichtlich ab Herbst 1991, werden weitere ca. 200 Mittelwagen für die aus 19 Triebzügen bestehende zweite InterCityExpress-Serie ausgeliefert.

# 4. Inbetriebnahme und Versuchsprogramm

Neue Triebfahrzeuge müssen nach ihrer Anlieferung vom Herstellerwerk durch DB-Beamte in ihren Funktionen überprüft und «abgenommen» werden. Diese Arbeiten erstrekken sich normalerweise über einen Zeitraum von 6 bis 8 Tagen und werden mit einer Abnahmefahrt abgeschlossen. Danach kann das neue Fahrzeug dem Betrieb übergeben werden. Dieses Vorgehen gestaltete sich jedoch im Fall des ICExpreß, nicht zuletzt wegen seiner umfangreichen Technik und Elektronik, aufwendiger.

### *Teilendprüfung der Triebköpfe*

Ende September 1989 begann die planmäßige Auslieferung der ICE-Triebköpfe von den Herstellerwerken Krauss-Maffei in München, Krupp in Essen und Thyssen-Henschel in Kassel. Da zu diesem Zeitpunkt die Anlagen für die ICE-Züge im Ausbesserungswerk Nürnberg noch nicht fertiggestellt waren, wurden die Inbetriebnahmearbeiten für die Triebköpfe im Ausbesserungswerk Opladen ausgeführt. Dort wurde eigens für diese Zwecke eine kaum genutzte fünfgleisige Lokhalle renoviert, in der bis zu 20 Triebköpfe Platz finden können.

Nach dem offiziellen «Roll-Out» des ersten Triebkopfes bei Krauss-Maffei am 26. September 1989 traf in Opladen durchschnittlich jede Woche ein neuer Triebkopf ein. Für die Inbetriebnahme jedes einzelnen Triebkopfes wurde ein Zeitplan von ca. 60 Tagen vorgesehen. Im sogenannten «nicht eingeschwungenen Zustand», d. h. bei den ersten 12 bis 14 Triebköpfen, betrug diese Zeit noch ca. 120 Tage, um Erfahrungen mit der neuen Technik zu sammeln und den Technikern genügend Einarbeitungszeit zu gewähren.

Der Großteil der genannten 60 Tage wurde von Mitarbeitern der Herstellerfirmen, hauptsächlich des Konsortiums ABB/AEG/Siemens für den elektrischen Teil, für Einstellarbeiten, Prüfen und Abstimmen der einzelnen elektrischen Systeme aufeinander genutzt. Zu ersten Probefahrten mit niedriger Geschwindigkeit kam es innerhalb des Ausbesserungswerks. Danach fanden in unregelmäßigen Abständen längere Probefahrten der Triebköpfe, begleitet von Firmentechnikern, statt, meist auf den Strecken von Opladen über Köln nach Aachen und Mönchengladbach oder von Opladen nach Hagen. Hinter dem Triebkopf lief dabei ein umgerüsteter Reisezugwagen als Übergangswagen, der auf der Triebkopfseite die ICE-Kupplung und am anderen Ende eine normale Schraubenkupplung besaß. Am Schluß dieses Probezuges befand sich eine Ersatz-E-Lok, mit deren Hilfe im Fall eines Schadens die Strecke möglichst schnell geräumt werden konnte. Die Doppeltraktionsfähigkeit, d. h. die Steuerung von einem Führerstand aus, wurde mit zwei aneinandergekuppelten Triebköpfen getestet, meist jedoch nur im Bereich Opladen.

Teilweise parallel zu den Arbeiten der Firmentechniker führten DB-Beamte die betriebstechnische Zulassung eines jeden Fahrzeugs durch, d. h. es wurden wie bei jeder neuen Lokomotive die Funktionen der INDUSI, der Sifa, der Bremsanlagen oder des Hochspannungsteils überprüft. Diese Arbeiten wurden im Fall des ICE nicht wie üblich als Abnahme, sondern als «Teilendprüfung» bezeichnet. Die eigentliche Abnahme fand erst im Ausbesserungswerk Nürnberg statt, wenn zwei Triebköpfe mit 11 bis 13 Mittelwagen zu einem kompletten Zug zusammengestellt worden waren. Den Abschluß der Teilendprüfung bildete eine 200-km/h-Abnahmefahrt, die in der Regel auf den Strecken Hamm–Bielefeld oder Hamm–Münster–Bremen stattfand. Für jeden Triebkopf wurden dabei Z/V- und B/V-Diagramme erzeugt, die die Zugkraft bzw. Bremskraft in Abhängigkeit der Geschwindigkeit darstellen. Daneben wurden z. B. Ober- und Motorströme sowie die Fahrmotortemperaturen gemessen.

Zu den ersten Versuchsfahrten außerhalb der Opladener Region gehörten die Störstrom-Meßfahrten, die wie beim ICExperimental zwischen Straubing und Straßkirchen an der Strecke Regensburg–Passau durchgeführt wurden. Ende März 1990 starteten hierfür die beiden Triebköpfe 401 501 und 505 von Opladen in Richtung Süden. Im Frühjahr 1990 bekam auch das DB-Zentralamt Minden einzelne Triebköpfe zugeteilt: so weilte der Triebkopf 401 508 Mitte April für Wankwinkelversuche und Bestimmung des Ausdrehwiderstands der Drehgestelle in Minden.

Trotz des dichtgedrängten Versuchsvorhabens und des zeitkritischen Lieferplans bestanden die Herstellerfirmen darauf, einen Triebkopf aus der laufenden Serienfertigung auf der Hannover-Messe Industrie 1990 präsentieren zu können – schließlich hofft man seitens der Industrie auch auf ausländisches Interesse am Schnellverkehrssystem ICE. Anfang Mai 1990 waren dann sogar zwei Triebköpfe auf der Hannover-Messe zu sehen, und zwar 401 016 aus der Fertigung bei Krupp und 401 017 von Thyssen-Henschel.

### *Abnahme der Triebzüge*

Nach Güteprüfungen im Herstellerwerk und der Teilabnahme der Triebköpfe erfolgten im Ausbesserungswerk Nürnberg die «Fertigungsendprüfung» und die Abnahme. Die in Opla-

121

122

***121/122*** *Nach ihrer Ablieferung wurden die ICE-Triebköpfe dem Aw Opladen zur «Teilendprüfung» zugeführt. Dort waren Ende März 1990 bereits über 20 Triebköpfe eingetroffen.*

123

***123*** *Vor der Verbindung mit den Mittelwagen ist noch ein Blick auf die Rückseite der Triebköpfe mit dem Wagenübergang möglich: 401 017, 514 und 010 am 13. August 1990 in Opladen.*

124

den getesteten Triebköpfe wurden in Nürnberg erstmalig mit Mittelwagen zu vollständigen Triebzügen zusammengestellt. Die endgültige Triebzugbildung sollte jedoch erst im ICE-Bw Hamburg erfolgen; in Nürnberg wurde mangels passender Wagen zunächst nur eine grobe Zusammenstellung vorgenommen, wobei für jeden Zug ein BSmz-Wagen wegen der Rechnerzentraleinheit vorzusehen war. Bei den ersten Zügen dauerte die Abnahme der Züge bis zu fünf Wochen, danach konnte sie auf maximal zehn Arbeitstage reduziert werden.

Der Arbeitsplan sah für den ersten Tag vor, die dem Aw zugeführten Einzelfahrzeuge nach Sichtprüfungen von Inneneinrichtung, Laufwerk und Antrieb zu zwei Halbzügen zu kuppeln und die beiden Endmittelwagen über ein Diagonalkabel zu verbinden. Die Bildung zweier Halbzüge war wegen der begrenzten Hallenlänge erforderlich. In den drei folgenden Tagen stand die Überprüfung der Regel- und Steuerelektronik sowie der Bremsen und der Notbremsüberbrückung auf dem Programm. Am fünften Tag waren weitere Funktionsprüfungen durchzuführen, nachdem beide Halbzüge zu einem Ganzzug gekuppelt worden waren. Eventuell aufgetretene Mängel konnten dann am nächsten Tag während der Vorbereitungen zur ersten Probefahrt erfolgen. Nach der Probefahrt, bei der gleichzeitig die Leistungsdaten des Zuges ermittelt wurden, war ein weiterer Tag vorgesehen, um Störungen zu beheben. Am neunten Tag schließlich sollte der Zug

***124*** *Zu den ersten Meßfahrten zählt bei neuen Fahrzeugen die Ermittlung von Störströmen, die von den Fahrzeugen auf ortsfeste Einrichtungen wirken können. Diese Fahrten finden immer zwischen Straubing und Straßkirchen an der Strecke Regensburg–Passau statt. Von 218 225 gezogen rollt die Meßeinheit am 28. März 1990 am Straubinger Stellwerk vorbei zur nächsten Meßfahrt zurück nach Straßkirchen.*

endgültig zusammengestellt sowie mit Betriebsstoffen versehen werden. Mangelhafte Fahrzeuge wurden dabei aus dem Zugverband genommen und erneut der Teilendprüfung unterzogen oder dem Herstellerwerk überstellt. Den Abschluß bildete eine Abnahmefahrt mit der Höchstgeschwindigkeit von 280 km/h, die auf dem Schnellfahrabschnitt Würzburg–Fulda durchgeführt wurde.

Nach den Planungen der ICE-Projektleitung sollte im Juli 1990 in Nürnberg damit begonnen werden, Triebzüge zusammenzustellen und abzunehmen. Bereits im Juni waren zwei Triebköpfe zur Probezerlegung in Nürnberg eingetroffen. Gemäß dem Versuchsprogramm für die Betriebseinführung wurden ab August zunächst drei Kurzzüge und sieben längere Triebzüge unterschiedlicher Konstellation gebildet. In einem abgestimmten Plan wurden die beiden Stände des Aw Nürnberg belegt, von den ersten Triebzügen noch bis zu fünf Wochen lang, ab November 1990 dann nur noch für jeweils zwei Wochen, nachdem bereits wichtige Erfahrungen gesammelt worden waren.

**125** *Meßfahrten stellen oft ungeliebte Einsätze dar, weil sie auf stark belasteten Strecken eine erhebliche Störung des normalen Betriebs bedeuten. Auf dem vergleichsweise wenig befahrenen Abschnitt Straubing–Straßkirchen ist dies allerdings kein Problem, so daß auch die Vorbeifahrt von EC 21 «Franz Liszt» an 401 501/401 505 in Straßkirchen keine Affäre war.*

Je nach Auslieferung der Mittelwagen wurden ab August 1990 die ersten zehn Triebzüge für die Betriebseinführung und ab Dezember 1990 «normale» ICE-Triebzüge zusammengestellt, wobei die Speisewagen wegen Lieferverzögerungen meist später eingestellt wurden. Der Belegungsplan des Aw Nürnberg sah die Auslieferung des 25. Triebzuges, der für die erste ICE-Linie noch unbedingt benötigt wurde, erst eine Woche vor Fahrplanwechsel im Mai 1991 vor.

Wegen Überlastung des Aw Nürnberg wurde im Sommer 1990 das Bahnbetriebswerk Ingolstadt als Außenstelle des Aw herangezogen, wo die Herstellerfirmen Nacharbeiten an den Fahrzeugen vornehmen konnten.

### *Die «Dummy»-Züge*

Da die ersten ICE-Mittelwagen erst im Sommer 1990 geliefert werden konnten, Meßfahrten eines kompletten Zuges jedoch so früh wie möglich stattfinden sollten, begann Ende Februar 1990 in Opladen die Zusammenstellung von zwei sogenannten «Dummy»-Zügen. Ein Zug bestand aus elf ausgesonderten Liegewagen, der andere aus zehn IC-Abteilwagen der Bauart Bm 235 sowie einem Meßwagen. Zusammen mit zwei Triebköpfen konnte so bereits das Fahrverhalten eines vollständigen Zuges unter Last simuliert werden. Die ehemaligen Reisezugwagen erhielten u. a. eine durchgehende Steuerleitung, die im ICE als Lichtwellenleiter ausgebildet ist, sowie an den Endwagen die Scharfenberg-Kupplung der ICE-Triebköpfe. Erste Fahrten des «Dummy»-Zuges mit den Triebköpfen 401 005 und 006 fanden Ende März 1990 zwischen Hamm und Bielefeld statt. Im April folgten dann hauptsächlich Standversuche mit 401 002 und 003 in Minden. Mit den «Dummy»-Wagen wurden im September 1990 auch die ersten Testfahrten mit den beiden GTO-Triebköpfen 401 051 und 551 zwischen Würzburg und Fulda durchgeführt. Dabei wurde zeitweise für bestimmte Versuchsreihen die Schnellfahrlok 752 001 (ehemalige 120 001) in der Mitte des Zuges eingereiht. Im Oktober wurden die «Dummy-Wagen» dieses Probezuges durch inzwischen ausgelieferte Mittelwagen ersetzt.

*__126__ Die ersten ICE-Mittelwagen standen ab August 1990 zur Verfügung, so daß es bis Herbst 1990 dauerte, bis vollständige Züge in Fahrt kamen. Als elfteilige Garnitur waren 401 001 und 401 501 im Oktober 1990 zwischen Fulda und Würzburg unterwegs. Die Aufnahme entstand am 15. Oktober 1990 bei Zellingen.*

ICE

**127** *Ein «Dummy»-Zug mit den beiden GTO-Triebköpfen 401 051 und 551 auf der Bartelsgraben-Talbrücke bei Zellingen: Meßfahrt von Würzburg nach Mottgers am 27. September 1990.*

**128** *Eine eigenwillige Zusammenstellung: Vier Übergangs- und Zwischenwagen sowie ein Güterwagen liefen zwischen den beiden Triebköpfen 401 016 und 516 als Dsts 83722 von Opladen nach Kassel (Aufnahme am 8. August 1990 bei Eberschütz).*

127

### Meß- und Probefahrten

Waren in der ersten Jahreshälfte 1990 nur hier und da einzelne ICE-Triebköpfe auf Probefahrten anzutreffen, meist in der Umgebung des Aw Opladen oder zwischen Hamm und Bielefeld, verstärkten sich die Aktivitäten ab Sommer 1990 erheblich, als schon eine größere Anzahl funktionstüchtiger Triebköpfe zur Verfügung stand und die ersten Mittelwagen ausgeliefert waren. Von nun an gab es eine Fülle von Überführungs-, Meß- und Probefahrten zwischen den Herstellern der Triebköpfe in Essen, Kassel und München, den Herstellern der Mittelwagen in Krefeld, Berlin, Salzgitter, Nürnberg und Donauwörth, den Ausbesserungswerken Opladen und Nürnberg, dem ICE-Betriebswerk in Hamburg und den Zentralämtern bzw. Versuchsanstalten der DB in Minden und München. Meist genutzte Teststrecken waren die Neubaustrecke Fulda–Würzburg und der Abschnitt Hamm–Bielefeld.

Im August 1990 begann im Aw Nürnberg die Bildung der Triebzüge für das Programm der «Betriebseinführung» (BE). Drei sogenannte Kurzzüge und sieben längere Triebzüge wurden nach und nach mit einer unterschiedlichen Anzahl von Mittelwagen zusammengestellt. Ein Teil der Mittelwagen war noch ohne Sitze, um Meßgeräte unterbringen zu können. Die drei Kurzzüge erhielten je zwei Mittelwagen, die Langzüge zwischen 9 und 14 Mittelwagen. In einem eng verzahnten Versuchsprogramm waren für die einzelnen Betriebseinführungszüge u. a. folgende Versuche und Prüfungen vorgesehen:

1. Kurzzug:
   - Bremstechnische Stand- und Fahrversuche
   - Kuppeln und Entkuppeln von Mittelwagen
   - Freigängigkeit im Gleisbogen
   - Wartung der Kupplung
   - Erprobung der Übergangskupplung

2. Kurzzug:
   - Erstschulung Bordtechniker
   - Erstschulung Zugbegleiter
   - Seminar für Lehrkräfte und Ausbilder

3. Kurzzug:
   - Schulung der Triebfahrzeugführer auf Mittelwagen
   - Erprobung des Sicherheitskonzepts
   - Ausbildung der Lehrlokführer
   - Erprobung der Tätigkeiten im ICE-Bw

Nach dem Ende der jeweiligen Programme wurden die Kurzzüge im Rahmen der endgültigen Inbetriebnahme im Aw Nürnberg zu vollständigen Zügen zusammengestellt.

128

Mit den beiden ersten Triebköpfen 401 001 und 501 fanden im Juni und Juli 1990 vor allem auf der Neubaustrecke Fulda–Würzburg Fahrmotor- und Antriebsversuche statt, wobei ständig ein oder zwei Meßwagen und die Schnellfahrlok des BZA Minden, 750 003 (ehemalige 103 222), mitliefen. Danach wurden beide Triebköpfe im August in Nürnberg zum ersten längeren Triebzug zusammengestellt, der im September mit neun Mittelwagen sein Versuchsprogramm begann:

1. Triebzug:
   - Kurzstreckenfahrten Fulda–Würzburg
   - Stromabnehmermessungen
   - Automatisches Aufrüsten
   - Dauerfestigkeit eines Triebkopf-Drehgestells
   - Druckschwankungen im Batteriekasten

Anschließend folgten im Oktober 1990 die Zulassungsfahrten für die Höchstgeschwindigkeit von 280 km/h. Ähnlich wie bei den Streckenabnahmefahrten wurde die Geschwindigkeit im Laufe der Versuche stufenweise gesteigert, bis die Prüfgeschwindigkeit 310 km/h, d. h. Höchstgeschwindigkeit + Sicherheitsreserve 10 %, erreicht war. Der zweite Versuchsblock für den 1. Triebzug sah folgende Prüfungen vor:

- Optimierung der Automatischen Fahr- und Bremssteuerung (AFB)
- Aerodynamische Wirkungen bei Tunnelfahrten
- Bugwelle an Gegenzügen
- Druckdichtigkeit

Die Fahrten fanden wiederum zwischen Fulda und Würzburg statt, im November als Begegnungsfahrten mit einem Güterzug als zweitem Meßzug. Anschließend fanden bis April 1991 weitere Aktivitäten statt:

- Kurzstreckenfahrten auf Ausbaustrecken und im Altnetz, inklusive Stromabnehmermessungen
- Langstreckenfahrten im IC-Netz
- Lauftechnische Zulassung im IC-Netz
- Kurzstreckenfahrten mit Speisewagen auf der Schnellfahrstrecke Fulda–Würzburg
- Güterzugbeanspruchungen bei ICE-Begegnungen

Der zweite Triebzug sollte vor allem unter «Echtbedingungen» im «Verschärften Betriebseinsatz» getestet werden:

2. Triebzug:
   - LZB-Versuche bis 280 km/h
   - Überprüfung des Fahrgast-Informations-Systems (FIS)
   - Schulung des DSG-Personals (April 1991)

129

130

Der «Verschärfte Betriebseinsatz» begann Mitte November 1990 mit einer neun Mittelwagen umfassenden ICE-Garnitur, die später auf 12 Mittelwagen aufgestockt wurde. Mehrere Monate lang pendelte dieser Zug täglich zwischen Hamburg und Olching bei München.

Das Programm der weiteren Triebzüge sah vor:

3. Triebzug:
   - Nachweis Z/V- und B/V-Diagramm (Zugkraft/Bremskraft-Geschwindigkeits-Diagramme)
   - Erwärmungsmessungen
   - Rückspeiseverhalten der Netzbremse
   - Simulation von Teilausfällen
   - Schleuder- und Gleitschutz
   - Überspannung 19 kV/10 min
   - Oberstrombegrenzung

4. Triebzug (Triebzug mit den beiden ersten GTO-Triebköpfen 401 051/551):
   - Oberschwingungsverhalten bis 280 km/h
   - Beeinflussungstechnische Zulassung bis 280 km/h
   - Funktionsprüfung und Abnahme der Waschanlage ICE-Bw Hamburg
   - Z/V- und B/V-Diagramm für GTO-Triebköpfe
   - Erwärmungsmessungen mit GTO
   - Rückspeiseverhalten der Netzbremse mit GTO
   - Simulation von Teilausfällen mit GTO
   - Schleuder- und Gleitschutz mit GTO
   - Überspannung 19 kV/10 min mit GTO

5. Triebzug:
   - Zugdynamische Versuche (Längskräfte, Fahrkomfort)
   - Bogenfahrten, Überprüfung des Übergangs
   - Überprüfung des $Z^{max}$/V-Verhaltens (maximale Zugkraft)

Die Bogenfahrten, d. h. Fahrten durch kleine Radien mit überhöhter Geschwindigkeit, fanden u. a. Ende November und Anfang Dezember 1990 zwischen Donauwörth und Otting-Weilheim sowie zwischen Steinach und Lehrberg an der Strecke Würzburg–Ansbach statt.

***129*** *Die beiden ersten ICE-Triebköpfe wurden im Juli 1990 auf der NBS zwischen Mottgers und Würzburg Fahrmotorversuchen unterzogen. Mit der Schnellfahrlok 750 003 im Schlepp überqueren 401 001 und 501 gerade die Mittelsinn-Talbrücke.*

***130*** *Im Oktober 1990 waren die ICExpreß-Triebzüge noch ein ungewöhnlicher Anblick und versetzten die Betrachter allenthalben ins Staunen. Mit der Umstellung auf den Sommerfahrplan 1991 werden sie dann rasch zum gewohnten Bild auf deutschen Schienen gehören. Der Abschnitt Fulda–Würzburg, auf dem der Fotograf den 401 001 am 15. Oktober 1990 bei Dittenbrunn abpaßte, wird allerdings erst ab Ende 1991 mit der Umstellung der Linie Hamburg–Würzburg–München planmäßig befahren werden.*

6. Triebzug:
   - Funktionsprüfung der ICE-Diagnose
   - Datenübertragung
   - Erprobung und Optimierung der Diagnoseeinrichtungen, der Leittechnik und Datenfernübertragung
   - Funktionsprüfung und Abnahme der Waschanlage München (März/April 1991)
   - Überprüfung des $Z^{max}$/V-Verhaltens

Ein Test der Datenübertragung erfolgte Ende September 1990, als der aus dem Triebkopf 401 012, einem Übergangs-, einem Meßwagen und der BZA-Lok 752 002 bestehende Meßzug zwei Tage nach Hannover kam und im dortigen Hauptbahnhof die Funkübertragung von Diagnosedaten nach Hamburg-Eidelstedt probte.

7. Triebzug:
   - Arbeitsabläufe im ICE-Bw
   - Ein- und Ausbau von Fenstern
   - Probeaufgleisung
   - Einmessen von FIS-Diensten

Bei allen sieben Triebzügen der «Betriebseinführung» sollten Mitte Mai 1991 in Hamburg die richtigen Zugbildungen hergestellt werden, um sie in der letzten Woche vor dem Planbetrieb für Public-Relation-Veranstaltungen zu verwenden.

Weitere Triebzüge standen längere Zeit z. B. zum Testen von Arbeitsabläufen im ICE-Bw Hamburg oder für Elektronik-Schulungen in München zur Verfügung. Nach dessen offizieller Inbetriebnahme im September 1990 mußten in Hamburg bereits planmäßige Fristenarbeiten an den im Versuchsprogramm eingesetzten Triebzügen durchgeführt werden.

Nicht nur komplette Triebzüge, auch einzelne Mittelwagen wurden, vor allem im Herbst 1990, einem umfangreichen Testprogramm unterzogen, wie z. B.:

- Probezerlegung
- Bremsüberprüfung
- Prüfen der klima- und sanitärtechnischen Anlagen
- Versuche auf dem Rollprüfstand

Da unmittelbar nach Fahrplanwechsel 1991 alle verfügbaren Triebzüge für den planmäßigen Einsatz benötigt werden, sollte der Versuchsbetrieb erst nach Lieferung weiterer Triebzüge wieder aufgenommen werden. Im Herbst 1991 sind noch folgende Versuche durchzuführen:

- Ermittlung der Verbrauchswerte
- Messung der aufgenommenen und abgegebenen Leistung
- Messung des Laufwiderstandes
- Messung des Zugkraft/Geschwindigkeits-Verhaltens für die Fahrzeitermittlungslinie

# 5. ICE-Betriebswerk Hamburg

Mit der Einführung der neuen Zuggeneration ICExpreß begann die DB, auch im Instandhaltungsbereich neue Wege zu gehen. Da die hochtechnisierten ICE-Züge aus wirtschaftlichen Gründen möglichst große Laufleistungen erreichen sollen (je Zug ca. 480 000 km pro Jahr), müssen die Zeiten der notwendigen Unterhaltungs- und Wartungsarbeiten weitestgehend reduziert werden. Eine Projektgruppe der DB erarbeitete im Jahre 1986 ein Instandhaltungskonzept für die Anfang der neunziger Jahre vorhandenen 60 ICE-Züge. Als Standorte für ein neu zu erstellendes ICE-Bahnbetriebswerk kamen Hamburg und München in Frage. Die Tatsache, daß alle drei ICE-Linien in Hamburg beginnen und daneben auf dem Gelände des ehemaligen Rangierbahnhofs Hamburg-Eidelstedt eine ausreichend große Fläche zur Verfügung stand, führte letztlich zur Wahl von Hamburg als Standort der künftigen ICE-Bw-Kompaktanlage.

### *Fristen- und Revisionssystem*

Gegenüber dem herkömmlichen Zugbetrieb, bei dem Triebfahrzeuge und Wagen getrennt gewartet werden, wird der ICE als betrieblich unveränderbare Einheit betrachtet. Jeden Tag, zumindest jedoch alle 2000 km (später 2500 km), findet eine Laufwerkskontrolle (L) statt, bei der die Laufwerke, die Dachausrüstung und die Fahrgasträume überprüft werden. Gleichzeitig werden die WC-Behälter entsorgt, die Betriebsvorräte ergänzt (Frischwasser für die Wagen, Sand für die Triebköpfe) sowie der Restaurantwagen durch die DSG ver- und entsorgt. Bei der einmal wöchentlich durchzuführenden Nachschau (N), die an Stelle jeder sechsten Laufwerkskontrolle (d. h. nach 12 000 km) stattfindet, werden zusätzlich die Bremsanlagen überprüft. Für beide Instandhaltungsstufen (L und N) ist eine Standzeit von nur einer Stunde vorgesehen. Dagegen werden für die Fristenarbeiten (F 1 und F 2) acht Stunden benötigt. Die F 1 erfolgt nach 60 000 km; sie umfaßt eine Bremsenrevision, eine Laufflächenprofilmessung, Wartung der Klimaanlagen und Kücheneinrichtungen, Kontrolle der Batterien und der Türmechanik sowie eine Funktionsprüfung des Fahrgastinformationssystems. Anstelle jeder vierten F 1 oder nach 240 000 km wird eine F 2 durchgeführt, bei der zusätzlich Arbeiten an der LZB, der Indusi und den Zugbahnfunkeinrichtungen anstehen sowie eine Ultraschallprüfung der Antriebswellen. Außerdem wird der Zug gründlich gereinigt, die Radlager werden nachgefettet, die Wasserbehälter entkalkt sowie Heizungen und Türverriegelungen überprüft.

Bereits nach durchschnittlich 2,5 Jahren (bei herkömmlichen Triebfahrzeugen frühestens nach vier bis sechs Jahren) ist beim ICExpreß eine Revision, die höchste Instandhaltungsstufe, fällig. Dazu wird der betreffende Zug dem Ausbesserungswerk Nürnberg zugeführt.

131

***131*** *Von der unteren Arbeitsebene aus werden im ICE-Bw die Instandhaltungsmaßnahmen an den Laufwerken und die Entsorgung der Mittelwagen durchgeführt: Triebkopf 401 001 auf dem aufgeständerten Hallengleis.*

### *Planung und Konzeption der Bw-Anlage*

Für Planung und Bau des ICE-Bw Hamburg stand nur ein äußerst kurzer Zeitraum zur Verfügung, da der Eröffnungstermin des Hochgeschwindigkeitsverkehrs für 1991 bereits festgelegt war. Nach der Standortentscheidung erhielt die Bundesbahndirektion Hamburg im Mai 1987 den Planungsauftrag für das ICE-Bw, das zunächst für 41 Züge ausgelegt sein sollte, die für den Betrieb der IC-Linien 4 (Hamburg–München) und 6 (Hamburg–Frankfurt–Stuttgart–München) benötigt werden. Ausgehend vom Instandhaltungskonzept, das für die beiden unteren Instandhaltungsstufen L (Laufwerkskontrolle) und N (Nachschau) eine Standzeit im Bw von maximal einer Stunde vorsieht, war eine Anlage zu entwerfen, die eine weitgehende Verzahnung aller Arbeiten ermöglicht.

132

***132*** *Ein ICExpreß mit dem Triebkopf 401 501 an der Spitze verläßt nach erfolgter Untersuchung die Halle des ICE-Bw Hamburg-Eidelstedt.*

133

***133*** *Ein Blick in den vorderen Bereich der ICE-Halle mit den Arbeitsebenen für die Triebkopf-Instandhaltung.*

### *Bauliche Anlagen*

Das ICE-Bw liegt etwa 7 km nordwestlich des IC-Endbahnhofs Hamburg-Altona an der Strecke in Richtung Neumünster direkt neben dem bestehenden Bahnbetriebswerk Hamburg-Eidelstedt. An die Einfahrgruppe schließt sich nach Norden hin die 430 m lange achtgleisige Triebzughalle an, an deren Seite der 250 m lange Versorgungstrakt mit Werkstätten, Sozialräumen sowie dem Heizwerk liegt. Die Halle gliedert sich in drei Bereiche: den 364 m langen und 9 m hohen mittleren Teil für die ICE-Mittelwagen und beidseitig anschließend die 33 m langen und 13 m hohen Hallenbereiche für die Aufnahme der Triebköpfe. Dort ist jeweils ein quer verfahrbarer 2-Tonnen-Kran installiert, um größere Bauteile aus den Maschinenräumen entnehmen zu können.

Weiterhin befinden sich seitlich an der Triebzughalle die Unterflurdrehbank und die Triebdrehgestellwerkstatt sowie vor der Halle das Radsatzlager. Die Außenreinigungsanlage liegt nordwestlich der Halle neben dem Streckengleis aus Neumünster. Weichen und Signale im gesamten Bw-Bereich werden von einem modernen elektronischen Stellwerk gesteuert. Außerdem gehören zum Bw Straßen- und Wegeanlagen mit Parkplätzen, Grünflächen und ein 3000 Quadratmeter großes Regenwasserrückhaltebecken. Mehrere kleine Bereiche, die innerhalb des Geländes betrieblich nicht benötigt werden, blieben auch während der Bauphase unangetastet und werden später als sogenannte «Öko-Nischen» erhalten.

### *Arbeitsabläufe*

Das Fahrzeug-Diagnose-System der ICE-Triebzüge protokolliert alle auftretenden Störungen bereits während der Fahrt, so daß für einen auf Hamburg zulaufenden Zug schon in Hannover ein Störungstelegramm über Funk abgesetzt werden kann. Eine ergänzende Bestätigung erfolgt noch einmal von Hamburg-Altona aus, kurz vor der Überführungsfahrt. Somit können bestimmte Arbeitsabläufe im Bw bereits vor Eintreffen des Zuges vorbereitet werden.

Für eine Laufwerkskontrolle oder Nachschau fährt der Triebzug direkt in eines der acht prinzipiell gleich ausgestatteten Hallengleise, die Züge mit zwei Triebköpfen und bis zu 14 Mittelwagen aufnehmen können. Die Wartungsarbeiten erfolgen nun gleichzeitig von drei Ebenen aus. Der Hallenfußboden ist auf 2,40 m unter der Schienenoberkante (SOK) abgesenkt; beide Schienen sind auf Einzelstützen aufgeständert. Mit Arbeitshubwagen, die sich entlang von im Boden verlegten Linienleitern bewegen, können die ICE-Wagen von unten her inspiziert werden. Außerdem werden von dieser Ebene aus die Ver- und Entsorgungsleitungen (Wasser und WC) an die einzelnen Wagen angeschlossen.

Von der zweiten Ebene aus (1,20 m über SOK) erfolgen alle Arbeiten in den Fahrgasträumen, an Fenstern und Türen sowie die Versorgung des Restaurantwagens. Arbeiten am Wagendach können von der oberen Ebene (3,80 m über SOK) durchgeführt werden. Die mittlere Ebene besteht aus Stahlbeton-Pilzbühnen oder ist an die Hallendecke als Stahlgerüst angehängt.

In jedem Gleis sind 56 Gleisbrücken installiert, die sich seitlich ausschwenken lassen, so daß jeder Radsatz während eines Aufenthaltes in der Halle gewechselt werden kann. Das Radsatzwechselgerät ist in Luftkissentechnik ausgeführt worden und kann daher exakt unterhalb des Zuges plaziert werden. Vier zusätzliche Gleisbrücken ermöglichen das Wechseln eines Triebkopfdrehgestells, wofür allerdings mehr als eine Stunde benötigt wird.

Ist eine Standzeit von mehr als einer Stunde vorgesehen, z. B. bei nachts zu behandelnden Zügen, wird die Radsatz-Laufflächen-Diagnoseeinrichtung befahren, die mit Ultraschall Risse aufspürt, im Lichtschnittverfahren die korrekten Profilmaße prüft und mit einem Meßbalken Unrundheiten feststellen kann.

Die Außenreinigungsanlage wurde erstmals in geschlossener Form konzipiert, so daß die Züge komplett bei Außentemperaturen bis zu −5 Grad Celsius, die Fenster bis zu −15 Grad Celsius, gereinigt werden können. Mit der angeschlossenen Wasseraufbereitungsanlage können über 70 Prozent des Waschwassers zurückgewonnen und für den nächsten Waschdurchlauf wiederverwendet werden. Durchschnittlich alle zwei Tage soll jeder Triebzug die Waschanlage ansteuern, um ein optimales Erscheinungsbild zu gewährleisten.

Alle Arbeiten im Bw einschließlich der Arbeitsvorbereitung und der Fertigungsdisposition werden durch einen Betriebsführungsrechner unterstützt. Ein Material-Nummer-Erkennungssystem ermöglicht die schnelle Identifizierung von Bauteilen und die Bereitstellung von Ersatzteilen.

### *Baudurchführung und Inbetriebnahme*

Planerisch und bautechnisch stellt das ICE-Bw ein sehr anspruchsvolles Bauvorhaben dar. Dennoch wurde es in relativ kurzer Zeit verwirklicht. Nach nur neun Monaten Entwurfsplanung wurde im Mai 1988 mit dem Bau der Zufahrtstraße und der Freimachung des Baufeldes auf dem ehemaligen Rangierbahnhof Hamburg-Eidelstedt begonnen. Die Unterstützung durch den Hamburger Senat und die frühzeitige Beteiligung der Anwohner führten zu einem zügigen Abschluß des Planfeststellungsverfahrens, so daß am 20. Oktober 1988 die Grundsteinlegung für die Triebzughalle und das Versorgungsgebäude stattfinden konnte.

134

***134*** *Bei der offiziellen Einweihung des ICE-Bw Hamburg-Eidelstedt am 22. September 1990 hielt sich der ICExpreß noch etwas lichtscheu im Hintergrund. Zur Feier des Tages grüßt die kleine Lokparade mit 120 136, 240 001 und der Dampflok der Rendsburger Eisenbahnfreunde, 042 271.*

Die erweiterten Rohbauarbeiten des 300-Millionen-Projekts waren an eine aus zehn Firmen bestehende Arbeitsgemeinschaft (ARGE) vergeben worden. Den Umfang der Arbeiten verdeutlichen einige Zahlenwerte: 60 000 cbm Bodenaushub, 45 000 cbm Betoneinbau, 7500 t Stahleinbau sowie Verlegen von 16 km Gleis und 60 Weichen. Bereits nach 11 Monaten Bauzeit konnte am 27. September 1989 das Richtfest gefeiert werden – einen Tag nach dem «Roll-Out» des ersten Triebkopfes in München. Noch vor dem folgenden Winter wurde das Dach eingedeckt, so daß anschließend die umfangreichen Installationsarbeiten beginnen konnten. Nach dem ersten Besuch eines Triebkopfes im April 1990 wurde das Bw ab Juli 1990 schrittweise Gleis für Gleis in Betrieb genommen, um der Betriebsmannschaft als Testphase bis zur Aufnahme des Regelbetriebes noch einige Monate zum Einüben zur Verfügung zu stellen.

Die offizielle Inbetriebnahme der beiden ersten Gleise wurde am 22. September 1990 gefeiert. Vor den Augen zahlreicher Gäste rollte erstmals eine elfteilige ICE-Garnitur durch die Halle; zum Gruß ertönten dazu die Signalpfeifen der kleinen Fahrzeugparade vor der Halle (Dampflok 042 271 der Rendsburger Eisenbahnfreunde, MaK-Diesellok 240 001 und DB-120 136). Anschließend wurden einige der innerhalb einer Stunde durchzuführenden Instandhaltungsarbeiten an den beiden auf dem Nebengleis stehenden «Kurz-ICE» (zwei gekuppelte Triebköpfe und ein Triebzug mit einem Mittelwagen) demonstriert.

# 6. Instandhaltung im Ausbesserungswerk Nürnberg

Im Gegensatz zum bisher üblichen Verfahren – Trennung von Triebfahrzeugen und Wagen in der Instandhaltung – werden die ICExpreß-Triebzüge betrieblich als Einheit betrachtet, die normalerweise nicht getrennt wird. Bei der nach 1,2 Mio. km fälligen Revision, die wegen der hohen Laufleistungen bereits nach etwa 2,5 Jahren durchgeführt werden muß, sollen daher Triebköpfe und Mittelwagen im gleichen Ausbesserungswerk behandelt werden. Da die dafür notwendigen baulichen Anlagen in keinem Ausbesserungswerk (Aw) der DB vorhanden waren, mußte ein Aw ausgewählt werden, in dem die entsprechenden Umbauten getätigt werden konnten. Vor dem Hintergrund der Schließung des bisherigen Triebwagen-Aw Stuttgart-Bad Cannstatt und dem Ende der Triebwagen-Unterhaltung im Aw München-Freimann fiel die Wahl auf das Aw Nürnberg, das bisher nur für Diesellokomotiven und Dieseltriebwagen zuständig war.

### *Umbau des Aw Nürnberg*

Neben den Revisionen an Dieseltriebfahrzeugen werden im Aw Nürnberg seit 1987 auch elektrische Triebwagen unterhalten, in der Hauptsache die S-Bahn-Triebwagen der Baureihe 420. Die Behandlung von Kleinlokomotiven und Nebenfahrzeugen wurde Anfang 1989 an andere Ausbesserungswerke (Kassel und Bremen) abgegeben. Daraufhin konnten die seit 1987 geplanten Baumaßnahmen für die Instandhaltung der ICE-Triebzüge vollendet werden.

Wichtige Randbedingungen für das Konzept der ICE-Revision sind u. a.

- maximale Standzeit von 13 Arbeitstagen (auch bei Anstricherneuerung),
- gleichzeitige Behandlung von zwei Zügen,
- Versorgung der Triebköpfe mit 15 kV und der Mittelwagen mit 1 kV für die Funktionsprüfungen,
- zusätzliche Arbeitsstände für Bedarfsausbesserungen an Einzelfahrzeugen.

Die Anlagen sollten zunächst für insgesamt 60 ICE-Triebzüge ausgelegt werden, was umgerechnet etwa 25 Revisionen pro Jahr entspricht. Ein aus bis zu 14 Mittelwagen bestehender Triebzug wird im Aw in der Mitte getrennt, so daß auf 2 Gleisen je ein Halbzug bearbeitet werden kann. Dafür war es notwendig, die Richthalle zu verlängern, um sämtliche Arbeiten unter Dach durchzuführen. Zwischen den einzelnen Wagen war als Arbeitsraum ein Abstand von 2,50 m vorzusehen. Jeder Wagenkasten kann von stationären Unterflurhebeanlagen angehoben werden, nachdem die Drehgestelle gelöst worden sind. Bei Bedarf können auch ganze Fahrzeuge von den zwei Brückenkränen mit einer Tragkraft von jeweils 30 t gehoben und auf andere Standplätze umgesetzt werden. Daneben dienen die Kräne zur Montage und zum Transport größerer Bauteile der Triebköpfe.

Mit weiteren Umbauten im Aw Nürnberg wurden die Werkstattbereiche für Lauf- und Triebdrehgestelle sowie die Oberflächenbehandlungsanlagen an die ICE-Instandhaltung angepaßt. Die neuen Anlagen für die Anstricherneuerung bestehen aus dem Vorbereitungsraum, zwei Lackierkabinen, einem Trockenraum und einem Nacharbeitsstand. Planerisch berücksichtigt wurde dabei bereits, zu einem späteren Zeitpunkt die Instandhaltung von 120 ICE-Triebzügen durchführen zu können. Dafür müßten zwei weitere Hallengleise hergerichtet werden.

### *Durchführung einer Revision*

Um die kurze Standzeit von nur 13 Arbeitstagen für eine Revision einhalten zu können, mußte ein genaues Betriebsprogramm erstellt werden, das die zahlreichen Einzeltätigkeiten

135

***135*** *Mit früheren Wagenübergängen nicht mehr zu vergleichen sind die Übergänge der Mittelwagen des ICExpreß. Neben den Annehmlichkeiten, die dies für die Reisenden mit sich bringt, ist aber das An- und Abkoppeln der Wagen wesentlich zeitaufwendiger und komplizierter geworden.*

136

***136*** *Nach anfänglichen Verzögerungen lief ab November 1990 die Anlieferung der Mittelwagen und die Zusammenstellung der Triebzüge im Aw Nürnberg planmäßig. Im Vorfeld des Werkes standen am 26. November 1990 fast ein Dutzend Mittelwagen. Im Hintergrund ist die Abnahmehalle gut zu erkennen, die zu diesem Zweck in beide Richtungen verlängert wurde.*

137

***137*** *Vor über dreißig Jahren waren sie die Stars: Die Wagen des Dieseltriebzuges VT 11.5 boten einen ungekannten Komfort und begeisterten von innen wie außen durch gefälliges Design, zeitlose Eleganz und ein ungewöhnliches Erscheinungsbild. Ob der ICExpreß ihnen dies gleichtun wird?*

koordiniert. Ein ankommender Zug fährt mit eigener Kraft in das Aw und wird vom nachlaufenden Triebkopf in die Richthalle geschoben. Dann wird der Zug in der Mitte getrennt und der zweite Teil auf das Nebengleis rangiert. Die einzelnen Wagen werden entkuppelt und auf einen Arbeitsraumabstand von 2,50 m auseinandergezogen.

Zunächst werden alle Drehgestelle von den Triebköpfen und Mittelwagen gelöst und nach Anheben der Wagenkästen aus der Halle über die Schiebebühne in die Drehgestellwerkstatt gefahren, die sich direkt neben der Haupthalle befindet. Obwohl die Instandhaltung der Trieb- und Laufdrehgestelle innerhalb der Verweilzeit des Zuges im Aw möglich wäre, wird ein Tauschbestand von Drehgestellen zur zeitlichen Entlastung vorgehalten.

Nun können die weiteren Arbeitsschritte beginnen, die für eine Revision je nach Bedarf eingeplant sind:

- Ausbau und Instandsetzung der Stromabnehmer, elektrischen Steuerungen und Zug- und Stoßeinrichtungen der Triebköpfe,
- Ausbau und Instandsetzung der Klimaanlagen, Bremsteile, Zug- und Stoßeinrichtungen und Batterien bei den Mittelwagen,
- Tausch der Transformatoren und der Bremsteile bei den Triebköpfen,
- Instandsetzung von Beleuchtung, Türen und Übergängen,
- Vermessung der Rahmen und Wagenkästen,
- Entrosten, Spachteln, Schleifen und Lackieren von schadhaften Oberflächenstellen.

Wenn die instandgesetzten oder getauschten Teile wieder eingebaut worden sind, wird eine Bremsabschlußprüfung der einzelnen Fahrzeuge sowie eine Teildruckprobe durchgeführt. Mit mobilen elektrischen «Prüffeldern» können bei einer Spannung von 1000 V die elektrischen Systeme der Mittelwagen geprüft werden: Fahrgast-Informations-System, Diagnose-System und Lichtwellenleiter, Klimaanlage, Druckschutz, Wasser-Heizeinrichtung und Türsteuerung. Die Stromversorgung für die 15-kV-Hochspannungsprüfung der Triebköpfe erfolgt mittels beweglicher Fahrleitungsstücke, die mit Kränen über die Triebköpfe geschoben werden können.

Nach Prüfung der Einzelfahrzeuge werden die beiden Halbzüge wieder gekuppelt und die beiden letzten Mittelwagen über ein Diagonalkabel miteinander verbunden. Danach erfolgt die Hochspannungsprüfung des ganzen Zuges, wobei das Zusammenwirken aller Komponenten getestet wird. Den Abschluß der Revision bildet eine Probefahrt mit Höchstgeschwindigkeit.

# 7. Der Mehrsystemtriebzug ICE-M

Die Fahrzeuge der bis Ende 1991 auszuliefernden ersten Serie von 41 ICE-Garnituren werden zusammen mit den im Spätsommer 1990 bestellten weiteren 19 Zügen auf den drei nationalen InterCity-Linien zwischen Hamburg und München (über Frankfurt/Stuttgart bzw. Würzburg) sowie Hamburg und Basel eingesetzt. Dabei können einzelne Zugläufe wegen der im wesentlichen gleichen Signal- und Stromsysteme bis in die Schweiz oder nach Österreich verlängert werden.

Für einen Einsatz im künftigen europäischen Hochgeschwindigkeitsverkehr müssen jedoch besondere Fahrzeuge beschafft werden, die die verschiedenen Randbedingungen der einzelnen Bahnen bei Stromsystem, Signaltechnik und Lichtraumprofil berücksichtigen. Nachdem die Entwicklung des IC-Experimental abgeschlossen war, begannen bereits 1986 erste Vorarbeiten für eine zweite Entwicklungslinie neben dem nationalen IC-Expreß, dem europaweit einsetzbaren Mehrsystemzug ICE-M, der bei der DB die Baureihenbezeichnung ET 411/811 tragen wird.

### *Rahmenbedingungen für die Entwicklung*

Meist in der historischen Entwicklung begründet, werden bei den europäischen Bahnen heute mehrere unterschiedliche Bahnstromsysteme und Sicherungstechniken verwendet. Während in Deutschland, Österreich und der Schweiz mit 15 kV und 16⅔ Hz Wechselstrom gefahren wird, gibt es in Belgien, Italien und den Niederlanden Gleichstrom mit 3000 bzw. 1500 V. In Frankreich sind sowohl ein Wechselstromnetz (25 kV, 50 Hz) als auch ein Gleichstromnetz (1500 V) vorhanden. Ebenso unterschiedlich sind auch die Bauarten der Fahrleitungen und Stromabnehmer sowie der Signal- und Sicherungseinrichtungen.

Die Französischen Staatsbahnen (SNCF) geben für ihre Schnellfahrstrecken eine Begrenzung der statischen Radsatzlast von 170 kN vor, was zu einem maximalen Triebkopfgewicht des ICE-M von 68 t führt. Andere Bahnverwaltungen lassen höhere Radsatzlasten zu, so daß je nach Einsatzfall mehrere Varianten von ICE-M-Triebköpfen denkbar sind. Gleiches gilt für die Fahrzeugbreite: Mit Ausnahme von Frankreich setzten sich schon mehrere Bahnen für eine Vergrößerung der Fahrzeugprofile und damit für einen höheren Komfort in den Fahrgastwagen ein.

### *Einsatzmöglichkeiten und Triebzugkonzept*

Um alle europäischen Netze befahren zu können, sollen im Jahr 1993 nach Auslieferung der 60 ICE-Garnituren zunächst zwei oder drei Prototypen als Viersystem-Variante gebaut werden, die auch die niedrige Achslast der SNCF mit 170 kN einhalten. Die später folgenden Serienzüge werden jedoch aus Wirtschaftlichkeitsgründen als 2-Systemzüge (15 bzw. 25 kV Wechselstrom) oder 3-Systemzüge (15 kV Wechselstrom, 3000/1500 V Gleichstrom) ausgeführt. Denkbare Einsatzstrecken wären dann z. B. Brüssel–Warschau, Amsterdam–Wien, Frankfurt–Italien oder Paris–Wien–Budapest. Nach der Erprobung der Prototypen werden die ersten Serienzüge etwa 1995 folgen, so daß vollständige europäische Linien in der zweiten Hälfte der 90er Jahre in Betrieb gehen können.

Wie beim ICExpreß dienen dem ICE-M zwei Triebköpfe als Antriebseinheit für allerdings nur 6 Mittelwagen, in denen maximal 370 Fahrgäste Platz finden. Wegen seiner Länge von 200 m können auch zwei Triebzüge gekuppelt werden, ohne die üblichen Bahnsteiglängen von 400 m zu überschreiten.

### *Triebköpfe*

Kastenstruktur und Drehgestelle können direkt vom ICExpreß-Triebkopf übernommen werden, lediglich bei der Variante des ICE-M mit maximal 170 kN Radsatzlast wird ein Teil der elektrischen Anlagen ausgelagert und der Triebkopf um etwa 1 m verkürzt. Wie bei der ICExpreß-Serie wird auch der ICE-M-Triebkopf in Drehstrom-Asynchrontechnik mit GTO-Stromrichter und Digitalsteuerung ausgeführt. Allerdings wurde die installierte Leistung wegen der geringeren Anzahl der Mittelwagen von 4,8 MW (IC-Expreß) auf 3,6 MW Dauerleistung zurückgenommen. Die Höchstgeschwindigkeit beträgt 300 km/h in Wechselstromnetzen und 220 km/h in Gleichstromnetzen, da dort die Motorleistung geringer ist.

Da die Züge nur über sechs Mittelwagen verfügen, müssen die Triebköpfe im Gegensatz zum IC-Expreß mit einer durchgehenden Hochspannungsleitung verbunden werden, weil bei entsprechender Kontaktgüte zur Oberleitung keine zwei Stromabnehmer in so kurzem Abstand am Draht sein dürfen.

Der Führerraum des ICE-M wird um weitere Anzeige- und Bedieneinrichtungen für die ausländischen Sicherungssysteme ergänzt.

*__138__ Die wartenden Fahrgäste staunten nicht schlecht, als kurz vor ihrem IC nach Frankfurt ein noch unbekannter neuartiger Zug am Bahnsteig einlief. «Bitte nicht einsteigen» tönte die Lautsprecherdurchsage, und nach kurzem Halt verließ der ICExpreß als Dienstsonderzug 16807 (Hamburg–München) den Hauptbahnhof Hannover (14. November 1990).*

*__139/140__ Im Oktober 1990 waren schon häufiger nahezu vollständige ICE-Garnituren zu beobachten, vor allem zu Abnahme- oder Meßfahrten auf der Neubaustrecke Fulda–Würzburg. Bei Dittenbrunn war am 15. Oktober 1990 ein Zug mit dem Triebkopf 401 501 an der Spitze in Richtung Fulda unterwegs, am Nachmittag des gleichen Tages der erste GTO-Triebzug mit den Triebköpfen 401 051/551 auf der Bartels-Graben-Talbrücke bei Zellingen.*

*__141__ Eine ICE-Garnitur pendelte ab November 1990 fast täglich zwischen Hamburg und München, um den Zug mit hohen Laufleistungen einem «Härtetest» zu unterziehen. Die Fahrten verliefen jedoch zwischen Hannover und Würzburg noch über die alte Nord-Süd-Strecke. Die Aufnahme entstand am 25. November im Leinetal bei Freden.*

138

139

140

141

### *Mittelwagen*

Auch das Konzept der Mittelwagen wird weitgehend vom IC-Expreß übernommen. Allerdings müssen die «Sitzteiler», die Abstände der Bestuhlung, wegen der international vereinbarten Platzzahl von 377 Reisenden, davon 114 in der 1. Klasse, etwas enger gestaltet werden. Statt eines Speisewagens erhält der ICE-M einen Bistro-Wagen, der sich an dem bei den SNCF üblichen Verpflegungskonzept orientiert.

Die Stromversorgung wird von der bei der DB üblichen 1000-V-Zugsammelschiene auf 440 V umgestellt und für den Zug je zur Hälfte durch die beiden Triebköpfe gedeckt. Die schon beim ICExperimental erprobten luftgefederten Drehgestelle werden – eventuell in weiterentwickelter Form aus Faserverbundwerkstoffen – auch beim ICE-M zur Verwendung kommen.

Zwei Prototyp-Drehgestelle aus Faserverbundwerkstoffen sind bereits in einem zweijährigen Betriebseinsatz im IC-Dienst erfolgreich erprobt worden. Da bei diesen Drehgestellen die Gesamtmasse des Laufwerks geringer ist, werden Energieverbrauch, Lärmemissionen und Verschleiß vermindert. Gleichzeitig werden bis in höchste Geschwindigkeitsbereiche die Laufstabilität verbessert und die dynamischen Belastungen des Oberbaus reduziert.

***142*** *Erstklassig in ein neues Bahnzeitalter – es bleibt zu hoffen, daß der ICE die in ihn gesetzten Erwartungen erfüllt.*

142

# Schlußbetrachtung

Wie von allen epochalen Neuentwicklungen geht auch vom Schnellverkehrssystem ICE und darunter vor allem von den Triebzügen eine ganz besondere Faszination aus. Bei allem Respekt für die technischen Leistungen sollte dies dennoch den Blick für eine kritische Betrachtung nicht verstellen. Am Schluß dieses Buches seien daher noch einige Anmerkungen zum System ICE erlaubt.

Ein Vierteljahrhundert verging in der Bundesrepublik zwischen den ersten ernsthaften Überlegungen für einen Hochgeschwindigkeitsverkehr auf der Schiene und dessen Realisierung. Trotz vieler Goodwill-Bekundungen der Verantwortlichen für die Schiene markierten zahlreiche Rückschläge den Weg bis zum InterCityExpreß der Deutschen Bundesbahn. Immer wieder scheiterten die Anläufe am Geld, verschiedentlich wurde die Eisenbahn aber auch schlicht im Stich gelassen.

Häufig wird von den Verfechtern eines Schnellbahnsystems auf die Französischen Staatsbahnen (SNCF) verwiesen, die mit dem TGV binnen kürzester Zeit ein erfolgreiches Schnellbahnnetz geschaffen haben. Leider wird oftmals vergessen, auch auf die mit Deutschland kaum zu vergleichenden Umstände hinzuweisen, die die schnelle Verwirklichung des TGV-Systems in unserem Nachbarland ermöglichten. Dabei springt nicht nur das politische Wohlwollen ins Auge, das der SNCF entgegengebracht wird, sondern auch das hierzulande immer ausgeprägter anzutreffende Sankt-Nimmerleins-Prinzip: Im Grunde ist eine Schnellbahn schon gut, aber keinesfalls vor meiner Haustür und schon gar nicht ohne Bahnhof in nächster, aber nicht störender Nähe.

Die Unterstützung der Bahn durch die Politik war hierzulande immer sehr zögerlich und reichte gerade zur Bewältigung aktueller Probleme aus – nie aber dazu, zukunftsweisende Aufgaben anzupacken. Die Chance, sich zu einem modernen, wettbewerbsorientierten Dienstleistungsunternehmen weiterzuentwickeln, das arbeitsteilig im Rahmen seiner Vorteile in ein Gesamtsystem Verkehr eingebunden ist, hat die Bahn damit nie erhalten. Auch heute, in einer Zeit des Stimmungsumschwungs zugunsten der Bahn, wird keine entschieden neue Verkehrspolitik sichtbar. Von der vielbeschworenen Chancengleichheit ist gerade im Bereich Verkehr wenig zu sehen. So ist es auch nicht verwunderlich, daß der Einzelne dem Unternehmen Bahn eher skeptisch gegenübersteht.

Die Crux, unter der auch der Hochgeschwindigkeitsverkehr in der Bundesrepublik leiden wird, ist, daß von einem verkehrspolitischen Gesamtkonzept, in das er eingebettet werden müßte, nur sehr wenig zu erkennen ist. Zwar wird das Spitzenangebot InterCityExpreß die Bahn gegenüber dem Auto und dem Flugzeug konkurrenzfähiger machen, doch sind auch in den übrigen Angebotsbereichen des Fern- und Nahverkehrs Verbesserungen notwendig. Die Schere zwischen dem schnellen ICE und dem langsamen Regionalverkehr wird immer größer. Der Zeitvorteil, 300 Kilometer in weniger als zwei Stunden zurückzulegen, verfliegt wieder, wenn man für die letzten 50 Kilometer der Reise noch einmal die gleiche Zeit benötigt. Die ersten Ansätze mit Taktfahrplan, CityBahnen, abgestimmten Umsteigeverbindungen und Verbesserungen an Strecken und beim Fahrzeugmaterial weisen in die richtige Richtung, doch drohen auch sie schon wieder in den Ansätzen steckenzubleiben – dies erst recht, wenn die Wiedervereinigung der Bahnen die Frage nach den kommenden Belastungen aufwirft.

Für die Zukunft ist bei Politik und Bahn ein grundlegendes Umdenken unvermeidlich. Bei zunehmenden Umwelt- und Energieproblemen werden auf das umweltfreundliche System Eisenbahn neue Aufgaben zukommen. Nicht weitere Geschwindigkeitsrekorde, die bei geringer Reisezeitverkürzung einen wesentlich höheren Energieverbrauch bedeuten, sondern der Transport möglichst vieler Reisender und Güter müssen das Ziel sein. Dies bedeutet auch, die Geschwindigkeiten der verschiedenen Zuggattungen für eine bessere Betriebsflüssigkeit anzugleichen. Das erfordert die Schaffung eines attraktiven und schnellen Güterverkehrs, kann aber auch den Schnellverkehr zu niedrigeren Geschwindigkeiten zwingen.

Steigerung der Kapazitäten lautet das Stichwort, das an die Stelle des unrealistischen Prinzips von hohen Einnahmen durch möglichst wenige Reisende treten sollte. Mit den heute vorhandenen Techniken LZB, RZÜ u. a. sind Leistungssteigerungen auf dem bestehenden Netz möglich. Neben der Entwicklung neuer Techniken sind die Kapazitäten bei Fahrzeugmaterial und vor allem Personal sicherzustellen. Daß gerade der Sparkurs der letzten Jahre zu unerträglichen Konsequenzen führen kann, ist 1990 offen zutage getreten und war dem teuer erkauften Image der Bahn nicht gerade förderlich.

Leider ziehen sich die Arbeiten an einer europaweiten Verknüpfung der Hochgeschwindigkeitsteilstrecken hin, so daß die Gefahr droht, daß die bestehenden Strecken die Fragmente eines großen Ganzen bleiben. Nur im Ausbau bestehender Strecken und der Verknüpfung der Netze kann eine wirkliche Lösung der anstehenden Verkehrsprobleme liegen. Und damit schließt sich der Kreis. Um diese Probleme zu lösen, benötigt die Bahn finanzielle wie moralische Unterstützung. Denn sie kann nur im Rahmen der von den Verantwortlichen getroffenen Entscheidungen wirksam zur Lösung der Verkehrsprobleme beitragen – damit der Aufruf zum Nachdenken und Umsteigen keine leere Worthülse bleibt!

# Anhang

## Abkürzungsverzeichnis

| | |
|---|---|
| ABB | Asea Brown Boveri |
| ABS | Ausbaustrecke |
| AFB | Automatische Fahr- und Bremssteuerung |
| AS | Altstrecke |
| Aw | Ausbesserungswerk |
| BMFT | Bundesministerium für Forschung und Technologie |
| B/V | Bremskraft-/Geschwindigkeits-(Diagramm) |
| BVWP | Bundesverkehrswegeplan |
| Bw | Bahnbetriebswerk |
| BZA | Bundesbahn-Zentralamt |
| DB | Deutsche Bundesbahn |
| DFVLR | Deutsches Forschungs- und Versuchszentrum für Luft- und Raumfahrt |
| DIAS | Diagnosesystem |
| ESTW | Elektronisches Stellwerk |
| ep-Bremse | elektro-pneumatische Bremse |
| FIS | Fahrgastinformationssystem |
| GTO | «gate-turn-off»-Thyristor |
| GWB | Gleiswechselbetrieb |
| HBU | Hilfsbetriebeumrichter |
| HGV | Hochgeschwindigkeitsverkehr |
| HOA | Heißläuferortungsanlage |
| H/V | Haupt-/Vorsignal-System |
| IC | InterCity |
| ICE | InterCityExpreß, InterCityExperimental |
| IR | InterRegio |
| INDUSI | Induktive Zugsicherung |
| IVA | Internationale Verkehrsausstellung |
| KIP | Koordiniertes Investitionsprogramm für Bundesverkehrswege |
| LF 16 | Löschfahrzeug LF 16 |
| LHB | Linke-Hofmann-Busch |
| LZB | Linienzugbeeinflussung |
| MAN | Maschinenfabrik Augsburg Nürnberg |
| MBB | Messerschmidt-Bölkow-Blohm |
| MFA | Modulares Führerraumanzeigegerät |
| MW | Megawatt |
| NBS | Neubaustrecke |
| ÖPNV | Öffentlicher Personennahverkehr |
| RhB | Rhätische Bahn |
| ROG | Raumordnungsgesetz |
| R/S-VD | Rad/Schiene-Versuchs- und Demonstrationsfahrzeug |
| R/S | Rad/Schiene |
| RW 2 | Rüstwagen RW 2 |
| RZÜ | Rechnergestützte Zugüberwachung |
| SBB | Schweizerische Bundesbahnen |
| SFS | Schnellfahrstrecke |
| Sifa | Sicherheitsfahrschaltung |
| SNCF | Société Nationale des Chemins de fer français (Französische Staatsbahnen) |
| SOK | Schienenoberkante |
| TFS | Tunnelfunksystem |
| TGV | Train à Grande Vitesse |
| UIC | Union Internationale des Chemins de Fer (Internationaler Eisenbahnverband) |
| UmAn | Umkoppelbare Antriebsmassen |
| VF | Versuchsfahrzeug |
| WEG | Westdeutsche Eisenbahngesellschaft |
| WER | Westliche Einführung der Riedbahn |
| WU | Waggon Union |
| z-gestellt | (von der Ausbesserung) zurückgestellt |
| ZSG | Zugsteuergerät |
| Z/V | Zugkraft-/Geschwindigkeits-(Diagramm) |
| ZÜ | Zugüberwachung |

## Literaturhinweise

Krummheuer:
InterCityExperimental
ELV-Verlag, München, 1986

Kurz:
Hochgeschwindigkeits-Triebzug ICE
Podzun-Pallas-Verlag, Friedberg, 1987

Münchschwander (Hrsg.):
Das Hochgeschwindigkeitssystem der Deutschen Bundesbahn
(Taschenbuch Schienenschnellverkehr 3)
R. v. Decker's Verlag G. Schenck, Heidelberg, 1990

Niedt:
Übergabe und Inbetriebnahme des ICE
Interest-Verlag, Kissing, 1987

Rahn, Hochbruck, Möller:
ICE – Zug der Zukunft
Hestra-Verlag, Darmstadt, 1985

Reimers, Linkerhägner:
Wege in die Zukunft – Neubau- und Ausbaustrecken der Deutschen Bundesbahn
Hestra-Verlag, Darmstadt, 1987

*Zeitschriften:*

Die Bundesbahn, Hestra-Verlag, Darmstadt

DB/DR – Deine Bahn, Eisenbahn-Fachverlag, Mainz

DB-praxis, Eisenbahn-Fachverlag, Mainz

EI – Der Eisenbahn-Ingenieur, Tetzlaff-Verlag, Hamburg

ETR – Eisenbahntechnische Rundschau, Hestra-Verlag, Darmstadt

ZEV – Glasers Annalen, Georg Siemens Verlagsbuchhandlung, Berlin